MOORD OP HEILIGE GRONDEN

Ed van Eeden
Naar een scenario van Peter Römer

Moord op heilige gronden

Gebaseerd op de personages uit de misdaadromans van Janwillem van de Wetering

the house of books

Copyright © 2004 by Ed van Eeden & The House of Books,
Vianen/Antwerpen
Copyright scenario © 2004 by Endemol Nederland bv, Aalsmeer

Grijpstra & De Gier is geproduceerd door Endemol Nederland bv

© & TM Licensed by RTL/de Holland Media Groep S.A.
and Endemol Nederland bv

Omslagontwerp
Studio Jan de Boer BNO, Amsterdam
Omslagfoto
De acteurs Roef Ragas en Jack Wouterse
Omslagfotografie
Dinand van der Wal
Productie omslagfotografie
Raj Bahoran
met dank aan HMG
Opmaak
ZetSpiegel, Best

All rights reserved.
Niets uit deze uitgave mag worden verveelvoudigd en/of openbaar gemaakt
door middel van druk, fotokopie, microfilm of welke andere wijze ook,
zonder voorafgaande schriftelijke toestemming van de uitgever.

ISBN 90 443 0998 6
D/2004/8899/84
NUR 332

1

Met zijn handen diep in zijn broekzakken kuierde Grijpstra naar het bureau. Tot zijn ergernis merkte hij dat hij een vrij zonnig humeur had. Nergens goed voor. Zoiets moest je niet aan mensen verspillen. Zeker niet aan mensen op je werk. Hij boog zijn hoofd en schopte een denkbeeldig steentje weg.

Een paar meter voor hem stak een zwart kevertje met zigzaggende bewegingen de stoep over. Grijpstra versnelde zijn pas net genoeg om zijn hak bovenop het beest te kunnen zetten. Daar had hij meteen spijt van. In India lopen heilige hindoemannen juist heel voorzichtig rond, bedacht hij, om ervoor te zorgen dat ze geen levend wezen vertrappen. Die hebben dan een bezempje bij zich om eventuele mieren en andere insecten voor zich van het pad te vegen. Of nee, er zijn natuurlijk leerlingen die dat voor zo'n heilige man doen, anders zou hij misschien last van zijn rug krijgen. Hij grijnsde. Misschien was dat wel een mooi klusje voor Cardozo; die kon dat vast erg goed, zo'n beetje vegen.

Hij betrapte zich erop dat hij zachtjes tussen zijn tanden liep te fluiten toen hij de voordeur van het politiebureau openduwde. Pas toen hij al de ronde trap naar boven op liep, zag hij dat hij de deur vlak voor een collega van Narcotica had laten dichtvallen. Hij maakte een verontschuldigend handgebaar, maar sjokte gewoon verder.

Boven bromde hij links en rechts een groet naar bekenden. In 'het terrarium', zoals hij de van veel glas voorziene recherchebalie altijd noemde, zat niemand. Dat verbaasde hem, want Hetty was altijd keurig op tijd. Zoals er eigenlijk helemaal niets op haar aan te merken was. Prima meid.

Even overwoog hij om zijn jas aan de kapstok in de gang op te hangen, maar hij nam hem toch maar over zijn arm mee de recherchekamer in. Het was dan wel geen nieuwe jas meer, maar hij voldeed nog prima. En je kon nooit weten wie zo'n ding misschien meenam, met al die criminaliteit van tegenwoordig. Mensen zijn hufters.

Hoewel het pas kwart voor negen was, stond de televisie in de recherchekamer al aan. Een knappe jonge vrouw in een iets te keurig mantelpakje had er een stoel bij geschoven en zat voorovergebogen, met haar handen onder haar kin en haar ellebogen op haar knieën, naar het scherm te staren, waar grote stralen water op een brandend gebouw gericht werden.

'Môgge, Hetty,' groette Grijpstra, terwijl hij zijn jas over zijn stoelleuning deponeerde.

'Goedemorgen, adjudant,' groette de aangesprokene terug, zonder haar ogen van de beeldbuis te halen.

'Is het spannend?' informeerde Grijpstra, die naast haar was gaan staan.

Ze keek even omhoog. 'Het gaat vanmorgen alleen maar over die brand.'

Grijpstra knikte begrijpend. 'Daar was ik al over gebeld, ja. En mevrouw Grijpstra en de kinderen zaten er vanochtend bij het ontbijt ook al naar te kijken. Rare gewoonte, al die dood en ellende bij het eten.'

Daar ging Hetty niet op in. 'Moet jij er niet naar toe?' wilde ze weten.

Grijpstra maakte een afwerend gebaar. 'Nee, gelukkig niet. Het ziet er ongetwijfeld al zwart van het blauw.' Hij grinnikte even om zijn eigen grap. 'En er moet hier natuurlijk ook iemand stand-by zijn om de misdaad in deze wereldstad op te lossen, nietwaar? Het kwaad straft zichzelf heus niet, hoor! Dat kun je wel van mij aannemen, want ik ben beroeps.'

Hetty's wenkbrauwen gingen een stukje omhoog, waarna ze hem weer even aankeek. 'Zo, jij bent goedgehumeurd, zeg.'

'Helemaal niet, mevrouw de secretaresse!' protesteerde Grijpstra verontwaardigd. 'Ik speel alleen even in op de actualiteit. Dat heeft helemaal niks met mijn humeur te maken.'

Hetty zweeg en bleef aan de televisie gekluisterd. Grijpstra wist niets beters te doen dan in zijn handen te wrijven en te zeggen: 'Goed, waar was ik gebleven? O ja. Maar omdat de misdaad zich nog even niet aandient, lijkt het me een goed idee om maar eens stevig aan de koffie te gaan.'

Toen ze geen aanstalten maakte om ook daadwerkelijk koffie voor hem te gaan halen, voegde hij daaraan toe: 'Dat was een hint.'

Hetty bleef nog even kijken naar de bedrijvigheid op de televisie, waar beelden van blussende brandweerlui werden afgewisseld met flitsen van politieagenten die het publiek op afstand probeerden te houden. Vervolgens stond ze op en zei afgemeten: 'Zo te zien ben jij de enige die het vandaag rustig heeft.'

'Hoezo?' vroeg Grijpstra verbaasd. 'Is er dan echt geen enkele melding binnengekomen? Ik bedoel, buiten dat dan.' Hij knikte naar het beeldscherm, waarop nu een ambulance te zien was waar iemand werd ingeladen.

Vanuit de deuropening zei Hetty: 'Ik dacht het niet, maar ik zal voor de zekerheid nog even kijken.'

Grijpstra ging op zijn bureaustoel zitten, veegde wat van de paperassen op zijn overvolle bureaublad opzij, legde zijn voeten over elkaar op zijn bureau en leunde met zijn hoofd achterover tegen de in zijn nek gevouwen handen. 'Mooi!' riep hij welgemeend.

Hij had nog maar net zijn krant breed opengevouwen over de wanorde op zijn bureau en was er voor gaan zitten om die eens rustig door te lezen, toen De Gier binnenkwam. Die bleef ter hoogte van Grijpstra's stoel staan en deed een volle rugzak af, die hij voorzichtig naast zijn eigen bureau neerzette.

Verbaasd om zich heen kijkend vroeg De Gier: 'Wat is hier aan de hand, zeg? Waar is iedereen?'

Grijpstra keek hem minzaam aan. Zijn jongere collega oogde gezond bruin. Zijn doorgaans keurig gekamde haren zaten enigszins in de war en ook het feit dat hij een rugzak meenam naar zijn werk was niet alledaags. Maar Grijpstra stierf natuurlijk liever ter plekke dan dat hij ernaar zou informeren. In plaats daarvan vroeg hij sarcastisch: 'Geen nieuws gehoord? Geen nieuws gezien? Je mobiel niet afgeluisterd?'

De Gier schudde zijn hoofd en rekte zich uit. 'Ik zat het afgelopen weekend op Schiermonnikoog. Mooi, hoor. En heerlijk weer ook. Ik heb de vroege boot terug genomen.'

Hetty kwam de kamer binnen met twee mokken koffie. Ze gebaarde met haar hoofd dat Grijpstra de krant wat moest wegschuiven, zodat ze zijn mok op zijn bureau kon neerzetten. Terwijl ze de andere mok aan De Gier overhandigde, zei ze op licht verwijtende toon: 'Ik heb nog ingesproken op je voicemail.'

'Dank je, dat is aardig van je.' De Gier probeerde tevergeefs haar blik te vangen. 'En mijn telefoon stond lekker het hele weekend uit! Ik kan nu eenmaal niet altijd bereikbaar zijn, vind je ook niet?' Hij bekeek Hetty van onder tot boven. 'Leuke outfit, overigens.' Ze zei niets terug, waardoor De Gier zich haastte om te vragen: 'Maar vertel op, wat is er nou eigenlijk gebeurd waar ik van zou moeten weten?'

Hetty wees op de televisie, die nog steeds aan stond, maar waarvan Grijpstra wel het geluid had weggedraaid. Een brandweerman was onhoorbaar commentaar aan het geven in een microfoon met de naam van het plaatselijke tv-station erop.

'In Buitenveldert staat een bejaardenflat in de fik,' verduidelijkte Hetty.

Daar heb ik ook gewoond, besefte De Gier geschrokken. Hij slaagde er echter in om gepast te reageren: 'Mijn god, wat erg! Zijn er slachtoffers?'

'Dat weten we nog niet,' antwoordde Hetty, die alweer op weg was naar het terrarium. 'Het is in ieder geval een flinke uitslaande brand. Er zijn gewonden en een deel van dat bejaardentehuis is in de as gelegd. De meesten van ons bureau verlenen momenteel assistentie. En ik heb al een tijdje geen nieuws meer doorgekregen. Moet ik soms even bellen naar de meldkamer, of die al wat meer weten?'

'Nee, laat maar.' De Gier hief bij wijze van dank zijn hand. Hij keek misprijzend naar Grijpstra, die de krant inmiddels demonstratief voor zijn gezicht hield. 'Moeten wij geen assistentie verlenen, dan?'

Hij gaf een klap tegen de krant, die daardoor bovenaan scheurde. De telefoon ging. Hetty liep er op een holletje naartoe, nam op en begon meteen te noteren.

De gehavende krant ging langzaam naar beneden. Grijpstra keek even zwijgend naar het scheurtje, wendde zijn blik toen naar De Gier en antwoordde lijzig: 'Nee, wij houden stil de wacht. Ieder doet wat hij kan.'

'Prima,' vond De Gier. 'Dan kan ik tenminste beneden nog even gaan douchen. Ik heb nog steeds het idee dat het zand van Schier in mijn sokken en mijn onderbroek zit.'

'Moet dat?' vroeg Grijpstra met een vies gezicht. 'Er zijn dingen die ik liever niet weet. Zulke informatie moet je maar liever voor jezelf houden. Ik voel ineens mijn ontbijt naar boven komen.'

De Gier pakte zijn rugzak, liep zonder te groeten langs Grijpstra de recherchekamer uit en bleef even staan bij de balie, waar Hetty nog altijd aan het bellen was.

'Ik geef het door,' hoorde hij haar zeggen. 'Ik denk een kwartier.' En na een korte pauze: 'Ja, dank je. Dag.'

Ze legde de hoorn neer, pakte haar notitieblokje op en draaide zich om naar De Gier. 'Ze hebben net het lijk gevonden van een priester.'

'In dat bejaardentehuis?' vroeg hij hoopvol.

Ze schudde haar hoofd.

De Gier zuchtte. Het zand van Schier zou waarschijnlijk nog even moeten wachten. 'Moord?' informeerde hij routinematig.

Hetty las van haar blokje: 'Afgeschoten als een hond.'

Dat was duidelijk. De Gier nam het blaadje met de adresgegevens van haar over, zette de rugzak bij Hetty achter de balie neer en deed de deur van de recherchekamer open. 'Adjudant, werk aan de winkel.'

Zijn partner reageerde niet eens verrast. Hij liet de krant gewoon liggen en nam de tijd om zijn koffiemok leeg te drinken. Toen pas stond hij op en grijnsde: 'Zie je wel dat ze ons nodig hebben? De misdaad slaapt nooit.'

'En de politie krijgt de tijd niet om te douchen,' mopperde De Gier.

2

Buiten het bureau wilde Grijpstra automatisch naar de auto toe, maar De Gier vroeg: 'Zullen we gaan lopen?'

Grijpstra had daar eigenlijk geen zin in, maar wilde zich niet laten kennen. Dus haalde hij zijn schouders op. 'Waarom niet? Het is hier niet ver vandaan.'

'Precies,' stemde De Gier in. 'En ik heb vanochtend al wel weer lang genoeg in de auto gezeten. Dat is geen pretje, zeg, over die Afsluitdijk.'

Omdat zijn collega geen enkele reactie gaf, ging hij verder. 'Plus natuurlijk die vervelende files. Volgens mij werkt half Friesland en heel Noord-Holland in Amsterdam. En natuurlijk moeten ze daar allemaal op hetzelfde moment zijn. Dus doorrijden kun je wel vergeten, zeker op de ringweg.'

'Zeiden ze nog iets over hoe die priester is vermoord?' wilde Grijpstra weten.

De Gier keek even opzij. 'Nee, alleen dat hij als een hond zou zijn afgemaakt, maar dat had ik al verteld. Ik hoop maar dat het geen al te erge slachtpartij is geworden.'

De mondhoeken van Grijpstra gingen iets omhoog. Hij wist dat De Gier niet tegen bloed kon en soms wel eens onpasselijk werd als een slachtoffer behoorlijk was toegetakeld. Hoe komt iemand met zo'n zwakke maag er toch op om bij de recherche te gaan werken? Gezien het aantal doden dat ze daar beroepsmatig voorbij zagen komen, had De Gier anders net zo goed slager kunnen worden. Iemand met hoogtevrees nam toch ook geen baan als glazenwasser? Grijpstra kon er met zijn pet niet bij.

Hij was net bezig een sigaret op te steken, toen hij vanuit zijn ooghoeken iets zag bewegen. Meteen draaide Grijpstra zich om. Hij werd gevolgd. En niet voor het eerst. In de buurt van het bureau woonde een straathond die zich blijkbaar zeer tot hem aangetrokken voelde. Regelmatig liep hij hem achterna. Dat kon ook komen doordat Grijpstra wel eens iets voor hem meenam. Hij voelde in de zak van zijn colbertjasje en haalde er de verkruimelde resten van een koekje uit. De hond kwam kwispelend dichterbij om de lekkernij in één enkele hap weg te werken.

'Je moet hem niet voeren, dan blijft hij komen,' waarschuwde De Gier.

Grijpstra bromde iets onverstaanbaars en zette de pas er weer in, niet langs het IJ, maar binnendoor, want dat deed hij het liefste. Enkele straten lang liepen ze zwijgend naast elkaar.

'Ik had toch liever gehad dat ik nog even had kunnen douchen,' merkte De Gier op, terwijl ze een groenteman passeerden die een kist met bloemkool buiten zette. 'Schier is prachtig, hoor, maar dat zand gaat overal in zitten.'

'Was je er alleen?' vroeg Grijpstra.

'Natuurlijk niet.'

'Dacht ik al. Diezelfde van laatst, die ik toen op jouw flat heb gezien? Die blonde?'

De Gier bekeek zijn collega met een halve grijns. Zie je wel dat hij toch nieuwsgierig was. Grijpstra wilde altijd weten met wat voor vrouwen hij op stap was. Getrouwde mannen bleven kennelijk van de vrijheid dromen. En ongetrouwde mannen bleven het prettig vinden om daarover op te scheppen.

'Nee, die blondine was Heleen. Geweldige vrouw, daar niet van, maar die is inmiddels voltooid verleden tijd voor mij. Je loopt achter.' De Gier wachtte even en ging bij gebrek aan weerwoord zelf maar verder. 'Ik was nu met Sylvia. Voor jouw informatie: dat is een roodharige, heel spontane en leuke meid. Vanochtend heb ik haar bij haar kantoor afgezet. Ze werkt bij een belastingadviseur.'

'Handig,' vond Grijpstra. 'En? Wordt het wat?'

'Met mijn belastingaangifte?'

'Nee, met die griet natuurlijk.'
De Gier schokschouderde. 'Dat moet je altijd maar afwachten.'
Grijpstra snoof. 'Wat dus wil zeggen dat je het weer eens bij de gebruikelijke twee weken gaat laten. Dan moet die meid weer worden ingeruild.'
'Wie weet?' hield De Gier zich op de vlakte.
Over de vensterbank van een woonhuis zag Grijpstra een zwart kevertje lopen. Net zo'n beestje als hij die ochtend had doodgetrapt.
'Als je er even bij stil staat, is het toch iets raars,' zei hij.
De Gier trok een wenkbrauw op en wachtte op wat er komen ging. Daar hoefde hij niet lang op te wachten.
'Wij gaan zo meteen kijken of we de onverlaat te pakken kunnen krijgen die een priester om het leven heeft gebracht,' vervolgde Grijpstra. 'Want zoiets mag iemand blijkbaar niet doen.'
Hier was een reactie nodig, besefte De Gier. 'Dat ligt voor de hand. Moorden is verboden. Staat in de wet.'
'Klopt. Maar iemand die in een abattoir elke dag honderd varkens afslacht, gaat vrijuit. Sterker nog, die krijgt ervoor betaald. En iemand die, zeg maar, een kever doodtrapt, komt daar ook zonder problemen mee weg.'
De Gier keek hem opmerkzaam aan. 'Wat had jij dan gewild? Dat het doden van dieren ook strafbaar wordt gesteld? Ik wist niet dat je vegetariër was?'
'Ben ik ook niet.' Grijpstra keek ongebruikelijk ernstig. 'En dat heeft er bovendien helemaal niks mee te maken. Het gaat om het principe. Doden mag niet, alleen sommige vormen van doden wel.'
Bedachtzaam knikte De Gier. 'Dieren doden is inderdaad toegestaan, behalve als iemand dat voor de lol doet, of op een onnodig wrede manier.'
'Precies,' viel Grijpstra in. 'Met stierenvechten en zo. Daar zijn we dan weer tegen. Maar als zo'n stier naar het slachthuis gebracht wordt, zie je nooit een actiegroep protesteren.'
Er gleed een glimlachje om de lippen van De Gier. 'Terwijl er bij wijze van spreken wel comités tegen de kleiduivenmoord bestaan.'

Daar zag ook Grijpstra de humor van in. 'Maar dieren zijn dus eigenlijk vogelvrij,' vervolgde hij even later ernstig. 'Stel dat iemand jouw kat vermoordt, dan gaat hij in principe vrijuit.'

'Behalve dan dat ik hem zijn oren zou afsnijden,' zei De Gier grimmig, bij de gedachte aan zijn geliefde Olivier.

'Even afgezien daarvan,' ging Grijpstra onverstoorbaar verder. 'Eigenlijk is het raar. Dat dieren vermoorden zomaar kan, bedoel ik. Terwijl het strafbaar is om een mens te vermoorden.'

'Tja.' De Gier zweeg even. 'Tenzij het euthanasie is, natuurlijk. Of in geval van oorlog. Dan mag het weer wel.' Hij bleef staan.

Grijpstra liep een paar passen door en keek toen geërgerd om. 'Wat is er nou met jou? Waarom ga je niet mee?'

'We zijn er al.' De Gier wees op het huisnummer naast een goed in de verf zittende voordeur in een portiek aan de Spuistraat. Ernaast hing een groot wit bord met de tekst 'Stichting Maarten'.

Al teruglopend las Grijpstra de twee woorden hardop voor en vroeg: 'Wat zou dat zijn?'

'Weet ik niet. Maar ik heb het idee dat we daar zo meteen wel achter zullen komen.'

Grijpstra knikte, om vervolgens lang op de bel te drukken.

De deur werd vrijwel direct opengetrokken door een geüniformeerde agent, die duidelijk verheugd was hen te zien. 'Ah, daar bent u. Het lijk ligt in de studeerkamer. Ik ga u wel even voor.'

'Ben je alleen?' informeerde Grijpstra, terwijl ze de man volgden door een brede gang.

De agent keek even om. 'Ja, het is een zootje. Bijna iedereen is naar dat bejaardentehuis.'

'Is er al nieuws?' wilde De Gier weten.

'Doden en gewonden, meer weet ik er niet van.' De agent bleef staan bij een deur, die hij voor hen openhield.

'Het zou eens niet,' zei Grijpstra, terwijl hij naar binnen liep en opmerkzaam om zich heen keek. 'Er zijn altijd en overal doden en gewonden.' Zijn ogen bleven rusten op een jonge vrouw, die midden in de kamer stond en een zakdoek tegen haar mond gedrukt hield. 'Goedemorgen. Mijn naam is Grijpstra, recherche.'

Het vertrek was een klassiek ingerichte werkkamer met zware meubelen, een Perzisch tapijt op de vloer, een overheersend grote boekenwand en een kruisbeeld aan de muur. Over het eikenhouten bureau lag het in een grijze broek en een hooggesloten boord geklede lichaam van een jonge man. Zijn achterhoofd en haren, en ook een deel van het bureaublad en de papieren die daarop lagen, zaten vol bloed. Ook op het witte telefoontoestel en de muur naast het bureau zaten bloedspetters.

Grijpstra liep meteen naar het lijk toe en boog zich vooorover om het bloederige achterhoofd daarvan nader te onderzoeken. Na zijn begroeting had hij niets meer gezegd tegen de jonge vrouw met de zakdoek, die halverwege de kamer stond. Vanuit de deuropening keek de agent toe.

De Gier gaf de jonge vrouw een hand en stelde zich voor: 'Ik ben brigadier De Gier, en dat is mijn collega, adjudant Grijpstra.'

Ze veegde haar ogen droog en zei schor: 'Dag, ik ben Monica van der Sterren.'

'Dag, Monica,' antwoordde De Gier zacht. 'Werk jij met deze meneer?' Hij maakte een vage handbeweging in de richting van het lijk.

'Met Ewoud, ja. Ewoud Albrecht. Ik ben medewerkster van de Stichting Maarten.'

'Waarom heet die stichting zo?' informeerde De Gier.

'Die is genoemd...' Ze snoot haar neus. '... naar een jong overleden verslaafde. Ewoud trok zich dat geval erg aan.'

Grijpstra maakte een aantekening.

'Heb jij het lijk van Ewoud Albrecht gevonden?' vroeg De Gier.

Ze knikte. 'Toen ik vanochtend op het werk kwam, lag hij daar zo.' De zakdoek drukte ze weer tegen haar mond, om een snik te onderdrukken. Haar ogen kon ze niet van het lijk afhouden.

'En heb je niets aangeraakt?' wilde Grijpstra weten.

Nauwelijks zichtbaar schudde ze haar hoofd. 'Nee, dat weet ik wel van de televisie. Ik heb zelfs expres deze telefoon niet gebruikt om 112 te bellen. Dat heb ik op mijn eigen kamer gedaan.' Meteen had ze de zakdoek weer even nodig. Gesmoord zei ze: 'Deze telefoon zit ook helemaal onder het bloe-hoed...' De tranen stroomden over haar wangen. Haar lichaam schokte heftig, alsof ze moest braken.

De Gier sloeg een arm onder haar schouder en voerde haar met zachte dwang de kamer uit. 'Kom, wij gaan even een glaasje water drinken, hè? Dan gaat het vast beter.'

De agent bij de deur stapte opzij om hen door te laten.

Bij het bureau pakte Grijpstra een potlood uit een pennenbakje om wat haren in de nek van de dode priester opzij te doen. Hij wachtte even tot het tweetal buiten gehoorafstand was, voordat hij tegen de agent zei: 'Nou, dat is een nekschot. Moord, dus.'

Zonder een antwoord af te wachten, draaide hij zich om, pakte zijn mobieltje uit zijn binnenzak, zette het aan en drukte een voorkeurtoets in. Toen hij verbinding kreeg, begon hij meteen gehaast te praten. 'Ha, Hetty, met Grijpstra. Het is inderdaad moord. Zorg jij voor de technische recherche en de arts, de hele mikmak.' Hij luisterde even. 'Ja, ik weet dat iedereen bij dat bejaardentehuis zit, maar wij moeten hier een moord oplossen, oké? Tot straks.'

Hij sloot af, zette het apparaatje direct af en wilde het weer opbergen, maar bedacht zich blijkbaar, want hij hield het in zijn hand. Peinzend keek hij rond. 'Je hebt hier zeker niet toevallig ergens het moordwapen zien liggen, hè?' vroeg hij aan de agent.

3

De woonkeuken was sober maar doeltreffend ingericht. Een beetje onpersoonlijk ook. Op de tafel en het aanrecht stond bijna niets, er hingen geen platen aan de muur of briefjes aan de koelkast, en alles zag er vooral schoon en opgeruimd uit. Hier woonde duidelijk niemand en werden geen maaltijden gekookt. Wie van deze keuken gebruikmaakte, voelde zich automatisch een gast.

Hij liet de nog nasnikkende vrouw op een van de hoge keukenstoelen plaatsnemen, pakte een bekertje van het aanrecht, spoelde dat om en vulde het met kraanwater. Terwijl hij tegenover de jonge vrouw ging zitten, overhandigde hij het haar met een bemoedigend knikje. Ze lachte dankbaar.

Met gulzige slokken dronk Monica bijna het hele glaasje water achter elkaar leeg. De Gier keek naar de slikbewegingen in haar fraaie, strakke keel. Ze had een wat truttige, hooggesloten jurk aan en ze was natuurlijk niet echt mooi, maar hij vond haar toch niet onaantrekkelijk. Vriendelijk gezicht, mooi figuur. En op de een of andere manier stonden die tranen haar goed.

'Wil je nog wat?' vroeg hij vriendelijk.

Ze knikte. 'Dit keer liever wat spa. Spa rood, graag. Staat in de koelkast.'

Hij stond zwijgend op. In de koelkast vond hij, behalve veel lege rekjes, inderdaad een aangebroken fles bronwater. Er zat bijna geen prik meer in, merkte hij bij het inschenken. Toch lustte hij zelf ook wel wat.

'Mag ik?' vroeg hij, terwijl hij het glas weer bij haar neerzette.

Ze keek hem vragend aan.

Hij glimlachte en hield de fles omhoog. 'Een beetje bronwater.'
'O, natuurlijk. Dat hoeft u toch niet te vragen?'
'Tja, ik vind het wat onbeleefd om zomaar iets te pakken.' Hij zag zo gauw geen ander glas en trok op goed geluk een keukenkastje open. 'Gaat het weer een beetje?' vroeg hij over zijn schouder.

Monica deed een niet erg geslaagde poging om dapper te glimlachen. 'Ik was zo geschrokken, weet u. Arme Ewoud. En dan die enorme wond.' Ze slikte en veegde met een vuist langs haar ooghoek. 'Het zag er zo vreselijk uit.'

De Gier knikte haar maar weer eens bemoedigend toe. 'Ja, dat viel niet mee. Ik ben zelf ook niet zo gek op al dat bloed, hoor.'

Hij bevroor midden in een beweging. In het derde kastje dat hij opendeed zag hij niet alleen glazen, maar ook een bakje vol injectiespuiten en een aantal losse injectienaalden. Hij pakte het bakje uit de kast en hield het omhoog. 'Wat is dit?'

Monica bleek niet erg van zijn vondst onder de indruk. Ze wierp er een geroutineerde blik op en zei: 'O, dat spul is waarschijnlijk van Roeland.' Vervolgens nam ze nog een slok.

Daar was De Gier echter niet tevreden mee. 'Is Roeland soms een suikerpatiënt?' wilde hij weten.

Er verscheen een treurige glimlach op het gezicht van Monica. 'Nee, een verslaafde, een drugsverslaafde. Die worden hier overdag opgevangen. Daar is onze stichting voor, weet u.'

'Nee, dat wist ik niet,' antwoordde De Gier vlak. Hij keek haar peinzend aan. 'Zo, dus hier bij de stichting Maarten zitten elke dag junks?'

'Niet alleen junks,' verbeterde ze hem. 'Ook alcoholisten, zwervers en daklozen. Eigenlijk allerlei drop-outs uit de samenleving. Ewoud probeerde hen weer op het rechte pad te krijgen.' Prompt werd het haar opnieuw te machtig en had ze de zakdoek nodig.

De Gier wachtte even tot ze weer in staat was om te praten. 'Maar die Roeland is dus de enige die hier eigen spullen heeft staan. En niet zo weinig ook.' Hij keek sceptisch naar het bakje met de naalden en de spuiten. 'Dan was hij hier waarschijnlijk de huisjunk?'

Dat bracht weer een zweem van een glimlach op haar betraande gezicht. 'Zo zou je dat kunnen noemen, ja. Al zou Ewoud zo'n woord nooit gebruiken. Die had Roeland hier echt binnengehaald om hem te laten afkicken.'

Voordat ze weer in snikken kon uitbarsten, vroeg De Gier haastig: 'En weet je waar die Roeland nu is? Omdat we hem graag even een paar vragen willen stellen, bedoel ik.' Hij zette het bakje weer terug in het kastje boven het aanrecht.

Ze haalde met een verontschuldigend gebaar haar schouders op. 'Geen idee. Hij blijft soms dagenlang weg. Net als al die anderen.'

De Gier kwam weer bij haar zitten. 'Dat lijkt me frustrerend. Voor jullie, van de stichting, bedoel ik.'

'Nee, dat ziet, eh... zag Ewoud heel anders.' De zakdoek bleef nu even achterwege. 'Wij proberen namelijk mensen die maatschappelijk ontspoord zijn weer op de rails te krijgen. Dat kan een lange weg en een moeilijk karwei zijn, maar hij zag dat als zijn opdracht.'

'Dat was een soort maatschappelijk werk namens de kerk,' begreep De Gier.

Monica schudde haar hoofd. 'Nee, niet namens de kerk; dat deed Ewoud echt op eigen gezag. Zoals hij eigenlijk alles op eigen gezag deed.' Ze schonk hem een vermoeide glimlach. 'De kerk legde hem niets in de weg, maar steunde hem ook niet, ziet u. Ewoud zorgde zelf voor het geld, organiseerde bijeenkomsten en onderhield in feite alle contacten met de mensen. Hij was het absolute middelpunt van Stichting Maarten.'

De Gier kon het niet laten om te vragen: 'Zorgde hij ook voor dope?'

Ze keek hem strijdbaar aan. 'Als het moest wel, ja. Dat hing er vanaf hoe slecht zo'n verslaafde eraan toe was. Afkicken gaat niet van de ene dag op de andere, brigadier.'

'Nee, nee, dat besef ik maar al te goed,' antwoordde De Gier snel. Hij kuchte en haalde zijn notitieboekje en zijn pen tevoorschijn. 'Dan is het misschien verstandig als ik alvast de gegevens en het signalement van deze Roeland noteer. Misschien lukt het dan om wat eerder met hem te praten dan als we gaan zitten wachten tot hij hierheen komt.'

Ze knikte en wilde net wat gaan zeggen, toen Grijpstra de keuken binnen kwam zetten, met zijn mobiel in de hand.

'Het is toch werkelijk niet te geloven!' brieste hij tegen De Gier. 'Wij zitten hier met een heuse moord en de voltallige technische recherche laat het afweten, omdat ze allemaal nodig schijnen te zijn bij die brand in Buitenveldert! Vind je dat niet ongehoord?'

De Gier keek wat verstoord en maakte een hoofdbeweging in de richting van Monica. 'Eh, misschien kunnen we het daar beter straks even over hebben, adjudant.'

Maar Grijpstra was niet van plan zich in te houden. 'Hetty zei al dat het wat moeilijk lag, dus heb ik er zelf nog maar even achteraan gebeld. Met weinig succes, mag ik wel zeggen. Kennelijk is zo'n afgefikt bejaardentehuis belangrijker dan een moordzaak. Maar goed, ze doen hun best om de dokter hier zo snel mogelijk te krijgen.'

Hij draaide zich om en wenkte de agent, die in de gang stond te wachten. 'Luister, het kan nog wel even duren voordat de arts hier is. Dan wordt het lijk natuurlijk afgevoerd om het te laten onderzoeken...'

Monica snikte luidruchtig. Zonder zich naar haar toe te keren, wachtte Grijpstra even voordat hij verder ging: '... en ik wil per se dat de plaats delict wordt verzegeld, want die wordt dus pas later onderzocht door de TR. En als de kamer afgesloten is, wil ik dat er absoluut niemand meer naar binnen gaat.' Hij draaide zich om naar Monica. 'Dat geldt overigens ook voor u, mevrouw.'

Met grote schrikogen keek ze hem aan. 'Gaan jullie weg, dan?'

Grijpstra knikte kort. 'Wij gaan naar het bureau om de nodige maatregelen te treffen. We kunnen hier toch niets meer doen.'

In paniek keek ze van Grijpstra naar De Gier. 'Maar dan blijf ik hier alleen met... Dan ligt Ewoud daar in de kamer, terwijl ik...'

'Stil maar,' suste De Gier. Hij legde een hand op haar arm en keek naar Grijpstra. 'Het is misschien inderdaad niet zo'n goed idee om mevrouw Van der Sterren hier alleen achter te laten.'

De agent kuchte.

'Met onze collega, natuurlijk,' reageerde De Gier onmiddellijk.

'Als jij nu alvast naar het bureau gaat, dan blijf ik hier voorlopig nog even met mevrouw Van der Sterren bij de plaats delict tot de TR komt. Er zijn vast nog wel vragen die ze voor ons kan beantwoorden.'

Monica keek hem dankbaar aan.

Grijpstra trok echter een grimas. 'Mij best, je moet doen wat je niet laten kunt.' Hij borg zijn mobiel weg in zijn binnenzak. 'En misschien mag je hier wel even douchen!'

De verbaasde blik van Monica en het geërgerde gezicht van De Gier troffen hem niet meer, want hij had zich al omgedraaid en was zonder nog iets te zeggen de gang in gelopen.

4

Nadat hij de buitendeur met een flinke klap achter zich in het slot had laten vallen, keek Grijpstra automatisch om zich heen waar de auto stond. O, nee, dat was waar ook: ze waren komen lopen.

Hij maakte zich net zuchtend op om het huis met het bord 'Stichting Maarten' achter zich te laten, toen er vanaf de overkant van de Spuistraat een schriel mannetje recht op hem af kwam. Grijpstra wilde al geïrriteerd om hem heen lopen, toen het mannetje hem in het voorbijgaan aan zijn mouw trok.

'Is hij dood?' vroeg het mannetje eenvoudigweg.

Grijpstra bleef staan en keek hem onderzoekend aan. Toen spleet zijn gezicht open in een brede grijns. 'Nee, maar! Harrie! Harrie Kuuk! Dat is een tijd geleden dat ik jou voor het laatst gearresteerd heb.'

'Ja, tuurlijk,' zei het mannetje korzelig. 'Het feestje organiseren we later wel. Maar ik wil het nou effe hebben over die zwartrok. Ik hoor net dat hij dood is.'

De ogen van Grijpstra vernauwden zich tot spleetjes. 'Hebben we het nu over dezelfde?'

'Wat dacht jij dan? Die gladjakker van een Albrecht, natuurlijk.'

Grijpstra sloeg demonstratief zijn armen over elkaar, waardoor de panden van zijn jasje wat ongemakkelijk naar voren staken. 'Zo, Kuuk, jij bent op de hoogte! Slecht nieuws gaat blijkbaar snel rond.'

'En goed nieuws ook.' Tussen de lange bakkebaarden van het mannetje verscheen een brede grijns.

Grijpstra lachte niet mee. 'Je mocht hem niet zo, begrijp ik?'

Het mannetje snoof minachtend. 'Ja, wat wil je? Die klootzak dacht dat hij Jezus Christus zelf was. O, hij was zo goed voor zijn medemens! Ja, maar vooral voor zichzelf.' Hij spuugde op de grond.

'Wat wil je daarmee zeggen?' wilde Grijpstra weten.

'Precies wat ik zeg. Die gasten van het houtje zijn allemaal hetzelfde. Een beetje zemelen over opkomen voor de verdrukten in de samenleving.' Het mannetje trok een vies gezicht. 'Terwijl ze er eigenlijk alleen maar zelf beter van willen worden.'

Grijpstra knikte langzaam. 'Aha. Jij lijkt rogal wat van die dode priester te weten, Harrie.'

Daar schrok het mannetje van. De grijns was ineens helemaal verdwenen. 'Nee, nou ga je geen gebbetjes maken, hè? Ik weet helemaal niks.'

Maar Grijpstra wist dat hij beet had. 'Je kletst anders verdomd aardig voor iemand die niks weet.'

Het mannetje voelde zich duidelijk niet meer op zijn gemak. 'Zeur niet, Grijpstra. Wat ik weet, heb ik allemaal van horen zeggen.'

'Ja, vast!' Grijpstra grinnikte.

Het mannetje wilde weglopen, maar nu was het Grijpstra die hém bij zijn arm greep. 'Niet zo snel, vriend. Het lijkt me een goed idee als jij vanmiddag op het bureau eens even precies komt vertellen wat je verder nog weet over deze meneer Albrecht. En als jij dat allemaal van horen zeggen hebt...' Grijpstra bracht zijn gezicht dicht bij dat van het mannetje, '... dan wil ik precies van je weten wáár je dat dan precies hebt horen zeggen.'

Voordat het mannetje met een uitvlucht kon komen, legde Grijpstra hem een grote wijsvinger op de lippen. 'Wees nu maar even stil, Harrie. Des te meer heb je me vanmiddag te vertellen. Denk je dat je de weg naar het bureau nog weet? En precies om drie uur, en geen minuut later, begrepen?'

Met een van kwaadheid vertrokken gezicht keek het mannetje Grijpstra na, die zijn handen diep in zijn broekzakken had gestoken en schel fluitend wegliep. Tussen een paar geparkeerde auto's kwam een hond tevoorschijn, die op enige afstand kwispelend achter Grijpstra aanliep.

Binnen in het pand luisterde de agent bij de deur van de kamer met het lijk even opmerkzaam naar het wegstervende gefluit. Toen deed hij zijn best weer om te horen wat de brigadier in de keuken met die vrouw aan het bespreken was, maar hij kon niet alles verstaan.

De Gier en Monica zaten inmiddels achter een kopje thee.

Monica had haar handen om het warme kopje heen geslagen en praatte vol overtuiging op De Gier in. 'Het klinkt als een verschrikkelijk cliché, maar hij kwam inderdaad op voor de zwakkeren in de samenleving. Ewoud wilde hun bescherming en hulp bieden. En dat deed hij ook.'

De Gier knikte vol begrip. 'Maar hoe deed hij dat dan?'

Het kopje was al onderweg naar Monica's mond, maar het geplande slokje bleef uit. 'Door gestrande mensen weer op weg te helpen. Soms wist hij werk voor zo iemand te regelen. Anderen gaf hij geld. En af en toe zat iemand zo met zichzelf omhoog, dat hij alleen maar kwam om te praten.'

'Maar dan moesten ze natuurlijk wel eerst een kruisje slaan,' insinueerde De Gier.

Ze keek hem als door een wesp gestoken aan. 'Welnee, man. Dat kon hem echt niks schelen. Ewoud was niet zo'n geestelijke die zo nodig zieltjes wil winnen. Hij had ooit zelf zijn keuze gemaakt hoe hij in dit leven wilde staan, maar dat verlangde hij van niemand anders. Het ging Ewoud er nooit om dat anderen zo nodig bekeerd moesten worden. En dat hebben ze hem bij de Kerk dan ook regelmatig verweten.'

'Oké, oké, hij hielp anderen zonder eigenbelang,' gaf De Gier snel toe. 'Hij nam dus mensen op in zijn huis, binnen de stichting. Jou ook?'

Daar was de trieste glimlach weer. 'Ik heb jaren bij de nonnen gezeten.'

'Ah, vandaar.'

Monica deed net alsof ze dat niet gehoord had. 'Tot vorige week zaten hier twee Poolse vrouwen. Die waren naar Nederland gehaald en moesten toen hier in Amsterdam tot hun grote verbazing in een club op de Wallen werken.'

'Om de hoer te spelen.'

Ze keek hem geïrriteerd aan. 'Ja, hèhè! Die vrouwen halen ze echt niet uit Polen om in de garderobe te staan, hoor. Maar toen ze bij die club waren weggevlucht, bood Ewoud hun onderdak. Net zoals hij dat met Roeland heeft gedaan.'

'Ja, die Roeland,' viel De Gier in. 'Waar kwam die vandaan?'

Haar ogen gleden even over zijn gezicht voordat ze antwoordde: 'Roeland was als soldaat in Bosnië geweest. Srebrenicza. Daar had hij een enorm trauma van, echt heel heftig. Dat kon hij niet verwerken, die jongen raakte helemaal de weg kwijt. Hij is toen aan de drugs gegaan, want hij kon alleen maar verder leven als hij die beelden van zijn missie weg kon wissen.'

'En toen kwam hij bij Ewoud terecht,' begreep De Gier. 'Kwam hij hier gewoon binnenlopen?'

Monica schudde haar hoofd. 'Nee, Ewoud kende hem van vroeger.

De Gier knikte begrijpend. 'En daarom wilde hij hem dus helpen.'

'Precies! Want Roeland verschool zich achter zijn drugs, om zo de werkelijkheid niet meer onder ogen te hoeven komen. Maar daar nam Ewoud geen genoegen mee. Hij deed er werkelijk alles aan om hem van de drugs af te krijgen. Omdat Roeland er anders in korte tijd aan kapot zou gaan. Zoals zoveel jonge mensen hier in de buurt.'

'Je zou die Ewoud bijna heilig verklaren,' spotte De Gier.

Met felle ogen keek ze hem recht aan. 'Ik vind die cynische toon niet prettig, brigadier. We hebben het hier over Ewoud, en die is verdomme dood!'

De Gier reageerde geschrokken. 'Sorry, hoor. Ik bedoelde het eigenlijk helemaal niet cynisch. Ik dacht alleen: iedereen doet iets ergens om...'

'Hoe bedoelt u dat?' vroeg ze afstandelijk.

'Nou ja.' De Gier krabde aan zijn billen, zoals hij altijd deed als hij nerveus werd. 'Ik ga er altijd vanuit dat mensen drijfveren hebben die je niet altijd kunt zien. Maar dat het er wel op neerkomt dat iemand doet zoals hij doet om er uiteindelijk zelf beter van te worden.'

Nu was het haar beurt om cynisch te glimlachen. 'O, en het eeuwige leven verwerven of een goed mens willen zijn is als reden niet goed genoeg, bedoelt u. U kunt zich gewoon niet voorstellen dat iemand het tot zijn levensdoel heeft gemaakt om anderen te helpen.'

De Gier schoof ongemakkelijk heen en weer op zijn stoel. Hij voelde dat er zweetdruppeltjes omhoogkwamen in zijn haar.

'Mag ik u eens iets vragen, brigadier?' vroeg ze ijzig.

Er was geen reden om dat te weigeren, dus knikte hij zwijgend.

'Waarom bent u eigenlijk bij de politie gegaan? Weet u dat nog?'

Hij keek haar getroffen aan, maar ze wendde haar blik af.

5

Het vrolijke gefluit bestierf op Grijpstra's lippen toen hij de recherchekamer binnenstapte. Daar zat Hetty alweer ingespannen naar de televisie te turen.

'Hallo, hé!' riep hij knorrig. 'Is dat nu nog steeds bezig? Word je daar niet hoorndol van?'

'Goedemorgen, adjudant.' Hetty draaide zich niet naar hem om. 'Ging het goed bij die moord?'

'Het ging helemaal niet goed!' explodeerde Grijpstra. 'Dat lijk ligt er nu nog steeds en er is werkelijk niemand van de technische recherche te bekennen! Zoiets kan toch niet?'

Hetty keek hem geschrokken aan. 'Tja, soms loopt het nu eenmaal zo. Daar kan niemand wat aan doen.'

'Ach, kom!' Grijpstra zakte chagrijnig onderuit op zijn bureaustoel. 'Dit is toch niet normaal meer?'

Hetty wees naar het televisiescherm. 'Het hele bejaardentehuis moet worden geëvacueerd, want er is instortingsgevaar. Daar is het nu echt even alle hens aan dek.'

'Wat dus zoveel wil zeggen als: onze collega's zijn voorlopig nog niet terug. Zal ik maar vast bellen naar de plaats delict, dat het met ons lijk allemaal nog wel even kan duren? Misschien kunnen we de buren ook maar beter even waarschuwen, dat het de komende dagen wel eens behoorlijk kan gaan stinken.'

'Kom, kom, adjudant.' Hetty fronste haar wenkbrauwen en keek hem misprijzend aan. 'U zult toch moeten toegeven dat het treurig is, voor die oude mensen.'

'Kan best zijn,' vond Grijpstra. 'Maar het is ook treurig voor jonge mensen die dood over hun bureau liggen, dat er niemand bereikbaar is voor hulp.'

Met een wanhopig gebaar naar de televisie zei Hetty: 'Maar het hele gebouw moet beschermd worden tegen plundering.'

'Alsof iemand iets heeft aan al die oude troep van een stelletje bejaarden!' sneerde Grijpstra, die er lol in begon te krijgen.

Hetty wierp nog tegen: 'Ach, houd toch op. Het is al triest genoeg voor die arme mensen. Dan ben je zo oud en dan raak je ook nog eens alles kwijt.'

'Ja ja,' bromde Grijpstra. 'Ik begrijp het best, hoor. Zo ben ik ook wel weer. Maar ze kunnen toch moeilijk van mij verwachten, Hetty, dat ik vanwege één zo'n brand in mijn eentje alle misdaden in Amsterdam ga oplossen. Of dat ik zelf die plaats delict ga poederen, op zoek naar vingerafdrukken. Of misschien wel zelf dat lijk ga opensnijden.'

Hetty gaf geen antwoord meer, maar draaide zich om naar de televisie.

Grijpstra stond moeizaam op uit zijn bureaustoel en liep hoofdschuddend de kamer uit. Even aarzelde hij, toen klopte hij aan bij de wijd openstaande kamerdeur van de commissaris.

De blik van de commissaris was op weidse verten gericht. Hij dacht aan zijn tuin, zijn grote trots, waar hij jaarlijks zoveel uren in doorbracht. En aan zijn schildpad, die nu waarschijnlijk door het gras in die tuin roeide. Had hij er eigenlijk wel aan gedacht om vanochtend wat sla neer te leggen voor dat lieve dier? Katrien, zijn vrouw, dacht daar beslist niet aan. Die gaf ook helemaal niet om zijn schildpad. Verder was ze een best mens en een lieve echtgenote, daar niet van. Als hij haar niet had, met haar zorgzaamheid, haar dagelijkse massages en de warme baden die ze altijd voor hem klaarmaakte, zou hij waarschijnlijk al aan zijn reuma kapot zijn gegaan.

Hij werd zich bewust van het feit dat iemand aan de rand van zijn blikveld probeerde zijn aandacht te trekken.

'Meneer? Meneer!?' riep Grijpstra, terwijl hij met zijn armen boven zijn hoofd zwaaide.

De commissaris keek hem verbaasd aan. 'Kom binnen, jongen.'

Verbijsterd keek Grijpstra naar het televisietoestel, dat ook hier al aanstond en aan de lopende band beelden van de regionale zender over het brandende bejaardentehuis bracht. Het geluid stond af, maar dat was dan ook het enige positieve. Hij richtte een wanhopige blik op de commissaris.

Die leek dat echter niet in de gaten te hebben. Met een knik in de richting van het toestel verklaarde hij: 'Mijn vrouw belde. Haar nicht zit daar ook. Net aan de dood ontsnapt.'

'Meneer,' zei Grijpstra.

De commissaris leek echter al niet meer te merken dat hij gezelschap had. 'Maar ja... het is uitstel van executie, hè? Haar gezondheid is al jaren erg broos. Je weet niet hoe lang ze nog heeft.'

'Meneer,' probeerde Grijpstra nogmaals.

'Evengoed zijn er zeven doden,' vervolgde de commissaris. 'Oude mensen, maar toch.' Even zweeg hij, toen keek hij ineens naar Grijpstra. 'En jij zit met een jonge dode, nietwaar adjudant?'

Bijna blij antwoordde Grijpstra: 'Ja, meneer. Een priester. Op nogal gruwelijke wijze aan zijn eind gekomen. Moord, zonder enige twijfel.'

De commissaris draaide zijn stoel wat opzij en plaatste zijn vingertoppen tegen elkaar. 'Een priester? Dat is curieus.' Hij dacht even na en informeerde: 'Is er een motief? Zijn er verdachten?'

'Nee, meneer, we hebben nog niks,' vertelde Grijpstra. 'Eerlijk gezegd lijden we nogal onder die brand in Buitenveldert. Omdat iedereen daar is opgetrommeld, ligt ons technische onderzoek helemaal stil. En in dit soort gevallen heb ik toch liever de patholoog dan zomaar een huisarts.'

'Dat kan ik begrijpen.' De commissaris knikte langzaam. 'Ik zal mijn best voor je doen. Een paar telefoontjes naar de juiste instanties... Dan zou het toch vrij snel voor elkaar moeten zijn. En dan kunnen jullie ook verder.'

Zijn blik dwaalde weer af naar de televisie.

Grijpstra bleef nog even staan, zuchtte toen diep en liep weg. Vanuit de deuropening zei hij nog: 'Daar reken ik dan op, commissaris. Alvast bedankt.'

De commissaris wuifde de dank afwezig weg en bleef naar het tv-scherm kijken. Met zijn hand al op de telefoon verzuchtte hij: 'Dat arme mens...'

6

Grijpstra keek bij Van Dongens broodjeszaak ongeduldig achterom of De Gier hem wel op de voet volgde. 'Zelfs de commissaris kon nergens anders over praten,' zei hij op licht verontwaardigde toon. 'Hij bleek een of andere nicht in dat tehuis te hebben. Ik kwam er gewoon niet doorheen.'

De Gier trok een grimas. 'Een nicht? Wonen er dan nichten in dat tehuis?'

'Nee, nee,' haastte Grijpstra uit te leggen. 'Het is een nicht van zijn vrouw of zoiets.'

Even leek het of hij de deur zou openhouden voor zijn collega, maar toen ging hij toch zelf als eerste naar binnen. De Gier keek bij het binnengaan naar de hond, die kwispelend aan kwam rennen. Hij sloot de deur net voor de snuit van het dier.

Er was maar één klant voor hen. Toen die geholpen was, stond Grijpstra de kaart op de toonbank nog te bestuderen. De Gier bestelde vast een tijgerbroodje met kaas en keek zijn collega hoofdschuddend aan.

'Wat sta je nou toch te doen, man? Je bestelt toch altijd hetzelfde.'

Grijpstra knikte kort. 'Maar dat wil niet zeggen dat ik me niet op de hoogte mag stellen van wat meneer Fred hier' – hij maakte een hoofdbeweging in de richting van de gedrongen man die achter de toonbank stond – 'allemaal voor heerlijkheden in petto heeft.'

De Gier snoof. 'En dus bestel je, zoals altijd, een broodje pekelvlees met veel mosterd, een broodje tartaar speciaal met veel uien en een broodje hamburger met alles.'

'Nee, meneer. Helemaal niet.' Grijpstra ging er echt even voor staan, hield de kaart op een armlengte voor zich en vroeg plechtig: 'Fred, mag ik van jou...' Hij wachtte even voor het effect. '... een ros, een friek en een overreje.'

'Hè?' vroeg De Gier verbaasd. 'Wat zeg je nou?'

Grijpstra trok een gezicht alsof die verbazing hem ten zeerste verbaasde. 'Ik plaats gewoon mijn bestelling bij meneer hier, nietwaar, Fred?'

De stevige, kleine man achter de toonbank was al bezig de order uit te voeren en grijnsde breed.

'Maar wat heb je dan zojuist besteld?' informeerde De Gier onzeker.

Na een diepe zucht om zoveel onbegrip richtte Grijpstra zich tot de gedrongen man. 'Fred, zijn er problemen met mijn bestelling?'

De man schudde zijn hoofd en zei met een pesterige intonatie in de richting van De Gier. 'Nee, hoor. Een ros, een friek en een overreje. Zo helder als wat. Met witte broodjes, toch?'

'Natuurlijk,' bevestigde Grijpstra. 'Ik kom hier niet voor m'n gezondheid.'

'Leuk, hoor,' vond De Gier. 'En mag ik ook even weten wat dat betekent?'

Grijpstra haalde zijn schouders op. 'Ik zou niet weten waarom niet.' Hij trok een belerend gezicht. 'Een ros. Dat is toch niet zo moeilijk?'

Het was aan De Gier te zien dat hij zich ergerde, maar hij hield zich in. 'Ik neem niet aan dat je een broodje paard bestelt...'

'Kan ook heel lekker zijn,' viel Grijpstra in. 'Alleen vind ik die hoeven altijd een beetje hard.'

'... dus zal dat wel een broodje rosbief zijn,' ging De Gier verder.

'Prima, jij gaat door voor de broodrooster,' riep Grijpstra met gemaakt enthousiasme. 'Meneer heeft er verstand van.'

'En dat tweede?' wilde De Gier weten.

'Die friek?' Grijpstra schudde zijn hoofd. 'Ik had je toch slimmer gedacht. Raad eens.'

De Gier masseerde met twee vingers zijn neusbrug. 'Ik kan me bijna niet voorstellen dat iemand zo'n walgelijk ding vrijwillig eet, maar het zal wel een frikadel zijn, niet?'

'Heel goed!' kraaide Grijpstra. 'Je wordt er nog eens goed in! En nu voor de hamvraag.'

'Is die derde soms een broodje ham?' vroeg De Gier snel.

'Nee.' Grijpstra liet zijn opgestoken wijsvinger heen en weer gaan. 'Nu even niet antwoorden voordat de vraag gesteld is. Je hebt er twee van de drie goed en hoeft alleen nog maar even te beantwoorden wat die overreje is.'

'Een overreje?' herhaalde De Gier met een vies gezicht. Hij zocht steun bij Fred, maar die trok alleen maar zijn wenkbrauwen op en knikte. 'Een overreje?' De Gier liet het woord nogmaals over zijn tong rollen. 'Wat is dat voor iets onsmakelijks?'

'O, heel lekker, hoor,' verzekerde Grijpstra. 'Al vind ik zo'n ding zonder mosterd ook niet te vreten.'

Fred zag dat De Gier het nooit zou raden, dus schoot hij hem te hulp. 'Het is gewoon een kroket, Rinus. Die noemen ze voor de grap soms overreje hond, weet je wel?'

De Gier wist het niet, maar aan zijn gezichtsuitdrukking was te zien dat hij licht onpasselijk werd bij de gedachte alleen al. Hij schoof het schoteltje met zijn broodje kaas, waar hij nog maar één hap van had gegeten, van zich af.

Maar Grijpstra had nergens last van. Welgemoed nam hij zijn broodje ros in ontvangst. Een halve seconde later zei hij met volle mond dat Fred de beide andere lekkernijen zo maar even naar het staantafeltje in de hoek moest brengen. Hij wees ernaar met de hand die het broodje vast had.

'Waar ben jij opgegroeid, man?' vroeg Grijpstra neerbuigend, toen hij zijn mond weer enigszins had leeggegeten. 'Zulke dingen weet je toch, als je in de stad woont?'

De Gier trok zijn schouders een stukje op. De ergernis was nog niet weg uit zijn ogen. 'Ik zou niet weten waarom iemand zulke ronduit walgelijke dingen zou moeten weten.'

'Kwestie van cultuur,' vond Grijpstra. Ondertussen lette hij op Fred. Toen die het door De Gier weggeschoven broodje kaas wilde opruimen, riep hij met volle mond: 'Hé!' En gebaarde dat Fred het schoteltje ook maar bij hem moest neerzetten. Voor de vorm bood Grijpstra het broodje nog aan de rechtmatige eigenaar aan, maar die weigerde beleefd.

Pas nu zag Grijpstra dat de televisie boven de frituur aanstond en ook al geluidloos was afgestemd op de regionale zender, die nog altijd nieuws bracht over de brand in het bejaardentehuis. Hij zuchtte, wendde zijn blik af en wijdde zich geheel aan zijn maaltijd.

Samen met de andere twee broodjes bracht Fred even later twee glazen melk. Grijpstra spoelde zijn grote happen weg met minstens even grote teugen melk. Ondertussen keek De Gier routinematig naar de klanten die kwamen en gingen. Vlak achter één van hen glipte de hond naar binnen, maar die werd door Fred met veel geschreeuw weer naar buiten gejaagd.

'Is dat beest soms van jullie?' wilde Fred op ruzieachtige toon weten.

Grijpstra trok zijn onschuldigste gezicht. 'Ik weet het niet, beste man. Ik geloof niet dat ik die trouwe mensenvriend ooit eerder heb gezien.' Hij keek naar De Gier. 'Jij?'

Een kort 'Nee' was het antwoord. Terwijl Grijpstra het restant van zijn broodje kroket naar binnen propte en daarmee wat mosterd op zijn kin morste, vroeg De Gier kortaf: 'Zeg, moeten wij niet achter een moordenaar aan?'

Het duurde even voordat Grijpstra zijn mond helemaal had leeggegeten, zijn kin gereinigd had met een papieren servetje en hartgrondig 'Nee' zei.

Het scheen De Gier niet eens te verbazen. Hij wachtte zwijgend tot zijn collega verder zou gaan.

'We hebben geen enkel aanknopingspunt,' zei Grijpstra op besliste toon. 'Iedereen kan het wel gedaan hebben. En niemand.'

Daar nam De Gier geen genoegen mee. 'Kom op, zeg. Die Ewoud was een halve heilige, als je Monica mag geloven.'

'O, voor jou is het al Monica?' vroeg Grijpstra sarcastisch. 'Ik houd het nog even bij mevrouw Van der Sterren, als je het niet erg vindt.'

'Zeur niet, man.' De Gier klonk geïrriteerd. 'Waar het om gaat, is dat zo'n priester die zich zo inzet voor verslaafden en daklozen natuurlijk niet zomaar wordt omgelegd.'

'Je moet niet alles geloven wat je hoort.' Grijpstra nam even de tijd om zijn voortanden te lijf te gaan met een cocktailprikker die hij uit een bakje op tafel had gehaald. De Gier keek demonstratief de andere kant op.

'Het punt is,' vervolgde Grijpstra. 'Dat die Monica van jou die Ewoud wel een halve heilige mag vinden.' Hij inspecteerde de cocktailprikker en legde die toen in een overvolle asbak. 'Maar daar dacht Harrie Kuuk heel anders over, hoor.'

De ergernis viel van De Giers gezicht te scheppen. 'Het is mijn Monica niet. Ga jij elke keer zo vervelend doen als ik een vrouwelijke getuige ondervraag, zeg? En wie is in hemelsnaam Harrie Kuuk?'

Geduldig legde Grijpstra uit: 'Dat is een goede bekende van me. Een broodpooier die ik destijds een keer of wat heb opgepakt en die ik nu op de stoep voor het huis van die stichting tegenkwam.'

'Kuuk?' vroeg De Gier met een grimas. 'Is dat een naam?'

Grijpstra haalde zijn schouders op. 'Er zijn zelfs mensen die De Gier heten. Zeg ik ook niks van. Maar Harrie Kuuk vond dus dat die dode Ewoud een hypocriete etterbak was.'

'Hm, dat is een interessante afwijkende mening,' vond De Gier. 'Waarom zei hij dat?'

'Weet ik niet. Hij wist kennelijk van alles, maar zei dat hij het allemaal "van horen zeggen" had.'

De Gier grijnsde. 'Die Kuuk moesten we maar eens wat nader onder de loep nemen, want die weet kennelijk meer.'

'Dacht ik dus ook,' stemde Grijpstra in. 'Daarom heb ik hem uitgenodigd om vanmiddag om drie uur bij ons op kantoor te komen.'

'Zouden we wel zo lang wachten, dan?' vroeg De Gier.

Grijpstra's wenkbrauwen gingen omhoog.

'Ik stel voor dat we nu meteen even bij hem langsgaan,' stelde De Gier voor. 'Zal hij gezellig vinden.'

Dat vond Grijpstra een nuttig voorstel. Hij liep meteen naar de uitgang en zei over zijn schouder: 'Oké, we gaan. Jouw beurt om te betalen, overigens.'

De Gier protesteerde niet eens, maar overhandigde Fred met een lijdzaam gebaar zijn geld.

7

Tot verbazing van De Gier bleek Harrie Kuuk zijn residentie in de Spuistraat te hebben, dezelfde straat waar ze eerder die dag de dode priester hadden aangetroffen. Op slechts enkele huizen afstand van de Stichting Maarten had Kuuk niet alleen zijn eigen woning, maar in het souterrain naast zijn portiek ook twee ramen, die volop in gebruik waren.

Twee rode lampjes bungelden wat treurig in het daglicht. De dame achter het ene raam had kennelijk even een koffiepauze genomen, maar achter het andere raam zat een voluptueuze blondine, die in een *Margriet* aan het bladeren was. Toen ze in haar spiegeltje de twee mannen zag aankomen, liet ze het tijdschrift zakken en wierp professioneel haar twee sterke punten in de strijd. Op het moment dat de mannen bleven stilstaan, draaide ze traag met haar tong rond haar volle lippen.

Maar de jongere van de twee mannen keek niet eens naar haar en drukte op de bel in het portiek. En de oudere glimlachte wel naar haar, maar schudde ook zijn hoofd en haalde met een spijtig gezicht zijn schouders op. Maar wacht eens, die oudere man kende ze toch? Die was van de politie! Ze tikte tegen het raam.

'Nou, die weet ook niet van ophouden.' De Gier grinnikte.

'Mens, lazer op,' bromde Grijpstra. 'Ik ben aan het werk, ik heb nu geen tijd voor hobby's en andere afleiding.'

Weer werd er op de ruit getikt. Ditmaal schudden de mannen allebei van nee. Maar de blondine bleef tikken en wenken. Toen dat niet bleek te werken, liet ze zich van haar kruk afglijden, deed de bovenste helft van haar deur open en leunde naar buiten. Grijpstra verloor zichzelf in de schier peilloze diepte van haar gemoed.

De vrouw deed net alsof ze niet merkte waar Grijpstra naar keek. 'Hallo, ik ben Ilona. Jou ken ik wel, makker. Jij bent een smeris, toch? Kom je voor Harrie?'

Grijpstra kon zich er maar moeizaam toe brengen haar in de ogen te kijken. 'Ja, inderdaad. Is hij thuis?'

Voordat de zwaar opgemaakte vrouw kon antwoorden, werd er van verderop in de straat geroepen: 'Hé, wat mot dat!?'

Vanaf de stoep aan de overkant kwam Harrie Kuuk haastig aanlopen.

'Hij komt er net aan,' zei de blondine ten overvloede. Ze knikte naar De Gier. 'Zit die ook bij de politie?'

'Tuurlijk, schat,' antwoordde Grijpstra. 'We zijn er allemaal om u te dienen. En ga jij maar weer lekker naar binnen.'

De blonde vrouw knipoogde naar Grijpstra en verdween weer in haar ondergrondse peeshok.

Inmiddels had Harrie de resterende afstand overbrugd. 'Mag ik weten waarom de heren mijn vrouwen van het werk houden?'

'Het is maar één vrouw,' antwoordde De Gier droog. 'En ze kwam zelf naar buiten.'

'Ja, om jullie te vertellen dat je moet opsodemieteren,' brieste Harrie. 'Je houdt de klandizie weg.'

'Kalm, Harrie,' maande Grijpstra. 'We wilden alleen maar weten of jij er was.'

'Precies,' beaamde Ilona over haar halve deur. 'En toen ben ik de heren even gaan vertellen dat je niet thuis was, Harrie.'

De aangesprokene maakte een driftig gebaar. 'Achter het raam, jij. En kop houden.'

'Hebben jullie soms een aanhoudingsbevel?' vroeg Harrie op hoge toon. 'Nee? Sodemieter dan op en val me niet lastig.'

'Nou moet je niet vervelend gaan doen, Harrie.' Er klonk dreiging door in de stem van Grijpstra. 'Het zou een kleine moeite zijn om die jongens van Zeden te vragen de vergunningen van jouw meiden eens even heel grondig te komen bekijken.'

Meteen bond Harrie in. 'Het is nergens voor nodig dat je me zo op m'n nek komt zitten. Ik ben vanochtend verdorie naar jou toe gekomen om je informatie te geven. Is dat niks waard, dan?'

Grijpstra knikte overvriendelijk. 'Ja, en ik besefte later pas dat ik dat helemaal niet genoeg gewaardeerd had.'

Harrie keek hem argwanend aan.

'Omdat ik je vanmiddag naar ons kantoor wilde laten komen,' verduidelijkte Grijpstra. 'Maar dat is natuurlijk nergens voor nodig, eigenlijk.'

Daardoor leek Harrie te herademen. 'Nou, oké. Goed. Even goede vrienden, hoor.'

'Prettig geregeld, toch, brigadier?' vroeg Grijpstra, terwijl hij een snelle blik wisselde met zijn collega.

'Ja, prima,' stemde De Gier in. Er speelde een glimlachje om zijn lippen. 'Laten we dan maar gaan.'

'Graag,' zei Harrie opgelucht. Om vervolgens zwaar balend te moeten zien hoe de beide politiemannen zich aan weerszijden van zijn voordeur opstelden.

'Na u,' nodigde Grijpstra hem met een beleefd gebaar uit in zijn eigen woning.

Met een gezicht als een oorwurm ging Harrie hen voor naar binnen.

De Gier keek waarderend rond in Harries huiskamer. Hij had een inrichting verwacht zoals hij die in de Jordaan veel gezien had, met allerlei prullaria, beeldjes en kanten gordijnen. Of anders een standaardinterieur dat zo overgeplaatst was uit de showrooms van de meubelboulevard.

In plaats daarvan bleek Harrie zijn kamers strak te hebben ingericht, met een goed oog voor design. Mooie stalen armaturen, tafels van glas en metaal, buisframestoelen, een uiterst moderne bar en overal spotjes met halogeenlampen. Tussen de kunst die her en der aan de muur hing detoneerde een grote foto boven de open haard, waarop een groep mensen in Volendammer kostuums te zien was.

Harrie trok een stoel bij de tafel achteruit, ging er diep onderuitgezakt op zitten en stak een sigaret op. Hij nodigde zijn beide gasten niet uit om ook plaats te nemen en ze maakten daar ook geen aan-

stalten toe. De Gier bestudeerde de foto aan de schoorsteenmantel. Zonder dat hem een vraag was gesteld begon Harrie te praten. 'Ik had niks tegen die gozer. Echt niet. Een priester die junks van de straat af haalt, daar knapt de buurt alleen maar van op. Toch?'
De twee politiemannen zwegen als het graf.

Terwijl hij zijn pakje sigaretten nerveus tussen zijn vingers heen en weer draaide, ging Harrie verder, zijn blik naar beneden gericht. 'Verder moest ik hem niet, dat zeg ik jullie volkomen eerlijk. Maar dat komt omdat ik gewoon de pest heb aan alles wat met die kankerkerk te maken heeft. Die gore katholieken hebben mijn ouwe moeder laten verrekken, terwijl dat mens d'r hele leven lang elke week d'r laatste centen in dat verdomde kerkenzakje gooide.' Er bewogen spieren in zijn wangen.

'Hou op, Harrie, ik moet huilen,' zei Grijpstra verveeld.

De kleine man met de lange bakkebaarden sprong woedend op en ging vlak voor Grijpstra staan. 'Dat is niks om te lachen, Grijpstra,' siste hij.

Geroutineerd drukte De Gier zich tussen de beide mannen in. Hij keek Harrie strak in de ogen. 'Niet doen, als je niet alsnog mee wilt naar het bureau. De adjudant bedoelt alleen maar dat hij dit gesprek graag zakelijk wil houden.'

Alsof er niets was voorgevallen, vroeg Grijpstra: 'Vertel eens, Harrie, op welk moment begon je echt een hekel te krijgen aan die Albrecht?'

Harrie draaide zich naar de tafel. Hij ging niet zitten, maar drukte wel zijn sigaret in de asbak uit. Het duurde even voordat hij antwoordde, met zijn rug naar de twee mannen toe. 'Toen hij zich met mijn meiden ging bemoeien. Onrust zaaien, je kent dat wel. Dat ze uit het leven moesten stappen en weet ik veel.'

'En, deden ze dat?' informeerde Grijpstra.

Met een kwade blik draaide Harrie zich weer om. 'Ach, die klootzak met zijn zendingsdrang! Ik ben zo twee van m'n meisjes kwijtgeraakt. Ik kan wel blijven investeren. Waar bemoeit zo'n hufter zich mee?'

'En toen heb je ingegrepen, natuurlijk,' suggereerde De Gier.

'Ja, ik kan dat toch niet zomaar laten gebeuren?' vloog Harrie op, terwijl hij zijn handen omhooghield, in een poging om begrip te vragen voor zijn situatie.

'Wat heb je gedaan?' vroeg Grijpstra. 'Hem even laten afrossen door een paar sportschooljongens?'

'Een priester in elkaar laten slaan?' Harrie trok een meewarig gezicht. 'Ze zien me al aankomen. Donder op, zeg! Nee, ik ben zelf naar die nepsinterklaas toe gegaan en ik heb gewoon tegen hem gezegd: blijf met je poten van m'n handel af! Die vrouwen zitten hier omdat ze hier willen zitten, en echt niet omdat ik ze dwing of zo, hoor!'

'Waarom liepen die twee vrouwen dan bij je weg?' wilde De Gier weten. 'Zaten die hier soms illegaal?'

Het was alsof hij Harrie een oneerbaar voorstel had gedaan, te zien aan de heilige verontwaardiging op diens gezicht. 'Wat krijgen we nou? Illegalen, bij mij? Ik ben een zelfstandige ondernemer en dat zijn die vrouwen ook! Wij betalen belasting, jongen, en BTW. Daar is niks illegaals bij. Die grieten krijgen hier verdomd goed te vreten en worden regelmatig gecheckt bij de dokter. Ik ben goed voor m'n meiden, vraag dat maar aan iedereen!'

'En er wordt hier nooit eens gerotzooid,' viel Grijpstra hem bij.

'Nee, zo is het maar net,' beaamde Harrie giftig. 'Niet door mij, tenminste.' Hij keek zijn gasten beurtelings brutaal aan. 'Weet je wie er rotzooide? Die lekkere pater van jullie.' Hij genoot zichtbaar van de verbazing op hun gezichten. 'Ja, daar kijken jullie van op, hè? Wel zogenaamd mijn meiden redden, maar er dan vervolgens zelf nog lekker even overheen gaan.'

Het was even helemaal stil. Toen vroeg Grijpstra verbijsterd: 'Wat zei je?'

'Je hebt me wel gehoord,' antwoordde Harrie triomfantelijk. 'Hij pakte ze een voor een. Dat mag je van me navragen, daar zit ik niet mee.' Hij liep naar de schoorsteen, keek even naar de foto en vervolgde: 'Zelf kom ik uit Volendam, daar zijn meer dan genoeg katholieken. Maar dit soort dingen ben ik toch echt niet van een priester gewend.'

'Nee,' zei De Gier nuchter. 'Ik moet eerlijk zeggen dat ik dit ook nog niet vaak gehoord heb.'

'Ik bedoel maar!' Harrie vond blijkbaar dat zijn overwinning totaal was. 'Hadden de heren anders nog iets?'

Ze verlieten de kamer opvallend rustig. Bij de deur draaide Grijpstra zich nog even om. 'Je hoort nog wel van ons, Harrie.'

'Dat dacht ik al,' antwoordde de kleine man berustend.

8

De zon scheen vol op de glazen ruiten rondom de entree van het politiebureau. Toen Grijpstra en De Gier al pratend de met parket ingelegde ronde trap naar de eerste verdieping beklommen, hield Grijpstra zijn hand beschermend voor de ogen, om het felle zonlicht af te weren.

'De architect die dit pand heeft gebouwd, zouden ze tegen de muur moeten zetten,' mopperde Grijpstra. 'Die heeft waarschijnlijk net nog zijn verplichte beginnerscursus Glazen Voorgevels gevolgd en is toen meteen een eigen praktijk begonnen.'

'Ja, jammer dat hij het net niet meer gered heeft tot het bijvak Makkelijk Hanteerbare Zonneschermen, anders hadden we nog wat aan hem gehad,' stemde De Gier grijnzend in.

Ze begroetten Hetty in het terrarium en liepen meteen door naar de recherchekamer. Daar zat Cardozo achter een computer. Bij het zien van de ijverig verder werkende jongeman met het donkere haar, wisselden Grijpstra en De Gier een snelle blik.

'Moet jij niet helpen blussen in Buitenveldert?' riep Grijpstra meteen na binnenkomst.

'Dag, heren,' groette Cardozo. 'De commissaris heeft me teruggeroepen om jullie bij te staan bij die moordzaak van vanochtend. En Hetty heeft me al helemaal up-to-date bijgepraat.'

'O ja?' sneerde De Gier. 'Hoe staan we er dan voor in deze zaak?'

'Wel, we hebben een lijk,' meldde Cardozo, allerminst uit het veld geslagen.

Grijpstra sloeg zijn handen in elkaar. 'Ik dacht al, toen we vanochtend met die mevrouw Van der Sterren stonden te praten, ik dacht: wat ligt daar toch op het bureau? Maar dat was een lijk! Een haarscherpe analyse, Cardozo! Als we jou toch niet hadden, jongen, dan wisten we ab-so-luut niet waar we mee bezig waren!'

Cardozo schoof onrustig op zijn stoel heen en weer. Hij lachte schaapachtig.

'Maar je hebt gelijk,' vervolgde Grijpstra. Hij schoof een van de middelste laden van zijn bureau half naar buiten, zakte diep weg in zijn draaistoel en legde zijn benen over elkaar op de bureaula. 'We hebben inderdaad een lijk. Wijlen de eerwaarde Ewoud, om precies te zijn. Ewoud Albrecht.'

'De heilige Ewoud,' vulde De Gier aan. 'Of de schijnheilige, het is maar hoe je het bekijkt.'

Het was aan Cardozo te zien dat hij het even niet meer allemaal kon volgen. Maar daar liet hij zich niet door uit het veld slaan. Hij stond op, liep naar de printer en haalde er een paar vellen uit, waarmee hij triomfantelijk wapperde. 'Ik heb in de tussentijd alvast wat zoekwerk gedaan op de computer, en wat denken jullie?'

Hij keek triomfantelijk van de een naar de ander, maar de beide mannen keken volkomen blanco terug en zeiden niets.

'Ik ben er al uit!' kondigde Cardozo aan.

Weer zwaaide hij met de papieren, die hij met veel aplomb op het toch al overvolle bureau van Grijpstra deponeerde. Die maakte geen aanstalten om overeind te komen en ze te bestuderen, maar wachtte met een laatdunkende uitdrukking rond zijn mond op wat er komen ging.

'Die Ewoud Albrecht van jullie,' ging Cardozo verder, 'is, of was, directeur van de Stichting Maarten en uit dien hoofde ook beheerder van het Fonds Vrienden van Stichting Maarten.'

Hij wachtte even om deze woorden een maximum aan gewicht mee te geven.

Grijpstra begon traag te klappen en trok een quasi-bewonderend gezicht. En De Gier vroeg alleen maar: 'Ja?'

Cardozo haastte zich om verder te gaan. 'En zowel die stichting als dat vriendenfonds kon zich verheugen in de warme belangstelling van de Heer Inspecteur der Directe Belastingen.'

Ditmaal applaudisseerde Grijpstra niet, maar legde hij zijn beide handen in zijn nek en verstrengelde de vingers in elkaar. 'Hoezo? Heeft onze Ewoud lopen frauderen of zo?'

Na een kennelijk vergeefse blik op zijn papieren, die hij weer van Grijpstra's bureau had opgepakt, zei Cardozo: 'Eh... nou, dat vermelden de gegevens niet. Alleen dat de Belastingdienst dus bovenop de handel en wandel zit van die Albrecht van jullie.'

'Hij is onze Albrecht niet,' corrigeerde De Gier hem koeltjes.

'Nee. Natuurlijk niet. Dat spreekt.' Er verschenen zweetdruppeltjes op het voorhoofd van Cardozo, die hij met zijn mouw meteen wegveegde. 'Maar wat ik dus wel weet, is dat de belasting vooral geïnteresseerd is in een aantal donateurs van die stichting. En raad eens?' Ditmaal was hij zo verstandig om meteen door te gaan. 'Daar zit onder meer het Russische import- en exportbedrijf Utopia bij. Uit Moskou.'

Bij deze mededeling trok hij een gezicht alsof hij zojuist een niet te kloppen troef op tafel had gelegd. Grijpstra en De Gier keken hem verbaasd aan en zeiden niets terug.

Verwachtingsvol keek hij van de een naar de ander. 'Maar snappen jullie dat dan niet?' vroeg Cardozo geagiteerd.

'Nee,' antwoordde De Gier eenvoudig.

'We snappen er niks van,' beaamde Grijpstra. 'Helemaal niks.'

Cardozo schoot zenuwachtig in de lach. 'Maar dat spreekt toch vanzelf? Tel de feiten maar bij elkaar op!' Hij stak een wijsvinger op. 'Eén, die priester van jullie – enfin, die priester dus – is neergeschoten.' Er ging nog een vinger omhoog. 'Twee, dat gebeurde met een nekschot.' Weer een vinger. 'Drie, hij had de leiding over een stichting die geld kreeg van een bedrijf uit Moskou. Nou, wat krijg je dan?'

Hij gaf hun nog geen halve seconde de tijd voor een antwoord, voordat hij dat zelf gaf, terwijl hij een vierde vinger opstak: 'De Russische maffia! Die werkt ook zo! Dit duidt toch zonneklaar op een afrekening van de Russische maffia?'

Deze laatste woorden bleven lang hangen. De Gier zuchtte en concentreerde zich op zijn voorbeeldig opgeruimde bureaublad.

Grijpstra zette zijn voeten van de bureaula op de grond en kwam moeizaam overeind. Hij boog vooroven, zette een elleboog op zijn bureau en liet zijn kin zwaar op zijn vuist rusten. Toen vroeg hij: 'Cardozo, beste jongen.' Hij wachtte even. 'Geloof jij in een god?'

Cardozo haalde diep adem voordat hij antwoord gaf. 'Eh... nou ja... wat een vraag... laat ik zeggen: niet als iemand, een persoon. Ik erken wel dat er iets hogers is, maar zie God niet als een man met een lange baard die alles vanaf een wolk zit te regelen of zo. Waarom wil je dat weten?'

'Jij gelooft dus niet in sprookjes,' concludeerde Grijpstra. 'Dus met sinterklaas, de kerstman en pakweg de paashaas of Roodkapje hoeven ze bij jou niet aan te komen.'

Cardozo slikte moeilijk. 'Nee, adjudant.'

Met een stem waar een jarenlange vermoeidheid uit sprak vroeg Grijpstra: 'Kun jij me dan vertellen waarom wij zouden moeten geloven in dit lulverhaal van jou over de Russische maffia, terwijl wij met een serieuze moordzaak bezig zijn?'

Daar had Cardozo zo snel geen antwoord op.

'Ga aan je werk, man!' donderde Grijpstra. 'En kom voor de verandering eens met núttige informatie!'

'Maar haal vooral eerst even twee koppen koffie, voor adjudant Grijpstra en mij,' viel De Gier in. 'Want dat hebben we wel verdiend.'

Zonder een zweem van protest deed Cardozo wat hem gezegd werd.

9

Hoofdschuddend keek Grijpstra hoe De Gier joggend naar huis ging. Die jongen dacht werkelijk dat hij door veel te sporten langer zou leven. Of dat hij misschien wel gelukkiger zou worden. Oké, hij zag er natuurlijk veel strakker uit dan Grijpstra zelf en hij had aan de lopende band vriendinnen, maar dat zei ook niet alles. Als Grijpstra het echt zou willen, had hij zijn buik er zó af getraind. Alleen wilde hij het niet echt, kennelijk, want die buik zat er nog altijd. Hij was er gewend aan geraakt.

Grijpstra stak een sigaret op, gooide zijn regenjas op de achterbank van zijn auto en reed in een sukkelvaartje weg. De hele dag al had hij het gevoel iets te vergeten. Het had niets met zijn werk te maken, zoveel wist hij nog wel. Iets voor de kinderen? Moest hij een boodschap meenemen of zo? Nee, natuurlijk: zijn vrouw. Ze was overmorgen jarig. Shit.

Met een kwaad gebaar gooide hij zijn pas half opgerookte sigaret uit het raam. Hijzelf deed al jaren niets meer aan zijn verjaardag. Hij verafschuwde de gedachte dat hij bij vrienden of familieleden ter gelegenheid van een verjaardag op de bank moest gaan zitten – of dat die bij hem op de bank kwamen zitten – om doelloos te kletsen, onder het wegwerken van een taartje, de verplichte twee kopjes koffie en een pilsje of wat. Vooral geen sterkedrank, want wanneer je je op zo'n verjaardagsfeest een beetje liet gaan, werd je dat nog jaren nagedragen.

Maar natuurlijk wilde zijn vrouw haar verjaardag wel vieren. Hij had nog voorzichtig geprobeerd haar dat uit het hoofd te praten, maar dat was niet gelukt. En dus zou het vaste stelletje weer komen opdraven: die verrekte schoonfamilie van hem en, erger nog, zijn eigen familie. Grijpstra voelde zich al diep ongelukkig als hij eraan dacht.

Zijn vrouw had een paar dagen geleden bij het ontbijt ook nog gevraagd of het niet leuk was om een paar mensen van het bureau uit te nodigen. Rinus, misschien de commissaris, en die Cardozo over wie hij het altijd had. Van schrik had Grijpstra zich verslikt in een slok thee. Hij had dat levensgevaarlijke voorstel kunnen afwimpelen met de smoes dat het tegenwoordig wel erg druk was op het bureau en dat er veel moest worden overgewerkt, zodat zijn collega's beslist geen tijd zouden hebben om te komen. Gelukkig was ze er niet meer op teruggekomen, en Grijpstra zelf had het onderwerp vanzelfsprekend al helemaal niet meer aangeroerd. Uit voorzorg had hij de afgelopen dagen thuis erg weinig verteld over zijn werk. Hij moest haar vooral niet op ideeën brengen.

Het was maar goed dat hij een beetje vroeger dan anders was weggegaan, want hij moest natuurlijk nog een cadeautje kopen. De kinderen deden dat dit jaar zelf onder leiding van zijn oudste zoon, had hij geregeld. Zij blij en hij ook. Hij wist toch al nooit wat hij voor zijn vrouw moest kopen. En die ene keer dat hij met een cadeaubon was komen aanzetten, viel dat ook al helemaal verkeerd. Je kon het gewoon niet goed doen. Het was niet eerlijk: je was als man volstrekt kansloos.

Hij zette zijn auto in de parkeergarage van de Bijenkorf. Als zijn vrouw die naam op het tasje zag staan, kon het al niet meer stuk. Waarom begreep hij zelf ook niet goed, maar het was nu eenmaal zo. Bij het verlaten van de parkeergarage merkte hij dat het zelfs om deze tijd nog druk was. Terwijl je toch zou denken dat iedereen nu naar huis moest om te gaan eten. Of zouden al die mensen deze week een jarig familielid hebben? Er was veel ellende in de wereld.

Zonder op of om te kijken, liep hij in één keer door naar de afdeling vrouwenkleding. Daar keek hij even wanhopig om zich heen, op zoek naar iets geschikts. Hij gaf het echter al gauw op en pakte de eerste de beste verkoopster die hij tegenkwam bij haar arm.

'Dag, mevrouw. Neemt u me niet kwalijk, maar kunt u me misschien even helpen?'

Ze bekeek hem afkeurend, maar vroeg toch: 'Waar kan ik u mee van dienst zijn?'

'Mijn vrouw is binnenkort jarig,' vertelde Grijpstra. 'En nu zoek ik een jurk.'

Een beetje ongeduldig vroeg ze: 'Wat voor kleur, model en maat had u in gedachten?'

Hij haalde zijn schouders op. 'Dat is allemaal niet belangrijk. Doet u maar wat. Niet te duur, graag.'

Haar tot streepjes geëpileerde wenkbrauwen gingen ver omhoog. 'Wat zegt u me nou? U wilt dus een niet te dure jurk, waarvan de kleur, het model en de maat niet belangrijk zijn?'

'Precies,' bevestigde Grijpstra, blij dat hij begrepen werd. 'Daar kunt u me vast wel aan helpen.'

'Maar waarom is dat allemaal niet belangrijk?' drong ze geheel confuus aan.

Op zijn beurt was Grijpstra verbaasd om zoveel onbegrip. 'Omdat het totaal niet uitmaakt wat ik meeneem. Ze ruilt het tóch.'

Langzaam verscheen er een glimlach op het gezicht van de vrouw. 'Ik zal eens zien wat ik voor u kan doen.'

Een paar minuten later haastte Grijpstra zich met een plastic tasje van de Bijenkorf in zijn hand naar zijn auto. Hij was niet ontevreden: het was duidelijk dat hij zijn best had gedaan. Zijn vrouw had nu absoluut geen reden meer tot ontevredenheid.

10

Een nieuwe morgen en een slecht humeur. Grijpstra liep met een somber gezicht in de richting van het politiebureau. Toen hij zonder kijken de stoep af liep, werd hij bijna geraakt door een wagentje van gemeentereiniging, dat met een grote, draaiende borstel de goot schoonveegde.

Hij mompelde een onhoorbare verontschuldiging en zette het op een holletje naar de overkant. Onvoorstelbaar dat hij zo'n ding niet eens had horen aankomen. Waar zat hij met zijn gedachten? Misschien kwam het door dat meningsverschilletje vanmorgen, met zijn vrouw. Ze ruzieden tegenwoordig voortdurend over zijn oudste. Dat jong had een uiterst vervelende leeftijd en vond niets leuker dan overal problemen over te maken. Het was toch geen stijl dat die jongen haar gisteren 'Stief' had genoemd, daar had ze groot gelijk in. Maar om dan hemzelf, Grijpstra, weer te verwijten dat hij er nooit was, ging hem echt te ver. Hij had toch zijn werk? Die moordenaars hielden er echt geen rekening mee dat mevrouw Grijpstra graag zou willen dat hij op tijd thuis was, hoor. Dat gezeik ook altijd.

Naast de entree van het politiebureau zat de bruingrijze hond die elke dag op hem leek te wachten. Grijpstra voelde in de zakken van zijn regenjas en van zijn colbertjasje, maar kwam niets eetbaars tegen. 'Sorry, jongen,' zei hij en liet demonstratief zijn lege handen zien. De hond blafte hem enthousiast toe, en hoewel hij er natuurlijk niets aan kon doen dat hij niets voor het beest bij zich had, voelde hij zich toch enigszins schuldig. Snel ging hij naar binnen.

Hetty zat in het terrarium al achter haar computer, net als De

Gier en Cardozo in de recherchekamer. De televisie stond dit keer uit, zag Grijpstra tot zijn genoegen.

'Môgge, is er al nieuws?' vroeg hij, terwijl hij zijn regenjas in de vensterbank legde.

Hetty, die achter hem naar binnen liep, beantwoordde zijn groet en vertelde: 'Ja, de technische recherche heeft een rapport opgemaakt.' Ze hield een vastgeniet stapeltje A4-tjes omhoog.

Grijpstra was prettig verrast. 'Nou, dat is zelfs goed nieuws! Valt niet tegen, zeg, na al dat gedoe van gisteren. Toch nog lekker snel, zo mag ik dat zien.' Toen pas zag hij het grijnzende gezicht van De Gier. Achterdochtig informeerde hij: 'Wat staat er in dat rapport?'

Hetty keek naar de papieren in haar hand. 'De brand moet ontstaan zijn op de tweede verdieping. De TR gaat ervan uit dat een van de ouwe mensen daar vergeten is om een kaars uit te blazen, en dat die vlam zo de gordijnen in is gegaan. Nou ja, de rest spreekt vanzelf.'

Grijpstra keek haar ongelovig aan. 'Wat kunnen mij die stomme bejaarden met hun kaarsen schelen? Ik heb het over die priester. We hebben een moord onder handen, collega's!'

Hetty vluchtte de kamer uit. Nog voordat ze de deur achter zich had dichtgetrokken, riep Grijpstra haar na: 'En waar blijft de koffie trouwens?'

Terwijl Grijpstra zich in zijn stoel liet zakken, boog De Gier zich aan het tegenoverliggende bureau wat naar hem toe, met zijn armen gevouwen op zijn bureaublad en zijn schouders naar voren. 'Ik heb net gebeld. De TR is nu volop bezig aan de Spuistraat. De plaats delict wordt voorlopig nog niet vrijgegeven. En ze hebben het lichaam van Ewoud Albrecht gisteravond al naar het mortuarium gebracht.'

'Al?' vroeg Grijpstra met een ontevreden gezicht. 'Gisteravond al? Dan heeft dat lijk daar dus de hele dag gelegen. Ik vind het een godvergeten schande!'

Hij wachtte even omdat Hetty binnenkwam met drie kopjes koffie, die ze met afgemeten bewegingen op de bureaus van de drie mannen zette. Het laatst bij hem. Ze keek hem niet aan.

Grijpstra trok zich er niets van aan. 'Wordt er sectie gepleegd?' vroeg hij aan De Gier.

'Uiteraard. Zodra de dokter tijd heeft.' De Gier nam met smaak een slokje van zijn koffie. 'Lekker bakkie,' vond hij.

Grijpstra zuchtte, gooide wat suiker en veel melk in zijn koffie en begon fanatiek te roeren. 'Is er enig zicht op wanneer de dokter daar misschien een momentje voor zou kunnen uittrekken?'

De Gier haalde zijn schouders op. 'Geen idee. Horen we nog.'

Hoofdschuddend staarde Grijpstra uit het raam. 'Tjongejonge, de dag is nog jong, ik ben nog maar net binnen en nu vraag ik me al af wat ik hier doe!'

'Je kunt gewoon niet zonder koffie,' zei De Gier droog.

Cardozo keek glimlachend op van zijn computer, maar hield zich wijselijk buiten het gesprek.

De tijd die hij nodig had om zijn kopje koffie leeg te drinken, bleef Grijpstra zwijgen. Toen stond hij op en pakte zijn jas.

'Ga je weer naar huis?' informeerde De Gier.

'Nee, nee.' Dat was blijkbaar wel het laatste waar Grijpstra aan dacht. 'Ik ga m'n tijd maar eens nuttig besteden. Door bijvoorbeeld eens even te gaan praten met die blonde meid uit het souterrain van Harrie Kuuk. Die eh... Ilona, dat was het. Die wilde volgens mij meer kwijt dan ze gisteren kon zeggen.'

De Gier keek demonstratief op zijn horloge. 'Is het niet een beetje te vroeg om al naar de hoeren te gaan?'

Grijpstra bleef staan, met de deurkruk al in zijn hand. Hij draaide zich om naar De Gier en zei vaderlijk: 'Jongen, leer nou van mij: het is nooit te vroeg of te laat om naar de hoeren te gaan.'

Stomverbaasd keek Cardozo hem na. Toen Grijpstra de deur achter zich had dichtgetrokken, vroeg hij aan De Gier: 'Meende hij dat nou?'

'Dat hij naar die Ilona toe ging?' klonk de onschuldige wedervraag.

'Nee, over dat naar de hoeren gaan, natuurlijk.'

Nu was het de beurt aan De Gier om vaderlijk te kijken. 'Cardozo, jij werkt hier nog niet zo lang, dus ik kan je dit niet kwalijk nemen. Maar wij, op dit bureau, gaan er voetstoots van uit dat adjudant Grijpstra altijd – en dan bedoel ik ook áltijd – de waarheid spreekt. Zeker als het over hoeren gaat.'

Vervolgens draaide hij zijn stoel weg om wat spullen uit een la te halen.

Cardozo keek nog even peinzend voor zich uit, om vervolgens maar weer eens aan het werk te gaan.

In de tussentijd slenterde Grijpstra op weg naar de Spuistraat. Op dagen als deze was hij blij als hij de bedompte beslotenheid van het bureau even kon ontvluchten. Maar aan naar huis gaan moest hij al helemaal niet denken. Zijn vrouw was een best mens, maar af en toe wilde hij alleen maar bij haar uit de buurt blijven. Knettergek werd je van dat eeuwige gezeur. Net als van al dat gejank van de kinderen. Niet dat hij ze zou willen missen, hoor, maar het kon soms geen kwaad om ze even niet te zien. Of zelfs vrij lang.

Daar was die hond weer. Grijpstra voelde de aanvechting om een bakkerij of een slagerij binnen te lopen en wat voor het beest te kopen. Maar dat ging hem toch te ver. En dus deed hij net of hij het dier niet zag.

In de Spuistraat stonden een paar wagens van de technische recherche voor de deur met het bord 'Stichting Maarten'. Grijpstra liep erlangs naar het pand van Harrie Kuuk. Bij slechts één van de ramen in het souterrain waren de gordijnen open, en dat was gisteren anders geweest. De vrouw die daar achter het raam zat was ook wel blond – nou ja, blond uit een potje – maar ze was met haar Aziatische trekken beslist niet Ilona.

Toen ze hem zag, ging de vrouw zo zitten dat haar figuur voordelig uitkwam en wenkte met een gekromde vinger naar Grijpstra. Hij keek om zich heen en daalde de paar treden af naar haar deur, waar ze prompt de bovenste helft van opendeed.

'Hallo, mijn naam is Grijpstra.'

'Hi. I'm Natascha. You fucky fucky, yes?' Ze duwde haar borsten naar hem omhoog en schonk hem een stralende glimlach, die meteen onthulde dat ze al haar kiezen miste.

Grijpstra glimlachte terug. 'Nee, geen fucky fucky. Ik kom voor Ilona.'

De blondine gebaarde naar de deur naast die van haar. 'No Ilona. Come to me! Sucky sucky, yes! Extra cheap!'

'Nee, nee, ook geen sucky sucky,' weerde Grijpstra af. 'Ik ben van de politie en...'

Geschrokken keek de vrouw hem aan. 'Police? I have permit, yes? Ask Harrie!'

Sussend hief Grijpstra zijn handen. 'Kalm maar, ik kom je niet controleren of zo. Ik ben alleen op zoek naar Ilona om haar...'

'No Ilona!' riep de vrouw en sloeg de bovenkant van haar deur hard dicht. Meteen sloot ze ook de gordijnen van haar raam.

Grijpstra zuchtte diep. Zou hij nog eens aankloppen? Nee, hier werd hij toch niets wijzer. Moeizaam beklom hij de treden van het souterrain naar de stoep. Tussen twee geparkeerde auto's zat de hond op hem te wachten.

'We gaan weer, jongen,' zei Grijpstra. 'Het schiet allemaal niet op.'

Al lopend trakteerde hij zichzelf op een sigaret. Hij rookte tegenwoordig veel te weinig.

11

Het was volstrekt onbegrijpelijk dat niet ieder politiebureau een kamer had waar personeelsleden onder werktijd muziek konden maken, vond De Gier. Moest je Grijpstra daar nu zien zitten achter zijn drumstel, terwijl hij liefkozend de brushes over zijn snaartrommel liet aaien. Vanochtend stierde hij nog met een ongedurige kop de straat op en nu was hij weer helemaal in zijn hum. Zo hoorde dat ook. Er speelde een tevreden glimlach om zijn mond, toen hij zijn trompetje uit zijn oude muziekkoffer haalde en dat met zijn mouw schoonveegde.

Grijpstra keek toe hoe zijn jongere collega het in zijn ogen nog altijd belachelijk kleine instrument aan de lippen zette, even de juiste embouchure zocht en toen zachtjes begon te spelen. Als vanzelf voegde hun beider spel zich naar dat van de ander. Even was er alleen maar het ritme van zijn kleine trom, zijn snaartrom en zijn bekkens, met daarbij af en toe de zachte nadruk die hij gaf met zijn pedalen. Daar tussendoor vlinderde de melodie uit het trompetje van De Gier.

Dit was schoonheid, dit was puur, dacht De Gier. Wat was er nu mooier dan twee collega's die regelmatig met elkaar musiceerden. Nou ja, hij kon wel wat bedenken, maar daar ging het nu niet om. Het enige wat nu telde was de muziek, die hen even isoleerde van al het andere.

Zo vanzelfsprekend als ze begonnen waren, hielden ze plotseling ook weer op.

'Weet je,' zei Grijpstra. 'Dat onderzoek van ons leidt helemaal nergens toe.'

Er kwam geen antwoord van De Gier, die met zijn rug naar hem toe bezig was het mondstuk van zijn trompet schoon te vegen.

'Er gaat een man dood, en dat is erg,' ging Grijpstra onverstoorbaar verder. 'Maar omdat er een eindje verderop nog meer mensen doodgaan, is dat meteen erger. Wie denkt er nog aan die man? Een brand in een bejaardentehuis wordt belangrijker gevonden.'

De Gier keek hem over zijn schouder aan. 'Ze hebben me laatst gevraagd of we weer eens komen optreden. In het Endless Blues Café.'

'Mensen gaan nu eenmaal dood, en het waarom is ver te zoeken.' Grijpstra had een dromerige blik gekregen en tikte zacht met een van zijn brushes tegen het kleine bekken. 'Ik ook. Als ik doodga, is dat héél even erg. Dan zullen mevrouw Grijpstra en mijn bloedjes staan snikken bij mijn graf. Heel even. En daarna gaat het leven weer door, terwijl ik wegglijd in de vergetelheid. Zo is de loop der dingen. En als er niemand meer aan je denkt, is het zelfs of je helemaal nooit bestaan hebt. Dan ben je alleen nog maar een naam op papier. Of in een computer.'

'Het zou goed zijn voor ons,' vond De Gier.

Grijpstra keek hem volkomen onthutst aan. 'Wat?'

'Spelen, in die club,' verduidelijkte De Gier, die alweer aan het poetsen was geslagen.

'O ja. Zeker,' zei Grijpstra verward. Hij schudde zijn hoofd en zette meteen een stevige drumsolo in.

Op dat moment ging de deur van de muziekkamer open en kwam de commissaris binnen. Meteen hield Grijpstra op. Ook De Gier keerde zich naar de nieuwkomer.

'Ze heeft het niet gehaald,' vertelde de commissaris zonder nadere introductie.

De Gier knikte begrijpend, maar Grijpstra vroeg, met opgetrokken wenkbrauwen. 'Wie bedoelt u?'

'De nicht van mijn vrouw.'

Grijpstra sloeg zich met de muis van zijn hand tegen zijn voorhoofd. 'Ach ja, natuurlijk. Excuus.'

'Het spijt ons om dat te horen,' zei De Gier eenvoudig.

De commissaris glimlachte dankbaar. Hij zag er ineens erg oud en breekbaar uit. 'Het is die evacuatie,' zei hij. 'Je moet oude bomen niet verplanten.'

Grijpstra kon het niet laten om er een grapje tegenaan te gooien. 'Anders was ze verbrand.'

Zijn vage glimlach verdween meteen toen de commissaris repliceerde: 'Ja, en nu gaan we haar cremeren!'

Daar was Grijpstra even stil van.

'Ik moet dat allemaal gaan regelen.' Het gebaar dat de commissaris hierbij maakte drukte zowel vermoeidheid als verontschuldiging uit. 'Dus zal ik de komende tijd wat afwezig zijn. Ik zeg het maar even, dan kunnen jullie er rekening mee houden.'

De Gier knikte. 'Er zit toch nog maar weinig schot in de zaak van die priester.'

De wenkbrauwen van de commissaris gingen ver omhoog. 'Ja ja... nou, volgens Cardozo niet, hoor. Hij was net naar jullie op zoek en lijkt de zaak al bijna rond te hebben.'

Meteen nadat de commissaris vertrokken was, gooide Grijpstra zijn brushes neer en schoof hij zijn krukje met een ruk achteruit. 'Nou, laten we dan meteen maar eens gaan kijken wat onze razende rechercheur nu weer gevonden heeft.'

'Wie weet heeft hij de schuldige al gearresteerd,' grapte De Gier. 'Dan kunnen wij straks nog even de muziekkamer in.'

Grijpstra bromde iets onverstaanbaars, dat echter verdacht onvriendelijk klonk.

12

'Ja, Cardozo, wat nou weer?' vroeg Grijpstra, met veel dreiging in zijn stem. 'Kan een mens tegenwoordig in werktijd niet eens meer een beetje therapeutisch op een trommel zitten timmeren zonder dat jij in de tussentijd een moord oplost?'

De Gier had zich achter hem aan naar de recherchekamer gehaast om eventuele schade aan de onderlinge betrekkingen beperkt te houden, maar tot zijn zichtbare opluchting was dat niet nodig. Net als Grijpstra ging hij zitten en wachtte af wat Cardozo te vertellen had.

'Mannen, ik heb groot nieuws,' kondigde Cardozo aan.

'Gaat het weer over de Russische maffia?' wilde Grijpstra weten. Hij zette op voorhand al een chagrijnig gezicht.

'Nou, inderdaad, zoiets.' Cardozo kwam bij hun bureaus staan. 'Ik heb wat telefoontjes gepleegd en nu blijkt het volgende. De belastingdienst is namelijk gestuit op de stichting van die Ewoud van jullie – eh, die Ewoud Albrecht, dus – omdat ze de boekhouding hebben omgespit van Utopia, dat Russische import- en exportbedrijf waar ik het over had. Ze zijn namelijk buitengewoon geïnteresseerd in de directeur van dat bedrijf: Bareskov.'

'Want die man is natuurlijk het hoofd van de Russische maffia in Nederland,' veronderstelde Grijpstra grinnikend. 'Ik neem aan dat hij onder die functie een vermelding heeft in de Gouden Gids.'

Maar Cardozo liet zich niet uit het veld slaan. 'Wie weet! Uit de boekhouding van Utopia bleek dus dat die Bareskov de afgelopen tijd fikse bedragen heeft gestort in de kas van Stichting Maarten, dat wil zeggen: aan dat Fonds Vrienden van Stichting Maarten, maar dat komt op hetzelfde neer.'

'Hoe fiks waren die bedragen?' wilde De Gier weten.

'De laatste storting bedroeg 20.000 euro,' vertelde Cardozo.

Grijpstra floot sissend tussen zijn tanden en De Gier trok een gezicht vol ontzag.

Dat stimuleerde Cardozo om door te gaan. 'En dan begin je je natuurlijk af te vragen waarom zo'n bedrijf zulke grote bedragen doneert aan een stichting als die van Albrecht.'

'Dat is waar,' beaamde De Gier. 'Dat zou ik ook wel eens willen weten.'

'Precies!' zei Cardozo enthousiast. 'En waarom doet Utopia dat?'

'Dat weten wij niet, Cardozo,' antwoordde Grijpstra lijzig. 'Maar we nemen aan dat jij dat voor ons hebt uitgezocht. Dus schiet een beetje op en houd ons niet langer in spanning.'

Cardozo trok een grimas. 'Nee, sorry jongens, ik heb ook geen idee. Maar ik wil het wel graag weten. Het is namelijk op zijn minst vreemd dat een Russische import- en exportfirma zoveel geld uitgeeft om de opvang van drugsverslaafden en andere randfiguren in Amsterdam te financieren.'

Grijpstra en De Gier keken elkaar aan.

'Daar heeft hij wel een punt,' vond De Gier.

Wat vaag gebrom was het enige antwoord van Grijpstra.

'Inderdaad,' zei Cardozo triomfantelijk. 'En daarom heb ik die Rus al gebeld om hem te vragen naar het bureau te komen.'

'Toe maar, wat voortvarend!' De Gier grijnsde. 'Laat je nog wel een stukje van het onderzoek voor ons over?'

Niet veel later kwam Hetty melden dat er een meneer Bareskov bij de benedenbalie stond en naar de recherche had gevraagd.

Als één man stonden Grijpstra en De Gier op.

'Goed werk, Cardozo,' zei De Gier.

'Wij halen hem wel even op.' Grijpstra klopte de verbouwereerde Cardozo in het voorbijgaan kameraadschappelijk maar hard op de schouder.

'Mooi,' antwoordde Cardozo tevreden.

Hij maakte aanstalten om naar een van de verhoorkamers te vertrekken, maar Grijpstra hield hem tegen, met uitgestrekte vingers tegen Cardozo's borst. 'Nee, nee, goede vriend. Jij bent hier om het vak te leren. Mijn collega De Gier en ik zullen die Russische meneer wel eens even aan de tand voelen.'

Nadat Grijpstra de deur achter zich had dichtgetrokken, vloekte Cardozo zachtjes.

Even later zat De Gier tegenover Bareskov in verhoorkamer twee. De Rus was een vriendelijke bon-vivant met sprekende ogen en een volle kuif haar. Grijpstra liep voortdurend opmerkzaam om de tafel met de twee anderen heen en leunde soms quasi-ongeïnteresseerd tegen een muur.

'Wat wij vooral graag willen weten, is waarom uw bedrijf zulke grote geldbedragen heeft geschonken aan het Fonds Vrienden van Stichting Maarten,' zei De Gier op een beleefde doch dringende toon.

Bareskov leunde achterover, glimlachte en hield zijn uitgespreide handen met de palmen naar boven ter hoogte van zijn schouders. 'Maar, heren, dat is heel normaal in Rusland. Als je goed geld verdient, moet je er zelf ook goed mee doen. Wij Russen zijn gewend om geld te geven aan de Kerk, want die gebruikt het dan weer in haar strijd tegen het onrecht. Op die manier draag je bij aan het welzijn van iedereen. Liefdadigheid is in het voordeel van iedereen.' Hij keek er onomwonden triomfantelijk bij.

'En zo koop je dus een stoeltje in de hemel,' spotte Grijpstra, met zijn hoofd vlak naast dat van Bareskov.

Die was echter niet onder de indruk van die intimidatiepoging. 'Een stoeltje?' Hij lachte hard. 'Ik heb het liefst een hele bank! U moet weten, inspector: op aarde zijn wij maar eventjes, maar in de hemel voor altijd. Haha!'

'Maar waarom besteedt u dat geld híer aan liefdadigheid en niet in uw eigen land?' drong De Gier aan, opnieuw op zeer beleefde toon. 'Laatst heeft u nog 20.000 euro gestort! Dat is een enorm bedrag ineens, dat u blijkbaar uittrekt voor een armetierige priester die junks en andere verslaafden van de straat haalt.'

De ogen van Bareskov fonkelden. Even zag De Gier er de suggestie van een goed verborgen temperament in. 'U moet weten: mijn bedrijf is hier in Amsterdam, heren. Als ik op straat loop, zie ik die arme stakkers elke dag. Mijn hart bloedde voor hen, maar ik kon zelf niets doen.' Hij wachtte even. 'En Ewoud Albrecht deed wat! Hij deed echt wat. Dat kan ik van de politie niet zeggen, want ik heb jullie nog nooit een uitgemergelde junk zien helpen.'

'Wilt u zich beperken tot het beantwoorden van de vragen?' vroeg De Gier.

'Ja, hoor. Het is al goed. Sorry.' Bareskov sloeg zijn armen over elkaar en daagde hen zonder woorden uit om een volgende vraag af te vuren.

'Ewoud is dood,' zei Grijpstra, die nu schuin achter de Rus stond.

Bareskov draaide zich niet om. 'Dat weet ik. Doodzonde, want hij was een topgozer. Vermoord, hoorde ik.'

'Door wie?' vroeg Grijpstra scherp.

'Goeie vraag,' vond Bareskov. 'Zou ik ook wel willen weten. De dader krijgt vast geen bankje in de hemel.'

De Gier liet even een stilte vallen voordat hij het overnam. 'Waarom zit de belasting achter u aan? U doet aan import en export; zit daar soms wat extra geld tussen dat niet in uw boeken terugkomt?'

'En wat doet u eigenlijk met al dat zwarte geld?' vulde Grijpstra aan. 'Wordt dat hier in Nederland witgewassen? Of weggesluist naar Luxemburg of Zwitserland?'

'Heren, heren!' riep de Rus gekwetst. Voor het eerst klonk er een duidelijk accent door in zijn overigens perfecte Nederlands. 'Mijn geweten is brandschoon. Het zijn altijd die belastingen, altijd! Ze moeten altijd míj hebben.' Hij maakte een minachtend handgebaar. 'Zij hebben alles overhoopgehaald bij mij. Alles! Maar gevonden? Niets! Ze hebben helemaal niets gevonden.'

'Ze hebben nóg niets gevonden,' verbeterde De Gier hem fijntjes.

Felle verontwaardiging sprak uit Bareskovs ogen. 'En ze zullen niets vinden ook, meneer inspector! Omdat er niets is om te vinden! De belasting! Pff!'

'Ik begrijp dat u een conflictje heeft met de belastingdienst?' sarde Grijpstra.

Ditmaal keerde Bareskov zich wel naar hem om. 'Die lui zitten voortdurend achter mij aan. En waarom? God mag het weten. Mag een eerlijke zakenman tegenwoordig geen winst meer maken, soms?'

'Misschien hebt u wel iets te veel winst gemaakt,' suggereerde De Gier.

Bareskov keek hem recht in de ogen. 'Luister, ik heb veel geld verdiend, maar ook veel belasting betaald. En van mijn winst leef ik goed, maar ik heb er ook veel goeds mee gedaan, zo waar als ik hier zit. Ik heb Ewoud geholpen met zijn stichting. En dat was lang niet altijd makkelijk, want die mens is niet dankbaar. O, nee!'

'O, nee?' vroeg Grijpstra geïnteresseerd. 'Hoe bedoelt u dat?'

'Hij was niet dankbaar, meneer. Helemaal niet!' Bareskov werd nu helemaal geagiteerd. 'Hij kon schreeuwen en schelden, inspector, niet normaal! Hij ging door het plafond. Stoelen vlogen door de ruimte. Drift, meneer!'

'En dat voor een priester,' zei De Gier hoofdschuddend.

'Waarom deed hij dan zo?' reageerde Grijpstra.

'Ach, waarom?' Bareskov trok een melancholiek gezicht. 'Er is zoveel tegenwerk, heren. En de goede Ewoud kon af en toe ontzettend – hoe zeg je dat – opvliegend zijn. Vooral de laatste tijd. Ik begrijp dat wel; als Rus ben ik ook een gevoelsmens. En bij mij thuis vliegen de flessen soms ook wel eens door de kamer.' Hij glimlachte.

De Gier boog zich wat verder naar hem toe. 'En u heeft niet toevallig kortgeleden ruzie met hem gehad?'

'Nee, natuurlijk niet!' riep de Rus verontwaardigd. 'Waarom zou ik?'

Het hoofd van Grijpstra bevond zich ineens ook weer naast dat van Bareskov. 'Ik begrijp dat wel, hoor. U bent allebei gevoelsmensen, er was een woordenwisseling.'

'Over geld, ongetwijfeld,' vulde De Gier aan.

Grijpstra's stem klonk bijna hypnotiserend. 'Het liep wat uit de hand, er vlogen wat flessen in het rond en van het één kwam het ander.'

'Zulke dingen gebeuren,' zei De Gier begripvol.

'Inspector, ik ben een kind van de Kerk.' Ineens weer volkomen rustig keek de Rus van de een naar de ander. 'Ik vermoord geen priester. Nooit. Als u mij kende, zou u dat weten.' Hij rechtte zijn rug. 'En weet u: voor het tijdstip van de moord heb ik een alibi.'

Grijpstra schoot in de lach. 'Nou, dat is knap, want wij hebben het tijdstip van de moord nog helemaal niet bekendgemaakt.'

Barenkov knikte minzaam naar hem, leunde naar voren en glimlachte naar De Gier. Zijn stem klonk trots toen hij rustig zei: 'En toch heb ik een alibi.'

Woedend beende Grijpstra de verhoorkamer uit, op de hielen gevolgd door De Gier. De deur sloeg dreunend achter hen dicht.

'Ik laat mezelf wel uit,' zei Bareskov grijnzend tegen de lege stoel van De Gier.

13

In de recherchekamer liep Grijpstra in één ruk door naar het bureau van Cardozo, die verwachtingsvol opkeek.

Grijpstra greep Cardozo's rechterhand en begon die op een overdreven manier te schudden. 'Zeg, Cardozo, mag ik jou eens even hartelijk – nee, ik mag wel zeggen: héél hartelijk – bedanken voor je gouden vondst in deze zaak. Echt goud, man, gefeliciteerd! Die Rus van jou, die Bareskov, heeft ons namelijk niks opgeleverd. Nada! Niente! Noppes, begrijp je? Hé-le-maal niks!'

'Nul komma niks,' vulde De Gier aan.

'Het was weer geweldig, Cardozo,' brieste Grijpstra. 'Echt heel fijn. Je wordt bedankt, jongen!'

Dat liet Cardozo zich niet welgevallen. Hij draaide zijn stoel om naar zijn twee oudere collega's en sputterde tegen: 'Ja, zeg! Jullie hebben hem verhoord, hoor. Ik niet!'

'Wat moesten we dan?' vroeg De Gier. 'Jij had die man laten komen en we konden hem moeilijk zo weer terugsturen.'

'Maar jij had hem natuurlijk zelf willen ondervragen,' wist Grijpstra. 'Met je jarenlange, nee maandenlange ervaring dacht jij dat vast een stuk beter te kunnen doen dan wij tweeën, die ouwe lullen. Is het niet? Nou?'

Cardozo boog zijn hoofd. Hoe graag was hij op dit moment niet rechtop gesprongen, heel dicht voor Grijpstra gaan staan en zelf tot de aanval overgegaan. Om hem eens een keer uit te kafferen en hem te vertellen dat hij inderdaad dacht dat hij het beter zou kunnen dan die twee vervelende zeikerds, die hem iedere keer behandelden alsof hij een zak stront was. Nee, erger dan een zak stront: een absolute nul, iemand aan wie je helemaal niks kon overlaten. O, wat zou hij dat graag...

Hij werd gered door Hetty, die binnenkwam met een printje in haar hand. 'De technische recherche heeft de plaats delict vrijgegeven,' meldde ze opgewekt. 'Het rapport komt eraan.'

Grijpstra draaide zich van Cardozo weg en vroeg, met zijn handen in zijn zij: 'En het sectieverslag?'

Nog voordat hij zijn vraag had afgerond, overhandigde Hetty hem de print. 'Heeft de dokter gemaild,' verklaarde ze.

Gretig begon Grijpstra te lezen.

'En?' informeerde De Gier, na even gewacht te hebben.

'Dood veroorzaakt door kogel in het achterhoofd,' las Grijpstra op.

'Zie je wel!' riep Cardozo triomfantelijk. Zijn borst zwol op van trots. 'Een nekschot. Typisch maffia!'

'Oud nieuws,' concludeerde De Gier.

Door zijn hand op te steken legde Grijpstra hen verder het zwijgen op. 'Maar dit is heel wat interessanter,' zei hij. Meteen had hij de onverdeelde aandacht van De Gier en Cardozo. 'Hier: bij het onderzoeken van de hersenen – of wat daar nog van over was – heeft de patholoog een gezwel aangetroffen. Ter grootte van een ei! Dat zal dan wel een kippenei zijn.'

De Gier gaf de genoemde grootte aan tussen duim en wijsvinger. 'Zo groot! Daar moet hij behoorlijk last van hebben gehad.'

Het gezicht van Grijpstra klaarde op. 'Dan zal hij daar ook wel een arts voor hebben bezocht! En met zo iemand kunnen wij natuurlijk even gaan praten.'

'Zal ik daar eens achteraan gaan?' vroeg Cardozo hoopvol.

'Nee, Cardozo,' antwoordde Grijpstra op besliste toon. 'Blijf jij maar lekker met je computer spelen; daar kun je vast nog allerlei andere interessante gegevens uit halen. De Gier en ik gaan weer even wat echt politiewerk doen.' Hij trok het bijbehorende pakje sigaretten tevoorschijn.

Cardozo bleef aan zijn bureau zitten, balde zijn vuisten en wenste met heel zijn wezen dat hij zich op dat moment in de kelder van het huis van zijn moeder bevond. Dan zou hij zich even heerlijk kunnen uitleven op de boksbal die hij daar had geïnstalleerd. Misschien zou hij er zelfs eerst wel een foto van Grijpstra op plakken. Die arrogante zak!

14

Met de hond op korte afstand achter hen aan wandelden Grijpstra en De Gier in de richting van de Spuistraat.

'Die jongen moet niet denken dat hij ons onderzoek zomaar over kan nemen,' mopperde Grijpstra. 'Daar ben ik niet van gediend. Komt verdomme net kijken en zal ons daar een beetje de les lezen. Nee, niet bij mij.'

De Gier keek geamuseerd opzij. 'Je moet hem wel een beetje bewegingsruimte gunnen. Hij heeft nog veel te leren. Hoeveel maanden heeft hij zijn recherchediploma nu op zak? Twee, drie? Denk je eens in hoe jijzelf ervoor stond toen je zover was.'

'Ik ben hem niet en hij is mij niet,' bromde Grijpstra onverstoorbaar. 'Maar natuurlijk zal ik die jongen wat ruimte geven, zodat hij fijn bij kan leren. Als hij me maar niet voor de voeten loopt.' En na een korte stilte. 'Een afrekening van de Russische maffia, hoe komt die eikel erbij?'

'Hij zal te veel televisie hebben gekeken,' opperde De Gier.

Al lopende observeerde De Gier zijn partner. Hij bleef zich over die man verbazen. Terwijl hijzelf zijn haardos altijd onberispelijk had zitten, zagen de haren van Grijpstra eruit alsof ze zelden of nooit een kam zagen. En waar De Gier voor zijn kleding liefst een beroep deed op het assortiment van Hugo Boss, had Grijpstra twee confectiejasjes en vier dito broeken – elk van de acht mogelijke combinaties die hij daarmee kon maken, leek sprekend op de andere zeven. Zo gauw Grijpstra een schone broek aan had, verdween binnen een halve dag de vouw eruit, om plaats te maken voor kreukels en koffievlekken, om nog maar niet te spreken van de glimmende knieën. Bovendien gebruikte hij steevast afzichtelijke bretels om zijn broek op zijn plaats te houden. En dan de aftershave die Grijpstra opdeed! Hijzelf had een paar zorgvuldig op elkaar afgestemde geurlijnen, maar zijn collega smeerde zich na het scheren vol met een merkloos soort zoete stinkzooi, waarvan het De Gier verbaasde dat er geen vliegen op af kwamen.

'Kom je nog?' vroeg Grijpstra korzelig over zijn schouder.

'Jaja, ik ben vlak achter je.'

Grijpstra stond meteen stil. 'Daar houd ik niet van, dat weet je. Of je loopt naast me, of je kiest maar een alternatieve route. Ik heb een hekel aan mensen die achter me lopen. Daar krijg ik de kriebels van.'

De Gier hield verontschuldigend zijn handen omhoog. 'Sorry, hoor. Ik was er even niet bij met m'n gedachten.'

'Meneer liep zeker weer aan naakte vrouwen te denken,' concludeerde Grijpstra spottend.

'Nou nee.' De Gier grinnikte. 'Aan aangeklede mannen dit keer.'

Grijpstra wierp een afkeurende blik op hem. 'Jou gaat ook niets te ver, hè? Het is maar goed dat je mij als partner hebt, want verder zou er vast niemand binnen het korps met jou willen werken.'

'Ik ben je eeuwig dankbaar,' antwoordde De Gier grijnzend.

Ze liepen naast elkaar op tot ze in de Spuistraat waren. Vrijwel direct nadat ze hadden aangebeld bij het huis met het bord 'Stichting Maarten', werd de deur opengedaan door een onverzorgd ogende jongeman die een onverstaanbare groet mompelde, hen de hand schudde en beleefd naar binnen liet gaan, om zelf vervolgens meteen naar buiten te verdwijnen: de straat in en op een holletje de dichtstbijzijnde hoek om. Grijpstra en De Gier keken hem vanuit de deuropening bevreemd na.

In de kamer van Ewoud Albrecht aangekomen, zagen ze Monica geknield op de grond zitten. Ze was bezig met een doekje en een reinigingsmiddel de bloedsporen uit het kleed te verwijderen. Haastig stond ze op om hen te begroeten. Ze droogde haar handen af, gaf hen allebei een handje en vroeg direct wat ze wilden drinken.

Grijpstra sprak zijn voorkeur uit voor een kop koffie en vroeg in één moeite door: 'Zeg, wie was die ongewassen knul die net de deur voor ons opendeed?'

Monica aarzelde zichtbaar even voordat ze antwoordde. 'Dat... eh... zal Roeland geweest zijn.'

'Die junk van Ewoud?' vroeg De Gier, als gestoken. 'Die zou ik eigenlijk wel willen spreken.'

Met een cynisch lachje zei Monica: 'Op het bureau zeker!'

De Gier keek ernstig. 'Ja, natuurlijk. Hij moet toch een verklaring komen afleggen. Heb je dat dan niet tegen hem gezegd?'

Ze schudde haar haren naar achteren. 'Nee, natuurlijk niet! Een politiebureau is een veel te bedreigende omgeving voor zo'n jongen als hij.'

'Hij zou ons toch nuttige informatie kunnen verschaffen,' deed ook Grijpstra een duit in het zakje.

Enigszins kribbig reageerde Monica: 'Ik zou niet weten hoe. De helft van de tijd weet die jongen niet eens wie hij is, laat staan dat hij nog zou weten waar hij geweest is. Met zo iemand verspillen jullie je tijd.'

'Dat maken we altijd zelf nog wel uit,' zei Grijpstra afgemeten. En tegen De Gier: 'Ik doe straks nog wel even een belletje. Dan hebben we hem zo te pakken. Of we gaan er zelf achteraan. Want een verklaring afleggen moet hij, of hij nu een junk is of niet.'

'Komen jullie om me dat te vertellen?' vroeg Monica.

De Gier schudde zijn hoofd en glimlachte vriendelijk. 'Nee, hoor. We willen iets anders vragen. Weet jij of Ewoud Albrecht onlangs een dokter heeft bezocht?'

Ze trok een nadenkende rimpel in haar voorhoofd. 'Zijn huisarts, bedoel je?'

'Nee, eerder een specialist,' verduidelijkte De Gier. 'In het ziekenhuis misschien?'

Weer aarzelde Monica. 'Ik zou het eigenlijk niet weten. Zoiets zal waarschijnlijk wel in zijn agenda staan.'

'En waar is die agenda dan?' vroeg Grijpstra.

Ze liep om het bureau heen en haalde een zwarte ringbandagenda uit een van de bovenste laden. 'Kan ik jullie die zomaar geven?'

wilde ze weten. 'Ik bedoel, is dat gebruikelijk in een moordzaak, dat de politie inzage krijgt in iemands persoonlijke spullen? Privacy en zo, geldt dat ook voor een dode? Ik weet het eigenlijk niet.'

'Daar mag ik geen mededelingen over doen,' zei Grijpstra met een plechtig gezicht. 'Maar in dit geval zou het waarschijnlijk erg helpen als jij nu even die koffie ging halen, dan kunnen wij hier even rustig rondneuzen, zonder iemand tot last te zijn.'

'Voor mij ook graag!' voegde De Gier daar met een warme glimlach aan toe.

Monica knikte en verliet bedremmeld de kamer. Meteen pakte Grijpstra de agenda en begon daar aandachtig in te bladeren. Onderwijl bekeek De Gier foto's en andere muurversieringen.

Na korte tijd riep Grijpstra: 'Rinus!' Hij hield de agenda aan hem voor en wees met zijn vinger. 'Gotcha!' zei hij triomfantelijk. 'Bij vrijdag twee weken geleden heeft hij AMC opgeschreven.'

De Gier nam de agenda over. 'Er staat geen naam van een dokter bij.'

Grijpstra haalde zijn schouders op. 'Kwestie van een telefoontje.' Hij pakte meteen zijn mobieltje en begon een nummer in te toetsen. 'Laten we er meteen maar even langsgaan,' stelde hij voor.

Intussen had De Gier verder staan bladeren in de agenda. 'Wacht eens even. Wat is dit?'

Hij gaf de agenda weer terug aan Grijpstra, die er fronsend naar keek, terwijl hij met zijn duim zijn mobiel uitschakelde.

'Zie je al die vrouwennamen met die data erachter?' vroeg De Gier.

Grijpstra knikte kort. 'Ja, alleen maar voornamen. Kijk, Ilona staat er ook bij.'

'Wat zou dat betekenen?' vroeg De Gier. 'Vrouwen met wie hij heeft gepraat?'

'Of meer, als je Harrie Kuuk mag geloven.' Grijpstra grinnikte.

Weer wees De Gier. 'En waarom staat daar in grote letters "Jonk" boven?'

'Weet ik veel?' Grijpstra werd duidelijk ongeduldig. 'Laten we nu eerst maar naar dat ziekenhuis gaan, dan hebben we daar in ieder geval duidelijkheid over.'

De Gier stond peinzend voor zich uit te kijken, met de agenda nog altijd in zijn hand.

'Brigadier!' riep Grijpstra bij de deur.

Verstoord keek De Gier hem aan. 'Ja, even wachten nog.'

'Leg je die agenda wel terug?' vroeg Grijpstra. 'We kunnen het echt niet maken om dat ding mee te nemen.'

'Toch raar, alleen die vrouwennamen,' zei De Gier, terwijl hij de agenda weer in de la legde.

'Ja, dat heb je soms.' Grijpstra keek veelbetekenend op zijn horloge.

'En de koffie van Monica dan?' sputterde De Gier tegen.

'Koffie hebben ze in het ziekenhuis vast ook wel,' wist Grijpstra. Meteen deed hij de keukendeur open, riep 'Nog bedankt, hè!' naar binnen en trok de deur weer dicht, zonder op antwoord te wachten. 'We gaan,' zei hij tegen De Gier, op een toon die geen tegenspraak duldde.

15

'Waren we nou toch maar met de auto gegaan,' mopperde Grijpstra.

'Niet zeuren,' maande De Gier. 'Het is maar een klein stukje lopen naar het metrostation en dan kun je weer zitten. Het is een wonder dat mensen als jij niet verder evolueren tot er uiteindelijk een soort geboren wordt met een stoel die aan hun achterwerk vastzit.'

Grijpstra speelde even met het idee en concludeerde toen: 'Dat zou mijn moeder bij mijn geboorte vast niet prettig gevonden hebben.'

In de metro zakte Grijpstra ver onderuit op een bankje, zodat De Gier de plaats schuin tegenover hem moest nemen. Op het Amstelstation stapte een jongeman met een gitaar in. Toen hij midden in het gangpad ging staan en aanstalten maakte om te gaan spelen, riep Grijpstra verveeld: 'Ik zou het niet doen!'

'Waarom niet?' vroeg de langharige jongeman strijdlustig.

Grijpstra trok een dreigend gezicht. 'Omdat ik dan gedwongen ben je te arresteren. Wegens het bederven van de goede smaak, het hinderen van een ambtenaar in functie en audiovisuele milieuvervuiling.'

'Bent u van de politie?' De jongeman schrok zichtbaar en borg zijn gitaar weer op in zijn koffer.

'Dat niet alleen,' zei Grijpstra. 'Maar die meneer hier ook.' Hij knikte in de richting van De Gier. 'En we hebben onze dagelijkse hoeveelheid arrestaties vandaag nog niet verricht.'

De jongeman met de gitaar maakte bij het eerstvolgende metrostation dat hij wegkwam. Een Surinaamse oudere dame aan de andere kant van het gangpad keek Grijpstra misprijzend aan.

'Is er iets mis, mevrouw?' wilde Grijpstra weten.

De vrouw hief haar kin omhoog. 'Ik vind het eigenlijk wel gezellig om een stukje muziek te horen in de metro. Of gaat u mij nu ook arresteren, omdat ik dat zeg?'

De Gier grinnikte, maar Grijpstra deed net alsof hij dat niet in de gaten had. 'Als u een stukje muziek wilt horen, mevrouw, gaat u fijn thuis zitten met de radio aan. Dan stoort u daar geen onschuldige mensen mee.'

'Onbeleefde vlerk,' zei de vrouw en draaide demonstratief haar hoofd weg.

Grijpstra haalde zijn schouders op in de richting van De Gier. Die was blij toen ze bij hun halte aankwamen.

In het Amsterdams Medisch Centrum hoefden ze bij de ontvangstbalie maar aan drie verschillende receptiemedewerkers uit te leggen wat de bedoeling was, voordat iemand hun kon vertellen bij welke dokter in het ziekenhuis Ewoud Albrecht twee weken tevoren op consult was geweest.

Een kwartier later klopten ze aan bij de spreekkamer van de betreffende arts. Naast de deur hing een bordje met diens naam: E.W.J. Aronson. En daaronder: Neuroloog.

Uit de kamer klonk een kort 'Ja', waardoor ze direct naar binnen konden gaan.

Een rijzige man met een wit jasje stond op vanachter zijn bureau en reikte hun de hand. 'Ah, de heren van de politie. Ik was al gebeld over uw komst. Aronson is de naam.'

Grijpstra en De Gier stelden zich voor en namen na een uitnodigend gebaar van de arts op een stoel plaats.

'Het gaat dus om Ewoud Albrecht,' begon De Gier.

'Dat hoorde ik, ja,' antwoordde de arts. 'U komt bij mij omdat Ewoud hier recentelijk nog geweest is. Tragisch geval. Ik zal u meteen maar vertellen dat Ewoud en ik oude vrienden zijn: ik ken hem nog uit onze studietijd.'

'Was u zijn vaste... eh, specialist?' vroeg Grijpstra.

Aronson lachte ontwapenend. 'Nee. Nee, hoor. Hij kwam bij mij voor een second opinion.'

'Vanwege dat gezwel in zijn hoofd,' begreep Grijpstra.

Meteen keek Aronson ernstig. 'Inderdaad. Er was bij hem een grote en agressieve tumor geconstateerd achter in zijn linkerhersenhelft, niet ver van de hersenstam. Hij was daarvoor onder behandeling bij een oncoloog en een neuroloog, een goede collega van mij. Die hadden hem grondig onderzocht en hadden helaas moeten vaststellen dat het een niet operabel geval betrof. En zoals u misschien al wel verwacht zult hebben: hij wilde van mij graag weten of dat klopte.'

'En?' vroeg De Gier.

De arts trok een triest gezicht en schudde zijn hoofd. 'Nee, helaas, er was niets anders van te maken. Ik kon hem geen enkele hoop geven.'

'Dat is hard,' vond Grijpstra.

'Ja,' zei Aronson. En na een korte stilte: 'Het was buitengewoon dramatisch, vooral omdat ik Ewoud goed kende, maar er was echt niets meer aan te doen. Op zulke gevallen is onze medische wetenschap simpelweg nog niet berekend.'

'Hoe reageerde hij daarop?' vroeg Grijpstra.

De wenkbrauwen van de neuroloog gingen omhoog. 'U begrijpt hopelijk wel dat ik gehouden ben aan mijn zwijgplicht? Ik kan geen antwoord geven op persoonlijke vragen die vallen binnen de vertrouwensrelatie van een patiënt en zijn behandelend arts.'

'Wij zijn bezig met een moordonderzoek,' legde De Gier uit. 'U moet begrijpen dat alle informatie over de geestelijke en lichamelijke staat van de heer Albrecht voor ons onderzoek van groot belang is.'

De arts knikte.

'Laten we zeggen: Ewoud Albrecht was niet blij met die mededeling van u,' stelde Grijpstra voor.

'Op z'n zachtst gezegd,' beaamde Aronson, na een korte aarzeling.

De Gier wisselde een snelle blik van verstandhouding met Grijpstra en vervolgde: 'Had hij ergens last van? Aanvallen van pijn, of... iets anders?'

Aronson zette zijn ellebogen op zijn bureau en plaatste zijn vingertoppen tegen elkaar. 'Laat ik u een algemeen beeld schetsen, zonder al te specifiek te worden over dit bijzondere geval. Kijk, dit soort tumoren kan aanleiding geven tot hevige hoofdpijnen of zelfs uitvalverschijnselen: de patiënt heeft dan niet meer de volle controle over zijn ledematen en bewegingen. Vaak zorgt de druk die zo'n tumor uitoefent op bepaalde delen van de hersenen ook voor veranderingen in de persoonlijkheidsstructuur.'

'Wat moet ik me daarbij voorstellen?' vroeg Grijpstra met gefronste wenkbrauwen.

Aronson tuitte zijn lippen even voordat hij verder ging. 'In veel gevallen zorgt zo'n tumor voor onvoorspelbaar gedrag van de patiënt. Dan moet u bijvoorbeeld denken aan plotselinge driftaanvallen, als gevolg van de aandoening van zijn hersenen. Die aanvallen kunnen zo hevig zijn, dat de directe omgeving van de patiënt hem daar nauwelijks meer in herkent.'

'Zoals dat bij dementie ook wel voorkomt,' begreep Grijpstra.

'Zeer juist.' De arts knikte hem instemmend toe. 'De ziekte van Alzheimer kan vergelijkbare effecten hebben op een patiënt. Dat kan zeer traumatische gevolgen hebben, niet alleen voor de mensen in zijn omgeving, maar ook voor de patiënt zelf, in diens steeds schaarser wordende momenten dat hij zich nog van alles bewust is.'

'Allemachtig,' zei De Gier, duidelijk onder de indruk. 'Daar lijkt me eigenlijk niet meer mee te leven. Zeker niet voor zo'n dynamische man als Ewoud Albrecht.'

Weer knikte de arts. 'Wanneer een patiënt me vertelt dat een dergelijke aandoening ondraaglijk is, kan ik me daar veel bij voorstellen. Mij zijn gevallen bekend van mensen die het niet tot het einde hebben volgehouden. Die dus het lot in eigen hand hebben genomen.'

Grijpstra liet deze mededeling even naklinken voordat hij vroeg: 'En Ewoud?'

'Als u me vraagt of ik denk dat Ewoud zelfmoord heeft gepleegd, kan ik kort zijn. Ik heb begrepen dat de dodelijke kogel via Ewouds achterhoofd de hersenen is binnengedrongen,' antwoordde de neuroloog droog. 'Dus wat denkt u zelf?'

'Hoe lang had hij nog, medisch gesproken?' informeerde De Gier.

Aronson haalde zijn schouders op en kreeg een wat onwillige trek op zijn gezicht. 'Mensen willen altijd zo graag een termijn horen. Alsof het leven via een spoorboekje verloopt. Hij had nog drie maanden te leven, of een jaar... wie zal het zeggen? Ik heb van alles meegemaakt en ieder geval staat in feite op zich.' Hij zweeg even en keek tussen zijn handen door naar zijn bureaublad. 'Ewoud... had mij gevraagd om hem toch te opereren, ongeacht de uitkomst.' Hij hief zijn hoofd weer op.

'En dat wilde u niet?' suggereerde De Gier.

Aronson zuchtte. 'Die operatie was volkomen kansloos, en dat wist Ewoud. Ik heb hem verteld dat ik een gelofte heb afgelegd om de mensen te genezen, niet om ze te doden. Daar zag hij de redelijkheid van in. Hij heeft ook niet meer aangedrongen.'

'Maar nu is hij toch dood,' wierp Grijpstra tegen.

De arts keek hem bijna uitdagend aan. 'Ik zie dat als een verlossing. Er is Ewoud veel lijden – en misschien wel ondraaglijk lijden – bespaard gebleven door zijn voortijdige dood.'

'Dokter, hij is vermoord,' zei De Gier zacht. 'Doodgeschoten.'

De ogen van de neuroloog gingen langzaam tussen de beide politiemannen heen en weer. 'Dat laatste, heren, is een gruwelijk detail. Maar in een uitzichtloze situatie als deze is het ook beslist niet meer dan dat.'

16

Terwijl Grijpstra hoofdschuddend door de grote ontvangsthal van het ziekenhuis in de richting van de buitendeur liep, hield De Gier hem ineens staande.

'Wacht eens even,' zei hij. 'Er zit hier in het AMC toch ook een junkenopvang of zoiets.'

'Ze hebben hier een crisispoli voor drugsgebruikers, als je dat bedoelt,' deed Grijpstra stroef.

'Ja, whatever.' De Gier maakte een ongeduldig gebaar met zijn hand. 'We kunnen hier in ieder geval even navragen of ze meer weten van die Roeland, niet? We zijn hier nu toch.'

Dat kon Grijpstra moeilijk ontkennen. Goedmoedig mopperend sjokte hij met zijn collega mee naar de genoemde afdeling.

Twee medewerkers later waren de beide politiemannen in gesprek met een zeer informeel geklede dame met warrig haar en een half brilletje. Ze stelde zich voor als Machteld van Buitenen, hoofd van de afdeling Drugsgerelateerde Opvang, nam hen mee naar een spreekkamertje en bood hun een kop koffie aan.

Toen iedereen eenmaal zat en voorzien was van het nodige vocht, zei ze vriendelijk: 'Ik begrijp dat u een vraag heeft die te maken kan hebben met een van onze cliënten.'

'Dat klopt,' antwoordde De Gier. 'We zijn bezig met een moordonderzoek. Misschien heeft u wel over deze zaak gehoord, want het gaat om een priester, Ewoud Albrecht, die zich ook bezighield met de opvang van junks.'

Ze bekeek hem over haar brilletje. 'Ik heb inderdaad gehoord dat Ewoud vermoord is. Ronduit gruwelijk. We werkten wel met hem samen. Dat wil zeggen: met zijn Stichting Maarten dan. Het is vrij zeldzaam dat mensen zich zo spontaan en intensief inzetten voor hulp aan verslaafden.'

'Kende u hem persoonlijk?' vroeg Grijpstra.

Haar hoofd bleef vrijwel op dezelfde plaats, alleen haar ogen gingen van de een naar de ander. 'Ik heb hem wel eens ontmoet, ja. Maar verder hadden we vooral telefonisch contact.'

'Vaak?' wilde De Gier weten.

'Ik weet niet wat u vaak noemt. Er gingen maanden voorbij dat we elkaar niet spraken. En dan belden we elkaar soms ineens een paar keer in de week. Dat was afhankelijk van de gemeenschappelijke cliënten met wie we bezig waren.'

De Gier knikte. 'Heeft u de laatste tijd wel contact met hem gehad over een zekere Roeland, die een protégé was van de heer Albrecht?'

Ze rechtte haar rug. 'Heeft die Roeland ook een achternaam?'

Grijpstra en De Gier keken elkaar aan en schoten in de lach.

'Dat hadden we die Monica dus wel even moeten vragen,' zei Grijpstra lachend tegen zijn collega.

Met een inmiddels weer ernstig gezicht richtte De Gier zich weer tot Machteld van Buitenen. 'Tja, ziet u, onhandig genoeg is dat nog niet ter sprake gekomen in ons onderzoek. Eerlijk gezegd ging ik er vanuit dat het eerste wat een junk kwijtraakt zijn achternaam is.'

'Ik weet niet wat u bedoelt,' antwoordde ze koeltjes. 'In de zorg kunnen wij niemand inschrijven zonder achternaam en er heeft zich nog nooit een cliënt aangediend die zijn of haar achternaam was kwijtgeraakt.'

'Die achternaam komt nog,' beloofde De Gier. 'Maar misschien is die Roeland ook patiënt bij u en kunt u ons verder helpen?'

'Niet patiënt, maar cliënt,' verbeterde ze hem. 'En u zou moeten weten dat wij uit het oogpunt van de bescherming van onze cliënten geen mededelingen doen over wie hier al dan niet onder behandeling is. Daarmee zouden we hun privacy zeer schaden.'

Grijpstra zuchtte diep. 'We hadden u, geloof ik, al verteld dat het hier om een moordonderzoek ging? Die Roeland kan belangrijke informatie voor ons hebben. Het is van het grootste belang dat we hem zo snel mogelijk spreken.'

Ze was niet onder de indruk. Met een vriendelijke glimlach zei ze: 'Luister, adjudant – het was toch adjudant, niet? – u doet uw werk en ik doe het mijne. En uw belang is voor mij niet groter dan dat van genoemde Roeland of van wie dan ook. Ik wil u graag helpen, als dat in mijn vermogen ligt, maar ik mag onder geen beding voorbijgaan aan de rechten van mijn cliënten. Dat zult u moeten begrijpen.'

'Maar kunt u ons dan tenminste zeggen of u weet wie die Roeland is?' vroeg De Gier.

Haar blik verschoof weer naar hem. 'Stel dat het inderdaad zo is dat deze Roeland bij ons ingeschreven staat, dan zou ik toch eerst zijn toestemming willen vragen voordat ik op uw vraag antwoord geef.'

'Oké, laat ik het dan zo vragen.' De Gier deed zijn uiterste best om vriendelijk te blijven, vooral ook omdat hij zag dat Grijpstra zich begon op te winden. 'Heeft het zin als ik u deze vraag over enkele dagen opnieuw stel?'

Er speelde een vaag glimlachje om haar mond. 'Laat ik het zo zeggen: dat kan ik u moeilijk verbieden en u kunt het altijd proberen.'

Grijpstra schoof zijn stoel iets te luidruchtig achteruit en stond op. 'Kom op, brigadier, we hebben hier niets meer te zoeken.'

Hij stond al bij de deur toen De Gier nog afscheid aan het nemen was van het hoofd Drugsgerelateerde Opvang. Grijpstra was zelfs al bijna het gebouw uit, toen De Gier hem eindelijk inhaalde.

'Wat heb jij nou ineens, man?' vroeg De Gier met opgetrokken wenkbrauwen.

'Ach, dat gezeik!' mopperde Grijpstra recalcitrant. 'Die lui verstoppen zich zo graag achter hun heilige patiëntenbescherming...'

'Cliëntenbescherming,' viel De Gier hem droog in de rede.

'Dat ook,' beaamde Grijpstra. 'Maar daar zwaaien ze dus zo graag mee, dat ze het een hardwerkende politieman bijna onmogelijk maken om een moordzaak op te lossen.'

'Het is een complot,' suggereerde De Gier.

'Precies!' zei Grijpstra. 'Ze spannen allemaal samen, die labbekakken. En wie is er weer de dupe? De kleine belastingbetaler!'

De Gier keek hem bevreemd aan. 'Pardon? Waar slaat dat nou weer op?'

'Kweenie.' Grijpstra haalde zijn schouders op. 'Ik had gewoon zin om dat even te zeggen. Heb jij ook zo'n bloedhekel aan die ziekenhuislucht?'

'Niet echt, nee.'

'Nou, ik wel.' Grijpstra huiverde. 'Ik word er zelfs helemaal kriegel van. Sinds mijn eerste vrouw...'

'Ja?' moedigde De Gier hem aan.

'Nee, niks.' Grijpstra was even opvallend stil. 'Laten we maar naar buiten gaan, want ik ben eigenlijk erg toe aan een sigaretje.'

'Ik ook niet,' zei De Gier, maar liep toch mee.

17

'Hebben jullie al wat?' vroeg Cardozo, toen de twee mannen zwijgzaam de recherchekamer waren binnengekomen.

De Gier schudde mismoedig zijn hoofd. 'We weten dat Ewoud Albrecht een snel groeiende tumor in zijn hoofd had. Daar hebben we zojuist navraag over gedaan bij zijn specialist, maar die hielp ons niet echt veel verder.'

'Niet echt, nee,' viel Grijpstra hem bij. 'We weten nu dat die Albrecht behoorlijk last moet hebben gehad van die tumor, op het ondraaglijke af. En dat zelfs zijn persoonlijkheid erdoor veranderd kan zijn. Maar dat lijkt me nog steeds geen reden om iemand zomaar af te knallen.'

'Dus eigenlijk hebben jullie nog niks,' concludeerde Cardozo.

De Gier ging zwijgend zitten en Grijpstra draaide zich vervaarlijk snuivend naar het raam. Hij duwde twee strippen luxaflex uit elkaar om naar buiten te kunnen kijken.

'Ik zat eens te denken,' begon Cardozo.

Meteen vloog Grijpstra op. 'Nee, hè!' Hij liet de luxaflex schieten en draaide zich om. 'Zeg niet dat je ons weer op zo'n zielig theorietje komt vergasten! Wat is het deze keer? Een huurmoord? De drugsscene? Een wereldwijd prostitutienetwerk? Of toch gewoon de maffia? Sorry: de Rússische maffia.'

Hij bleef uitdagend voor Cardozo's bureau staan.

'Doe niet zo vervelend, Grijpstra,' suste De Gier. 'Laat die jongen even rustig vertellen wat hij bedacht heeft.'

Het leek even of Grijpstra nog iets ging zeggen, maar daar zag hij blijkbaar toch maar van af. Hij beende terug naar zijn bureau en ging met zijn armen demonstratief over elkaar in zijn stoel zitten. 'Oké, ik wacht.'

Cardozo keek onzeker van de een naar de ander. 'Tja, ik dacht, eh...'

'Voor de draad ermee, Cardozo,' spoorde De Gier hem aan.

'Goed.' Cardozo haalde diep adem. 'Maar dan moeten jullie me wel even laten uitpraten, hoor.' Toen er geen protesten kwamen, ging hij opgelucht verder. 'Ik zat dus te denken: we hebben een moord, waarbij iemand van achteren in zijn hoofd is geschoten. Dat doet denken aan een afrekening.'

Grijpstra deed zijn mond open, maar zag De Gier waarschuwend kijken, dus zei hij niets.

'Bovendien is het niet zomaar iemand, die werd neergeschoten,' vervolgde Cardozo, 'maar een priester die zich bezighield met de opvang van junks. En we weten dat er door Bareskov, met zijn Russische import- en exportbedrijf, aanzienlijke hoeveelheden geld in de Stichting Maarten werden gepompt.'

Nu hield Grijpstra het niet meer. 'Waar wil je heen, Cardozo? Schiet eens op!'

De aangesprokene ging staan. 'Nou, ik probeer dat allemaal in een groter verband te zien: afrekening, drugs, internationaal geld. En dan kom ik toch in de drugswereld terecht.'

'Ja, hoor!' riep Grijpstra en maakte een wegwerpgebaar.

'Nee, je zou me laten uitpraten,' protesteerde Cardozo. 'Want ik ben nog niet klaar. Die stichting had natuurlijk altijd geld nodig. Daar zorgden die Russen dus voor. Maar dat zal vast niet voor niets zijn geweest. Nou, wat denk je dat een priester die drugsklanten opvangt zou kunnen betekenen voor een internationaal opererend bedrijf? Ik denk dat die Albrecht van jullie – sorry, die Albrecht, dus – zich heeft laten inschakelen door het drugscircuit.'

Grijpstra schudde zijn hoofd, maar De Gier stak zijn hand op. 'Wacht nou even, misschien is dat helemaal zo gek nog niet. Als dat voor Albrecht de enige manier was om aan geld te komen voor zijn stichting, zou het best kunnen dat hij zoiets heeft gedaan. Misdaad om bestwil, zullen we maar zeggen.'

Met een vermoeide zucht ging Grijpstra rechtop zitten. 'Tjongejonge, als we eenmaal aan het speculeren gaan, is het niet gauw te gek, hè? Zo meteen zeggen jullie nog dat die priester zelf ook aan de drugs was.'

De Gier keek hem opmerkzaam aan. 'En waarom ook niet? De man had een enorm gezwel in zijn hoofd. Hij verging van de pijn. Ik zou het niet raar vinden als hij in zo'n situatie wel eens met zijn vingers in een verkeerde snoeppot zat.'

'Het zou een soort zelfmedicatie kunnen zijn,' opperde Cardozo. 'Misschien heeft hij aan zijn eigen handel gezeten, en hebben ze hem daarom geliquideerd.'

Met zijn armen weer over elkaar liet Grijpstra zijn blik van de een naar de ander gaan. 'Jongens, waar zijn jullie nou in godsnaam mee bezig?' Hij pakte het sectierapport van zijn bureau. 'Als onze priester zelf ook een junk was, had dat toch wel hierin gestaan? Zo'n patholoog ziet direct aan een vergrote lever of aan andere lichamelijke afwijkingen of iemand een regelmatige gebruiker van verdovende middelen was! En in geval van de minste twijfel had hij hem daar echt wel op getest, hoor.'

'Maar je weet niet zeker of de patholoog dat nu wel of niet heeft gedaan?' vroeg De Gier dringend.

Met kennelijke tegenzin bladerde Grijpstra door het rapport. 'Hier vind ik daar niks over, nee. Maar ik zal hem er wel even over bellen.'

Meteen greep hij de telefoon en drukte een toets in. Terwijl hij De Gier strak bleef aankijken, zei hij: 'Hetty? Ja, met mij. Kun jij de arts die de sectie op Albrecht heeft gedaan eens vragen of hij hem ook getest heeft op drugs? Ja, nu meteen, graag.'

Hij legde weer neer.

'Goed dat je hem meteen even gebeld hebt,' sneerde De Gier. 'Fijn ook dat Hetty daar even aan wilde meewerken.'

Grijpstra haalde zijn schouders op. 'Ik zou Hetty niet werkeloos willen maken.' Hij draaide zich naar Cardozo, die inmiddels weer was gaan zitten. 'Dus als ik het goed begrijp, houdt jouw theorietje in dat Ewoud Albrecht iets te maken kan hebben gehad met drugs en dat hij daarom is afgeschoten.'

Cardozo knikte. 'Zoiets, ja. Hij had niet voor niets zoveel drugsgasten over de vloer. Het zou best kunnen dat hij met een paar van hen een handeltje heeft opgezet.'

'Met die Roeland, bijvoorbeeld,' suggereerde De Gier.

'Weer die Roeland,' constateerde Grijpstra. 'Die jongen zou ik zo langzamerhand wel eens hier in een verhoorkamer willen hebben.' En met een blik op De Gier: 'Zullen we daar zo nog even achteraan gaan?'

De Gier keek op zijn horloge. 'Het is mooi geweest voor vandaag. Laten we dat morgenochtend maar doen. Dan hebben we ook meer kans om hem te pakken te krijgen, want dan ligt hij vast nog ergens te slapen.'

Onwillig stemde Grijpstra in. Hij had nog helemaal geen zin om naar huis te gaan. Op dat moment ging zijn telefoon. Hij nam op met een kort 'Ja?'. Zijn trekken ontspanden zich toen hij zei: 'Dat is mooi snel, Hetty. En wat zei hij?' Na een korte stilte vervolgde hij: 'Nou, in ieder geval bedankt. Dag.'

Hij legde neer en keek naar de beide anderen. 'Volgens de lijkschouwer wees niets bij Albrecht op langdurig gebruik van verdovende middelen. Maar het is wel mogelijk dat hij die de laatste tijd incidenteel gebruikt heeft, dus zal de dokter nog een paar aanvullende tests uitvoeren. Dat horen we morgen.'

Terwijl hij opstond zei De Gier: 'Mooi, dan houd ik het nu voor gezien. Ik wens u allen nog een vrolijke avond en hoop voor mezelf beslist hetzelfde.'

'Heb je een afspraakje?' vroeg Grijpstra nieuwsgierig.

'Zou je wel willen weten, hè?' kaatste De Gier terug. 'Maar goed: rood haar, meer zeg ik niet. Tot morgen.'

En hij was al weg. Even staarde Grijpstra teleurgesteld voor zich uit. Hij had eigenlijk wel even met zijn partner mee gewild om wat te drinken en te kletsen in diens appartement. Nou ja, dan maar plan B.

Met een zucht stond hij op. 'Ik vertrek ook maar eens, Cardozo.'

Zijn jongere collega knikte. 'Tot morgen, dan. Ik zoek nog even iets na.' Hij wees op de computer.

'Maak het niet te laat,' zei Grijpstra. 'Dat vindt je vriendin vast niet leuk.'

In de gang bedacht hij dat hij de vriendin van Cardozo nog altijd niet gezien had. Aan de foto op Cardozo's bureau te zien, zag ze er niet onaardig uit. Maar ja, dat gold voor heel veel vrouwen van die leeftijd. Daarna zakte dat ineens snel af. Hij had een borrel nodig.

18

De Gier maakte zijn zwarte herenfiets los van het beugelslot, het hangslot en het veiligheidsslot waarmee hij zijn trouwe tweewieler zelfs in de stalling van het politiebureau altijd klemvast zette. Criminaliteit was overal, wist hij, en zijn mooie oparijwiel was een gewild artikel bij de leden van het perfide gilde der fietsendieven. Hij had zijn postcode op drie plaatsen in het frame laten graveren en zelfs chips met zijn gegevens laten aanbrengen in het frame, maar was nog altijd huiverig voor diefstal. Er waren hem hier in Amsterdam al te veel fietsen afhandig gemaakt. En hij moest vooral niet zien dat een junk met zijn fiets bezig was, want dan zou hij die figuur eens laten voelen wat jiujitsu was! Niet voor niets was hij al jarenlang politiekampioen in die discipline – en trouwens ook in judo – bij de districtswedstrijden voor heel Noord-Holland.

De gedachte aan junks bracht hem automatisch op het theorietje van Cardozo. Die jongen was van goede wil, dat kon De Gier niet ontkennen. Maar tegelijkertijd wilde hij gewoon te graag, te veel en te snel deelnemen aan onderzoeken waar hij nog helemaal niet klaar voor was. Hij kwam immers nog maar net kijken als rechercheur? Cardozo moest er maar aan wennen dat hij door Grijpstra en hem voorlopig vrijwel alleen gebruikt zou worden voor het loopwerk. En dat computergedoe, natuurlijk, want daar bleek hij eigenlijk best goed in te zijn. Als hij het maar niet te hoog in zijn bol kreeg, want het leek er waarachtig wel op alsof Simon Cardozo zo snel mogelijk commissaris wilde worden. Hij was echt zo'n ambitieuze streber. De Gier grinnikte zachtjes. Daarin was die jongen in feite het absolute tegendeel van Grijpstra en hemzelf. Hij probeerde zich Grijpstra als commissaris voor te stellen en grinnikte opnieuw, nu hardop. Een voorbijlopend echtpaar keek hem verbaasd na.

En Grijpstra, ach, Grijpstra. Toen De Gier net met hem werkte, had hij dat nooit gedacht, maar hij was echt gesteld geraakt op die rare, afstandelijke, humeurige en soms ronduit onhandelbare en onbeschofte man. Ze scheelden in leeftijd bijna tien jaar, hadden totaal verschillende interesses en bezigheden, en hadden überhaupt weinig gemeen. Behalve dat musiceren dan. De Gier gaf het niet graag toe, maar hij speelde met niemand zo graag samen als met Grijpstra. Dat drumwerk gaf zijn trompet echte 'soul', merkwaardig was dat. Niet dat Grijpstra een virtuoze drummer was, maar hij had overduidelijk gevoel voor het soort muziek waar De Gier zelf helemaal warm voor liep. Het was een goed idee geweest van Grijpstra om het leegstaande kamertje achter de verhoorkamers in te ruimen als muziekkamer. En gelukkig zag de commissaris ook in dat hun gezamenlijke muziekbeoefening wel eens heilzaam zou kunnen zijn voor hun samenwerking, en niet te vergeten hun onderzoeken. De resultaten waren er ook naar, nietwaar?

Had Grijpstra daarnet eigenlijk zitten vissen of hij nog even met hem mee kon? Merkwaardig, de man had toch een vrouw en kinderen. Als hij er zelf zo voor zou staan, en niet van steen naar steen hopte in een rivier van opeenvolgende vriendinnen (hm, mooi beeld, dacht hij: dat moest hij vasthouden), dan zou hij 's avonds niet weten hoe snel hij thuis moest zijn. Dat had toch ook wel wat: kinderen te zien opgroeien die je zelf had voortgebracht. Je avonden door te brengen met je eigen vrouw, die langzamerhand een meer dan vertrouwde kameraad was geworden en aan een half woord van jou genoeg had. De seks zou waarschijnlijk wel wat minder spannend zijn geworden, maar je wist in ieder geval tot in detail wat de behoeften en verlangens van de ander waren.

Godsamme, het leek wel alsof hij zó met Grijpstra zou willen ruilen. Hij ging recht op zijn fiets zitten en voegde vanaf een zijweggetje moeiteloos in bij de stroom verkeer in de binnenstad. Nee, hij was ook wel erg gehecht aan zijn eigen leventje: zijn appartement in een grachtenpand, waar hij zich prettig voelde, weliswaar zonder veel luxe, maar met een inrichting waar hij volledig achter stond. Behalve dan die ene stoel die hij gekocht had voor Grijpstra, omdat die gekke kerel het vertikte om op de grond te gaan zitten, zelfs niet met een kussen! Maar ach, je moest wat over hebben voor je partner, nietwaar?

En wat was hij nu eigenlijk aan het zeuren over een huwelijk en kinderen? Hij was immers Grijpstra niet? Hij was volmaakt gelukkig in zijn eentje, met zijn aanbiddelijke kat Olivier om voor te zorgen. En vanavond ging hij eerst lekker eten met Sylvia, zijn roodharige schone. Dat werd ongetwijfeld gezellig, want die meid was geestig en intelligent. En daarna zou hij wel zien of van het één het ander kwam. Al ging hij daar, eerlijk gezegd, al wel een beetje van uit. Anders had hij dat spiegelplafond op zijn slaapkamer mooi voor niets laten monteren.

Hij floot een opgewekt deuntje en zette er een stevig gangetje in. Straks moest hij eerst nog bij enkele van zijn favoriete winkels langs om kersverse groenten en wat mooie stukken vis te halen – natuurlijk ook een lekkere moot witvis voor Olivier. Sylvia was niet anders van hem gewend dan dat hij voor perfect, vers voedsel zorgde. 'Mijn vijfsterrenkok' noemde ze hem. Die reputatie moest hij natuurlijk wel eer aandoen. En niet alleen díe reputatie. Hij grijnsde breed. Wat had ze ook weer over hem gezegd? O ja, 'Rinus de onvermoeibare'. Stijlvol had hij geantwoord dat zoiets geheel afhankelijk is van je partner. Maar stiekem was hij er toch wel een beetje trots op geweest. Hij mocht haar vanavond niet teleurstellen. En dat zou hij ook beslist niet doen. Al moest hij Olivier er misschien wel voor opsluiten in de keuken, want die had soms buien waarbij hij ineens erg jaloers kon doen. En het zou De Gier niet nog eens gebeuren dat zijn kat een van zijn vriendinnen krabde en daarmee het amoureuze samenzijn verpestte. Daar had hij genoeg leergeld mee betaald.

19

Bij de deur van het politiebureau bleef Grijpstra even met een oude bekende van een andere afdeling staan praten, voordat hij naar zijn auto sjokte. Hij moest er niet aan denken om nu naar huis te gaan, want hij wist precies wat hem daar te wachten stond: het dwarse gedrag van zijn zoon, het gejengel van de twee kleintjes en de verwijten van zijn vrouw. Nee, hij kon het nu gewoon even niet opbrengen om meteen huiswaarts te keren.

Hij ging in zijn auto zitten en stak de sleutel in het contact, maar startte nog niet. Nu eerst een sigaret. Uit zijn binnenzak diepte hij het pakje op, waaruit hij een wat kromme sigaret peuterde, die hij aanstak met de aansteker uit zijn dashboard. Hij zette het raam open om even rustig te kunnen genieten. Welke idioot had ooit die stompzinnige maatregel verzonnen dat er op het bureau niet gerookt mocht worden? Op zo'n manier kon een mens toch niet fatsoenlijk denken? En hoe werd hij geacht om de daders van moordzaken te pakken als hij daar niet op zijn eigen manier bij na mocht denken? Gekkenwerk, dat was het. Die lui in Den Haag joegen er maar de ene na de andere wet doorheen, zonder te bedenken dat er ook mensen waren die ervoor zorgden dat de maatschappij kon blijven draaien. Maar die daarbij wel het houvast van hun eerste levensbehoeften nodig hadden. Zoals een sigaretje, of liever nog een shagje, op zijn tijd. Zelfs dat was al te veel gevraagd. Ze behandelden hem alsof hijzelf de crimineel was en hielpen daardoor eigenlijk de echte criminelen. Een schande, dat was het!

Grijpstra ademde diep in en liet de rook genietend door de verste uithoeken van zijn longen circuleren. Er mocht geen longblaasje worden overgeslagen bij deze traktatie. Een beter middel tegen de stress was er niet. Genietend leunde hij achterover. Een tevreden roker is geen onruststoker: zo is het maar net. In sommige oude slagzinnen school een diepe wijsheid, waar veel mensen – vooral in Den Haag – nog wat van zouden kunnen leren.

Met zijn elleboog uit het raampje en zijn sigaret ontspannen tussen twee vingers geklemd kon hij de wereld weer aan. Dan was het ineens of er geen dode priesters, voortvluchtige junks en onbereidwillige medici meer bestonden. Alsof hij met De Gier alleen nog maar rustig door een misdaadloze stad hoefde te rijden, soms een vermanend woord sprekend tegen een paar op straat spelende jongens of een roekeloze fietser, maar verder geen gehannes over lijken en degenen die ervoor gezorgd hadden dat die er kwamen. Zodat ze ruim de tijd hadden om in de muziekkamer aan hun repertoire te werken. Misschien konden ze dan ook wel weer eens ergens optreden, want dat was eigenlijk te lang geleden.

Jammer dat De Gier vanavond geen tijd voor hem had. Zelfs in de ongezellig ingerichte flat van zijn partner, waar niet eens een normale tafel stond en maar één echte stoel, zou hij het nu meer naar zijn zin hebben dan thuis. Liever een pilsje en een praatje met die wereldvreemde dandy, die nu al zoveel jaren zijn gewaardeerde collega was, dan zich in zijn eigen huis een zoveelste schuldgevoel te laten aanpraten. Sinds de dood van zijn eerste vrouw ging het in huize Grijpstra toch al niet erg op rolletjes. Zijn huidige vrouw Betty, de zus van wijlen zijn Annie, was een schat van een mens, hoor, en hij zou haar altijd dankbaar blijven omdat ze zo moedig was ingesprongen in zijn moeilijke situatie, toen hij als werkende man en weduwnaar alleen achterbleef met drie jonge kinderen. Maar toch was het met haar niet hetzelfde als destijds met Annie, van wie hij vreselijk veel gehouden had. En de kinderen leken dat ook aan te voelen. Vooral Rick, zijn oudste, natuurlijk, die bovendien puber genoeg was om daar voortdurend misbruik van te maken.

Maar ach, hij kon het De Gier toch moeilijk kwalijk nemen dat hij vanavond liever met zijn nieuwste scharrel op stap ging dan met zijn partner, een ouwe man als hij. Wie was het dit keer ook weer? In ieder geval dus die roodharige. Heette die nou Heleen? Of was dat de vorige alweer? Ze volgden elkaar ook zo snel op, dat Grijpstra het gewoon niet bij kon houden. Misschien moest hij voortaan maar aantekeningen maken, al zou De Gier daar dan ook wel weer de draak mee steken. Het was ook nooit goed, wat je ook deed. Hij nam een lange trek aan zijn sigaret.

Hij zou er helemaal geen bezwaar tegen hebben om een tijdje met De Gier te ruilen, want die had het mooi voor elkaar. Niet dat hij zijn vrouw en kinderen kwijt zou willen, want daar was natuurlijk geen sprake van. Hij aanbad de grond waarop ze liepen; bij wijze van spreken dan. Nee, maar het kon vast geen kwaad om ook eens een poosje een leven te leiden waarin steeds andere fraai gebouwde jongedames rondliepen. De ene week een blonde, de andere week een roodharige. En die dan stuk voor stuk meenemen naar je eigen flatje. Hoewel, flatje: zo mocht je het fraaie grachtenappartement van De Gier eigenlijk niet noemen. Al zou Grijpstra dat vanzelfsprekend nooit zo kaal inrichten. Bovendien had hij die neurotische kat beslist meteen de deur uit gedaan. Dat iemand met zo'n oerchagrijnig beest wilde leven! Er zijn toch niet voor niets dierenasiels uitgevonden in deze wereld?

Toen de sigaret op was, schoot hij de peuk tussen duim en middelvinger het parkeerterrein op. Hij staarde een moment lang bedachtzaam voor zich uit, zuchtte vervolgens diep en startte de auto. Langzaam liet hij zijn oude Volvo het terrein af rollen. Geen radio nu, daar had hij helemaal geen zin in. Zijn hoofd stond even nergens naar. Behalve dan... Nou ja. Gedachteloos reed hij naar de Jordaan, waar hij zijn auto vlak bij een parkeermeter neerzette, zonder daar echter geld in te gooien. Mocht hij een bon krijgen, dan regelde hij dat wel met die jongens van Parkeerbeheer. Dat zou de eerste keer niet zijn.

Een paar straatjes verderop klopte hij op een massief houten deur. Voor het bijbehorende raam waren de gordijnen gesloten, zag hij tevreden. Er was geen bel of naambordje. Hier veranderde nooit iets.

De deur ging een stukje open. Vlak boven het veiligheidskettinkje verscheen een geblondeerd vrouwenhoofd.

'O, Grijpstra, jij bent het!'

Ze sloot de deur om het kettinkje te kunnen verwijderen, en trok die toen wijd open. 'Wat een verrassing!' riep ze uit. 'Ik was al bang dat je me vergeten was.' Snel deed ze de deur weer achter hem dicht.

Hij glimlachte. 'Een vrouw als jij zou ik nooit kunnen vergeten, Nellie.'

Na twee hartelijke zoenen op zijn wangen pakte ze hem bij de schouders. 'Laat me eens even naar je kijken! Je ziet er goed uit. Beetje dikker geworden, misschien, maar dat kan geen kwaad.'

Zulke dingen zei ze altijd. Bij deze vrouw wist hij al vijftien jaar dat hij altijd welkom was. Toen hij nog in uniform liep en zij nog op straat tippelde, had hij haar een keer geholpen tegen een agressieve pooier. Als vanzelf was daar toen een amoureuze relatie uit voortgekomen, die eerst heftig was, maar langzamerhand uitdoofde. Al bleef hij nog wel met enige regelmaat naar haar toe gaan. De laatste jaren bezocht hij haar echter nog maar zelden. Dat lag meer aan hem dan aan haar, wist hij, want zij zorgde dat het de weinige keren dat hij kwam altijd prettig was. Hij ging nooit weg zonder het gevoel dat hij veel vaker zou moeten komen.

Ze ging hem voor naar een huiskamer, die bij nader inzien een echt café was. Op de bar zette ze twee kleine glaasjes neer.

'Het gewone recept?' vroeg ze, terwijl ze een jeneverfles pakte.

Hij knikte en schoof op een barkruk.

'Hoe gaan de zaken?' informeerde hij.

Ze haalde haar schouders op, waardoor haar roze jurk zonder bandjes naar beneden dreigde de glijden. Haar weelderige boezem werd er nog duidelijker zichtbaar door. Grijpstra staarde glimlachend naar al dat roze, dat hij zo goed kende. Bijna onmerkbaar deed ze haar schouders wat naar achteren.

'Ach,' zei ze, 'het loopt allemaal wel. Ik krijg tegenwoordig veel Japanners langs. Die betalen goed, maar ruiken altijd naar vis.'

'Je moet ervan houden,' luidde het commentaar van Grijpstra, hoewel hij graag in het midden liet of hij het over vis of Japanners had.

'Precies,' stemde ze in. 'Zolang het maar keurige zakenlui zijn, heb ik er niet veel bezwaar tegen. Die jongens zijn meestal goed van betalen en ze zijn snel weer weg. Soms willen ze alleen maar kijken. Moet ik een beetje wijdbeens op de tafel gaan zitten. In m'n nakie natuurlijk. En zij maar kijken, soms met twee man tegelijk. Ze hebben thuis in Japan zeker nog nooit een vrouwengleuf gezien. Ik val er dan zelf bijna van in slaap, maar zij vinden het prachtig. Ach, ieder z'n meug.'

Ze nam hem opmerkzaam op. 'En jij? Hoe is 't met je vrouw?'

'Nog altijd hetzelfde,' antwoordde hij en kiepte zijn glas jenever in één teug leeg. 'Op zich wel goed, maar...'

Meteen werd zijn glas weer bijgevuld, terwijl ze begrijpend knikte. 'En op je werk?'

'Tja, je kent dat wel. Allemaal computers, steeds nieuwe regeltjes en niemand denkt aan de mensen die moeten zorgen dat het allemaal loopt.'

Ze knikte. Zulke dingen had je overal. 'Zullen we meteen maar even naar boven gaan, of wil je eerst nog wat drinken?'

Hij glimlachte. Haar hoefde hij niks te vertellen, dat waardeerde hij bijzonder. Het volgende moment stond hij naast zijn barkruk. 'Laten we meteen maar even gaan. Dan hebben we dat gehad en kunnen we zo nog een borreltje drinken.'

Ze aaide hem met een liefhebbend gebaar door zijn haar. 'Nou, kom maar mee dan.'

'Maar dit keer betaal ik, hoor!' riep hij waarschuwend, terwijl hij achter haar aan de smalle trap opliep en keek naar de wiegende achtersteven vlak voor hem.

'Geen sprake van,' zei ze over haar schouder. 'Deze krijg je van het huis. Zoals altijd, eigenlijk. Van jou hoef ik niet rijk te worden, jongen. Ik doe het met liefde, dat weet je.'

Hij wist het. Maar hij vond het toch prettig het voor de zoveelste keer te horen.

20

'Daar zitten we dan,' zei De Gier, toen ze de volgende ochtend op het bureau hun eerste kop koffie te pakken hadden.

Grijpstra knikte en keek met een somber gezicht naar Cardozo, die alweer druk in de weer was met zijn computer. 'Zullen we die jongen maar eens een plezier gaan doen?' vroeg hij.

De Gier had al geleerd om niet meer op te kijken van de wispelturigheid van zijn partner, maar dit had hij toch niet verwacht. Terwijl Cardozo met gespitste oren net deed alsof hij ineens iets moest nakijken in een stapel papieren, probeerde De Gier voorzichtig: 'Bedoel je dat we...'

'Dat we de Amsterdamse drugswereld maar eens op zijn kop moeten gaan zetten op zoek naar Russische connecties en priestermoordenaars, ja,' antwoordde Grijpstra ongeduldig. 'Moet ik het nu echt helemaal uitspellen? Of vraag je dat alleen maar om hem daar...' – hij maakte een hoofdbeweging in de richting van Cardozo – '... een plezier te doen?'

'Nee, prima, oké,' zei De Gier wat verward. Zijn blik ging van Grijpstra naar Cardozo, die inmiddels zijn papieren had neergelegd en zijn stoel in hun richting had gedraaid. 'Is het goed als ik eerst even mijn koffie opdrink, of had je haast?'

Grijpstra maakte een sussend gebaar. 'Doe maar kalm aan, die junks zijn toch nog niet op. Die hebben allemaal een vermoeiende nachtdienst achter de rug.' Hij grinnikte.

'Hoe gaan jullie dat aanpakken?' wilde Cardozo weten.

'Aha, meneer is toch wel nieuwsgierig hoe twee geharde speurneuzen dit onderzoekje zullen opzetten!' reageerde Grijpstra triomfantelijk. 'Welaan, collega Cardozo, dan kan ik u vertellen dat wij dit op een niet alleen allesomvattende, maar ook diepgravende manier gaan aanpakken, zodat onze resultaten niet alleen breed toepasbaar, maar ook zeer specifiek zullen zijn. Ben ik duidelijk?'

'Nou, eh, nee.' Cardozo stond op en ging bij het bureau van De Gier staan, maar die wendde zich met gemaakte belangstelling tot Grijpstra, om duidelijk te maken dat zijn jongere collega van hem geen hulp hoefde te verwachten. 'Gaan jullie op zoek naar die Roeland of proberen jullie uit te zoeken wie er in de drugswereld contacten heeft met Russen?' vervolgde Cardozo hoopvol.

Grijpstra haalde zijn pakje sigaretten uit zijn binnenzak, tikte er een sigaret uit en ging helemaal scheef zitten om een aansteker in zijn broekzak te pakken te krijgen.

Cardozo kon het niet laten om te zeggen: 'Roken is hier verboden, adjudant.'

'Ik weet het, ik weet het, brave borst,' antwoordde Grijpstra op vaderlijke toon. 'Deze kleine voorstelling doe ik ook alleen maar om iets duidelijk te maken. Het gaat namelijk om het volgende principe: de dreiging is sterker dan de uitvoering ervan. Kijk, als ik hier gewoon een sigaret was gaan roken, had je misschien geprotesteerd en misschien ook niet – omdat je bijvoorbeeld heel terecht van mening bent dat een hardwerkende politieman wel recht heeft op een kleine ontspanning op zijn tijd. Kun je me nog volgen?'

Cardozo knikte schaapachtig.

'Goed,' ging Grijpstra verder. 'Maar let op: nu stak ik helemaal geen sigaret op! Ik rookte niet echt, maar dreigde er alleen maar mee. Jij zag mij een sigaret pakken en mijn aansteker zoeken en concludeerde daaruit direct: o jé, die gekke Grijpstra gaat weer roken. Nee, meneer! Die veronderstelling is helemaal verkeerd! Want die gekke Grijpstra rookt straks misschien buiten wel, of stiekem op de wc – weet jij veel? Maar nu dus niet! Ha! Daarmee had ik je dus op deskundige wijze misleid. Heb ik gelijk of niet?'

Het was duidelijk dat Cardozo even niet wist hoe hij het had. Hij blikte licht wanhopig naar De Gier, die zich echter verloor in een vage glimlach. En Cardozo wist niet wat hij aan moest met het breedsprakige exposé van Grijpstra en diens gevaarlijke, plotselinge kameraadschappelijkheid. Probeerden ze hem nu voor de gek te houden? Hij besloot om zo voorzichtig mogelijk te blijven doen. 'Ja, je hebt gelijk. Maar waar wil je nu naartoe?'

'Waar ik naartoe wil?' De ogen van Grijpstra werden groot. 'Ik ga straks naar buiten, boeven vangen. Dat had ik toch al verteld? Maar ik probeer jou nu het principiële verschil uit te leggen tussen een daad en de dreiging daarmee. Al ben ik bang dat dergelijke subtiele nuances waarschijnlijk een beetje te hoog gegrepen zijn voor jouw beperkte geestelijke vermogens.'

Zo was het wel genoeg, vond Cardozo. 'Houd nou eens op met dat gezeur en vertel eens wat dit in hemelsnaam te maken heeft met de zaak waar we nu mee bezig zijn?' vroeg hij scherp.

Grijpstra speelde de vermoorde onschuld, compleet met opgeheven handen in de richting van De Gier. 'Is het nu echt zoveel gevraagd om even goed te luisteren als ik iets belangwekkends vertel? Ik probeer jou iets helder te maken over dat theorietje van jou, je weet wel, van die afrekening in het drugscircuit.'

Cardozo wachtte met over elkaar geslagen armen op wat komen ging.

'Kijk,' zei Grijpstra, met een docerend opgeheven vingertje. 'Het zit zo. Stel je voor dat ik nu even met jouw theorie meega. Ik speel dan Bareskov en vind dat ik niet genoeg verdien aan de gewone import en export, oké? Stel dat ik daarnaast een lucratief drugshandeltje ben begonnen en dat ik daarbij Ewoud Albrecht heb betrokken – altijd handig om een priester in je criminele organisatie te hebben, want dat valt niet zo op.'

Hij grijnsde even naar De Gier en vervolgde: 'Maar stel nu dat ik, om wat voor reden dan ook, ruzie krijg met Albrecht. Dat kan altijd gebeuren, maar het gaat meestal om geld. Dan zou ik wel heel stom zijn als ik die priester gewoon laat doodschieten.'

Cardozo wilde wat zeggen, maar Grijpstra legde hem met een handgebaar het zwijgen op. 'Even wachten, ik ben nog niet klaar. Grote mensen mogen altijd als eerste praten en pas dan komen de hangoren. Waar was ik? O ja: ik ga dan natuurlijk niet zo'n priester zomaar neerschieten, dat zou apestom zijn. Waarom? Omdat ik dan een tak van mijn eigen organisatie eigenhandig afsnijd, omdat ik dan voor altijd naar mijn geld kan fluiten en omdat de politie wel eens hinderlijk nieuwsgierig zou kunnen worden, omdat ze dan natuurlijk willen weten waarom iemand die priester heeft omgelegd. Is het tot zover duidelijk?'

'In plaats daarvan zou je die priester beter bang kunnen maken,' viel De Gier in. 'Gewoon even stevig bedreigen, misschien een beetje in elkaar slaan, of ervoor zorgen dat hij heel goed begrijpt dat er iemand in zijn directe omgeving aan gaat als hij niet meewerkt.'

Grijpstra keek zijn partner waarderend aan. 'Zie je, Cardozo, zo moet dat nu! De Gier heeft goed opgelet. Die heeft het principe door: de dreiging is sterker dan de uitvoering ervan. Met name als Albrecht betrokken is geweest bij een professioneel drugscircuit, is het hoogst onwaarschijnlijk dat die lui verantwoordelijk zijn voor zijn dood.'

Hij liet zich achteroverzakken in zijn stoel.

Dat was voor Cardozo het sein dat hij eindelijk iets terug mocht zeggen. 'Ja, maar drugsbazen moeten toch af en toe ook een voorbeeld stellen? Als iemand hen besteelt of op een andere manier bedondert, slaan ze soms keihard terug. Op die manier laten ze aan al hun andere contacten weten dat er met hen niet te spotten valt.'

Hoofdschuddend keek Grijpstra naar De Gier. 'Die jongen kijkt te veel films. Echt, dat is niet goed voor een mens. Hij heeft zoiets een keertje gezien in een bioscoopfilm over Amerikaanse gangsters en denkt nu dat het in de drugshandel in Amsterdam ook zo in zijn werk gaat. Maar zo is het niet!'

'En die Joegoslaven en Tsjetsjenen dan, die elkaar hier regelmatig afknallen?' protesteerde Cardozo. 'Is dat geen maffia dan?'

'Dat is heel wat anders,' vond Grijpstra. 'Dat zijn afrekeningen binnen concurrerende bendes. Pure beroeps. En het wil er bij mij niet in dat Ewoud Albrecht een keihard bendelid was.'

'En waarom gaan jullie dan nu toch onderzoek doen in de drugsscene?' vroeg Cardozo uitdagend.

Grijpstra glimlachte. 'Dat zei ik toch al? Om jou een plezier te doen.'

De Gier stond op. 'Laten we maar meteen vertrekken. Anders zijn alle junks in Amsterdam inmiddels met lunchpauze.'

Dat vond Grijpstra wel een goed initiatief. Hij stond ook op, pakte zijn regenjas en zei, meer in de richting van Cardozo dan tegen De Gier: 'Goed idee. Zo gezellig is het hier nu ook weer niet.'

21

'Dat was niet onaardig, dat verhaal van die dreiging en die uitvoering,' zei De Gier, terwijl ze het bureau uit liepen. 'Waar had je dat vandaan?'

'Ergens gelezen,' bekende Grijpstra, terwijl hij automatisch registreerde dat de hond kwispelend op hem af liep en hem op een afstandje volgde. 'Een of andere schaker was daar ooit mee gekomen, een grootmeester. Die speelde tegen een vent aan wie hij een hekel had en hij wist dat die man bij de toernooileiding had bedongen dat er in zijn nabijheid niet gerookt mocht worden. En dus haalde hij tijdens de onderlinge partij een dikke sigaar tevoorschijn, waarvan hij eerst rustig het topje afknipte, om dat ding vervolgens naast zijn bord te leggen en er uitgebreid aan te gaan zitten ruiken.'

'Mooie psychologische oorlogsvoering,' vond De Gier.

Grijpstra knikte. 'En toen legde hij ook nog een doosje lucifers klaar en ging hij ergens een buitenmodel asbak halen. Die tegenstander ging dus briesend van kwaadheid naar de wedstrijdleider om zich te beklagen. Nou, de wedstrijdleider kwam kijken, maar moest concluderen dat die grootmeester helemaal niet rookte. "Dat is ook zo," riep zijn tegenstander toen, "maar hij dreigt er wel mee." Daar heb je het principe: de dreiging is sterker dan de uitvoering ervan. Want als die grootmeester wél gerookt had, was hem dat op een bestraffing komen te staan, terwijl zijn overwinning nu totaal was.'

Inmiddels waren ze bij hun dienstauto aangekomen.

De Gier bleef besluiteloos voor de motorkap staan. 'Wie rijdt er?'

'Jij,' antwoordde Grijpstra beslist. 'Dan kan ik mooi even bijkomen van dit vermoeiende hoorcollege.'

Toen ze instapten, begon de hond te janken. Grijpstra bleef staan en zocht zijn zakken na, maar vond niets eetbaars. Verontschuldigend zei hij tegen het wachtende dier: 'Sorry, joh, volgende keer beter. Ik zal eraan denken.'

'Waar gaan we eigenlijk heen?' vroeg De Gier, toen hij eenmaal achter het stuur zat.

Grijpstra klikte zijn riem vast. 'Naar alle opvangcentra, verslaafdenhulpinstellingen en snurkhuizen in de buurt van de Spuistraat.'

De hand van De Gier, die met de sleutel op weg was naar het contact, bleef midden in die beweging steken. 'Je vertelt me nu dat we al die opvangcentra langsgaan? Die adressen weet ik echt niet uit mijn hoofd, hoor!'

Daar had Grijpstra kennelijk op gewacht. Hij haalde een opgevouwen A4-tje uit zijn binnenzak. 'Ik natuurlijk ook niet. Daarom heb ik vanochtend even een printje uit de computer geramd. Maar dat hoeft Cardozo natuurlijk niet te weten. Laat hem maar denken dat we alles zonder elektronische hulpmiddelen doen.'

Glimlachend startte De Gier de auto. 'Heeft iemand jou wel eens verteld dat je een ramp op twee benen bent?' vroeg hij.

Grijpstra keek peinzend omhoog. 'Ik kan me vaag herinneren dat mevrouw Grijpstra zich wel eens in die richting heeft uitgelaten, maar daar zou ik geen eed op durven doen.'

Anderhalf uur later liepen ze een troosteloos bakstenen gebouwtje uit, waarvoor een paar doorgewinterde alcoholisten met halveliterflessen bier op de grond zaten.

In het voorbijgaan bekeek De Gier hen met een mengeling van medelijden en afschuw. Toen ze buiten gehoorsafstand waren, zei hij tegen Grijpstra: 'Word jij daar nou niet ontzettend triest van? Hoeveel van dit soort panden hebben we vanochtend nu al bezocht? Vijf? Zes? En overal hangen dezelfde soort mensen rond: vroegoude kerels die willens en wetens bezig zijn om hun leven vervroegd te beëindigen. Ze drinken zichzelf gewoon met kleine beetjes kapot.'

Grijpstra keek hem onderzoekend aan. 'Wat wou jij doen, dan? Tegen ze zeggen: jongens, het leven is veel te mooi voor een verslaving als die van jullie, kom op, maak er wat van!? Ze zien je aankomen.'

'Nee, natuurlijk niet,' reageerde De Gier wat chagrijnig. 'Dat soort slappe geintjes bewaar je maar voor Cardozo.' Hij zweeg verongelijkt.

Het duurde even voordat Grijpstra het gesprek hervatte. 'Je helpt die lui in ieder geval niet door ze zielig te vinden. Zij hebben een manier gevonden die het leven nog een beetje draaglijk voor ze maakt. Daar moet je respect voor hebben.'

Nu was het De Gier die zijn partner onderzoekend bekeek. 'Meen je dat? Vind je echt dat we respect voor verslaafden moeten hebben en ze met rust moeten laten, zodat ze zichzelf in hun eigen tempo kunnen platspuiten of dooddrinken?'

Grijpstra haalde zijn schouders op. 'Als zij dat willen, ja. Ik ga iemand echt niet voorschrijven dat hij de rest van zijn leven moet doorbrengen in een volkstuintje of op een camping, met als enig vertier de wekelijkse bingo. Ieder kiest het leven dat hij leidt.'

'O ja, je hebt het dus voor het kiezen in welke omstandigheden je verkeert. Of je nu een slecht betaalde politieman bent of een miljonair met een jacht vol fotomodellen, dat is uiteindelijk dus je eigen keus,' sneerde De Gier.

Maar Grijpstra bleef ernstig. 'Ja, in laatste instantie wel. Al ben je natuurlijk ook afhankelijk van een paar randvoorwaarden. Een fijne erfenis, veel talent of een grote hoeveelheid geluk zijn natuurlijk nooit weg als je het tot miljonair wilt schoppen, dat spreekt voor zich. Maar verder staat het je in grote lijnen vrij om je eigen leven in te richten. Daar kun je meer of minder succes en geluk bij hebben, maar dat doet er in feite niets aan af. Je kiest je eigen pad, zonder te weten wat je onderweg zult tegenkomen.'

'Een mooie, onthechte mening,' oordeelde De Gier. 'Maar die vrijblijvendheid gaat natuurlijk lang niet altijd op.'

'Ik zou het geen vrijblijvendheid willen noemen,' corrigeerde Grijpstra hem, 'want sommige manieren van leven brengen behoorlijk wat verplichtingen met zich mee. Een profwielrenner moet zich helemaal suf trainen om goed te kunnen rijden in wedstrijden en een politieman moet eerst allerlei examens behalen om rechercheur te kunnen worden.'

'Oké, daar zit wat in,' gaf De Gier toe. 'Maar de maatschappij hoeft zich niet altijd neer te leggen bij de keuzes die iemand maakt voor zijn leven. Een junk zorgt bijvoorbeeld voor veel overlast en criminaliteit. Dat hoef je niet te accepteren als samenleving.'

Ze stonden nu aan weerszijden naast de auto, maar maakten geen van beiden aanstalten om in te stappen.

Grijpstra legde een elleboog op het dak van de auto en knikte. 'Dat klopt, maar dan moet je wel de goede maatregelen nemen. Niet die junks keer op keer oppakken, omdat ze nu eenmaal gebruiken. Want daar verander je niets wezenlijks mee.'

'Maar ze meteen ook laten ontwennen, zeker,' viel De Gier hem in de rede.

Onverstoorbaar ging Grijpstra verder. 'Nee, want dat helpt niet veel, als ze niet echt willen. Dan zijn ze hooguit een paar weken clean voordat ze weer opnieuw beginnen. Waar het om gaat, is dat je de zaken bij de kern aanpakt.'

'En wat mag die kern dan zijn?' vroeg De Gier plagerig.

Grijpstra deed net of hij die ondertoon niet hoorde. 'Kijk, een zwaar verslaafde junk heeft per dag – wat zal het zijn – tweehonderd of driehonderd euro nodig om aan zijn gerief te komen. Zoveel geld kan hij natuurlijk nooit eerlijk verdienen, dat weet je als samenleving. Want werken kan van zijn leven niet, als je zo uitgemergeld bent, en voor junks liggen de topbanen niet bepaald voor het opscheppen.'

De Gier knikte. 'Zeg niet dat je nu een pleidooi gaat houden voor het opheffen van het verbod op drugs.'

'Dat niet alleen!' Grijpstra bracht zijn docerende vinger weer omhoog. 'Ik vind zelfs dat we harddrugs cadeau moeten geven aan verslaafden.' En toen hij het verbijsterde gezicht zag van De Gier. 'Jazeker, meneer! Gratis verstrekken. Maar dan wel hun gegevens noteren, natuurlijk, en bijhouden of ze die zooi niet weer stiekem doorverkopen. Als je dat goed doet, schakel je de hele drugshandel uit: de dealers, de importeurs, de grote bazen, alles! Dan heb je de criminaliteit goed te pakken en haal je die hele drugsscene uit het illegale circuit.'

'Maar dan komen toch alle junks uit de hele wereld hier een gratis fix halen?' wierp De Gier tegen.

'Tuurlijk!' riep Grijpstra. 'Dat spreekt vanzelf. Daarom moeten we zoiets ook niet alleen hier in Nederland doorvoeren, maar in de hele westerse wereld, te beginnen met West-Europa. Moet je eens zien wat voor een doodklap je de internationale drugsmaffia dan toebrengt. En dan kun je je serieus gaan bezighouden met het opvangen van de junks, want die hoeven niet meer op straat rond te hangen en te stelen of mensen te beroven.'

De Gier keek hem ongelovig aan. 'En jij denkt serieus dat zoiets zou kunnen?'

'Dat niet,' bekende Grijpstra opgeruimd. 'Maar het zou wel moeten. Alleen denk ik niet dat ik het nog meemaak.'

Hoofdschuddend stapte De Gier in de auto. Toen Grijpstra eenmaal naast hem zat, zei hij: 'Jij bent niet alleen een ramp op twee benen, maar ook een onmogelijke idealist. Ik weet niet wat erger is.'

'Dank je wel,' antwoordde Grijpstra vrolijk glimlachend. 'Eindelijk waardering. Al is het dan van jou.'

'Waar gaan we nu naartoe?' vroeg De Gier.

Grijpstra keek op zijn lijstje. 'Wat dacht je van Snurkhuis De Lege Ampul? Hm, de gast bij de gemeente die zulke namen verzint, mogen ze wat mij betreft ook ontslaan.'

De Gier hoorde hem niet. Hij keek met toegeknepen ogen voor Grijpstra langs naar een van de alcoholisten die ze zojuist gepasseerd waren en die nu voor het zijraam van de auto stond.

Pas toen zag Grijpstra de man ook. Hij draaide zijn raampje naar beneden en vroeg vriendelijk: 'Goedemorgen, wat kan ik voor u doen.'

De man veegde een vette haarsliert voor zijn gezicht weg en ontblootte een verre van perfect gebit, in een mislukte poging tot een glimlach. 'Goedesmorgens, hebben de heren misschien een paar piekies voor me, zodat ik een broodje kan kopen?'

'Wij rekenen tegenwoordig in euro's, meneer,' zei De Gier hooghartig, voor Grijpstra langs. 'En die houden we graag voor onszelf, want wij willen ook wel eens een broodje kopen.'

'Kom, kom!' viel Grijpstra vergoelijkend in. 'Dat het meneer hier niet zo heeft meegezeten in het leven, wil niet zeggen dat je zo onaardig tegen hem mag doen.'

'Exact!' riep de man enthousiast. Bij het produceren van de slisklank vloog er een kloddertje spuug uit zijn mond door het raampje en op Grijpstra's broek.

Die deed echter alsof hij dat niet gezien had. Uit de zijzak van zijn colbertje haalde hij een glanzende euromunt. 'Kijk eens aan, beste man, het lot is je goed gezind. Want voor hetzelfde geld – of eigenlijk: voor een euro minder – had mijn vrouw vanochtend mijn zakken leeg gehaald.' Hij legde het muntstuk in de groezelige handpalm van de man. 'En ik mag er toch wel op rekenen dat u dit bedrag geheel zult besteden aan alcohol en andere verdovende middelen, hè?'

De man keek hem bevreemd aan en verdween zonder te groeten of te bedanken.

'Nu mag je wel wegrijden,' instrueerde Grijpstra.

'Waarom ineens zo'n haast?' wilde De Gier weten.

Grijpstra knikte in de richting van het gebouwtje, waar de andere alcoholist nu ook was opgestaan en naar hun auto toekwam. 'Anders ben ik zo meteen wel erg snel door mijn euri heen.'

Grijnzend trok De Gier op. 'Zo, dus aan liefdadigheid zitten ook grenzen?'

'Helaas wel, jonge vriend,' zei Grijpstra met een mismoedig gezicht. 'Dat heeft er alles mee te maken dat er aan mijn maandelijks budget ook grenzen zitten. De politie zou ons eigenlijk extra toelagen moeten geven om dit soort dingen te doen.'

'Ik zal er eens over praten met Henk, je weet wel: die rode van Zeden,' antwoordde De Gier. 'Die zit in de ondernemingsraad. Misschien kan hij eens een balletje opgooien bij de korpsleiding.'

'O, maar daar verwacht ik veel van!' repliceerde Grijpstra quasi-opgetogen. 'Laat alle junks en alcoholisten van Amsterdam maar vast weten dat ik volgende maand veel geld te vergeven heb.'

De Gier vond het verstandiger om er maar niet meer op in te gaan.

22

'Alleen deze nog, hoor,' verzuchtte Grijpstra, toen ze bij hun achtste adres van die ochtend aankwamen. 'Ik ben zo langzamerhand wel toe aan een broodje.'

'Jij met je broodjes,' spotte De Gier, terwijl hij de handrem aantrok tot die een luid krakend geluid gaf. 'Je groeit nog eens helemaal dicht.'

'Dat is nog altijd veruit te prefereren boven sterven aan ondervoeding,' vond Grijpstra. 'En bovendien begrijp ik niet waar jij je mee bemoeit. Het is mijn lichaam, en het enige waar jij je druk over hoeft te maken, is of ik niet chagrijnig word van de honger. En geloof me, het is bijna zover!'

De Gier stapte uit de auto en keek om zich heen. 'Welk nummer was het?' vroeg hij.

'Zeventien,' antwoordde Grijpstra. Hij wees op een gewoon rijtjeshuis, midden in de straat. 'Dat moet dus daar wezen.'

De woning die hij had aangewezen verschilde in niets van de andere huizen in de straat. Er hing zelfs geen opvallend bord bij of op de deur. Wel een kleintje, ter grootte van een naamplaatje, met de tekst 'D. & A.O. & I.C. 4'. Grijpstra keek er fronsend naar, maar werd er niet wijzer van.

'Zulke dingen moet je leren lezen, want zo moeilijk is het niet,' doceerde De Gier. 'Maar dan moet je wel bereid zijn om in de huid te kruipen van degene die zoiets gemaakt heeft.'

'Nou, kruip jij eens even in die huid, dan,' zei Grijpstra ongeduldig. 'Anders weten we niet eens of we aan het goede adres zijn.'

'Je moet denken als een ambtenaar,' ging De Gier ijselijk traag verder. 'Anders lukt het niet.'

'Wat zijn wij dan?' bromde Grijpstra. 'De vrijwillige brandweer of zo?'

'Nee,' zei De Gier, met een treiterige uithaal in zijn stem. 'Je moet nu even niet denken als een politieman, maar als een échte ambtenaar. Iemand die de helft van zijn tijd verspilt met vergaderingen en die je vanaf pakweg zijn veertigste precies kan vertellen hoeveel werkdagen hij nog moet doorworstelen tot aan zijn pensioen.'

Grijpstra bekeek hem misprijzend. 'O, en jij kunt je blijkbaar in zo iemand verplaatsen? Staat je netjes.'

Maar De Gier liet zich niet afbluffen. 'Kijk en leer!' Hij hield zijn wijsvinger bij het bordje met de mysterieuze combinatie van cijfers en letters. 'Zo moeilijk is het niet. Als je van tevoren beseft dat we op zoek zijn naar een opvangcentrum voor junks, ben je al een heel eind. Want in echte ambtenarentaal betekent dit hoogstwaarschijnlijk iets wanhopigs als: Drugs en Alcohol Opvang en Informatie Centrum 4. Kennelijk zijn er nog drie van zulke centra elders in de stad.'

'Er zijn er zes, om precies te zijn,' zei een stem achter hen.

Geschrokken keken ze allebei om. Een lange, niet onknappe blonde vrouw met een brilletje stond hen taxerend op te nemen. 'Ik heb me los weten te rukken uit mijn drukke vergaderingen en ben speciaal even gestopt met het natellen van de resterende dagen tot mijn pensioen,' sprak ze ironisch, 'en heb nu nog net een paar seconden de tijd om u te vragen of ik u ergens mee van dienst kan zijn.'

De Gier was de eerste die zijn positieven weer bij elkaar had. 'Ja, goedemorgen mevrouw, mijn naam is De Gier van de recherche. Dit is mijn collega Grijpstra. We zijn in het kader van een moordzaak op zoek naar een verslaafde, die we graag wat vragen zouden willen stellen.'

De vrouw stak een sleutel in het voordeurslot en draaide dat open. 'We hebben verslaafden genoeg, maar dat vermoedde u waarschijnlijk al. De vraag is alleen of ik u informatie over onze cliënten kan geven zonder dat ik daarmee hun privacy schend.'

Grijpstra zuchtte diep en duidelijk hoorbaar. 'Waar heb ik dat vaker moeten aanhoren, de laatste tijd?'

'Sorry?' vroeg ze, terwijl haar wenkbrauwen omhoogschoten. 'Ik begrijp, geloof ik, niet precies waar u heen wilt.'

Voordat De Gier iets kon zeggen, reageerde Grijpstra: 'Waar ik heen wil, is wel duidelijk: even naar de centrale computer van uw mooie instelling, om een paar namen na te trekken.'

'Nou ja!' riep ze verontwaardigd uit. 'U zult toch wel begrijpen dat daar geen sprake van kan zijn!'

'Of u geeft me gewoon antwoord op een paar eenvoudige vragen,' zei Grijpstra vlug. 'Vooropgesteld natuurlijk dat u hier tot de leiding behoort.'

Ze glimlachte. 'O, u dacht dat alle cliënten hier met een sleutel van de voordeur rondlopen.'

'Het zou zomaar kunnen, met dat open-deurbeleid van tegenwoordig.' De Gier lachte allervriendelijkst naar haar. 'Maar mijn collega Grijpstra hier wil daar alleen maar mee zeggen dat we inmiddels in de zorg al veel vreemde dingen hebben gezien. En hij hoopt met die vraag eventuele onaangename verrassingen te voorkomen.'

Ze keek argwanend van de een naar de ander. 'En hoe weet ik of u wel echt van de politie bent, en niet zelf uit een of andere zorginstelling bent weggelopen.'

Glimlachend haalde De Gier zijn legitimatie tevoorschijn. Grijpstra volgde met enige tegenzin zijn voorbeeld.

'Oké,' zei ze. 'Stelt u die hoogst belangrijke vragen nu maar, dan kijk ik of ik u daar antwoord op kan en mag geven.'

Dat klonk redelijk, vond De Gier, te zien aan het instemmende gezicht dat hij trok. Grijpstra keek een stuk neutraler.

'Goed,' zei De Gier. 'Vraag één is of u bekend bent met een drugsverslaafde die Roeland heet.'

Er vertrok geen spier in haar gezicht. 'Ik zou het, eerlijk gezegd, niet weten. Roeland is een vrij veel voorkomende naam.'

De Gier knikte. 'Ik dacht al dat u zoiets zou zeggen. Het gaat om een vaste cliënt van Ewoud Albrecht, bij Stichting Maarten; ik neem aan dat u wel eens van hem gehoord hebt.'

Haar blik betrok. 'Ja, natuurlijk ken ik Ewoud. Kénde ik, moet ik zeggen. Wat afschuwelijk, dat hij vermoord is.'

'Dat had u dus gehoord,' constateerde De Gier, bijna tevreden. 'Dan zult u ook begrijpen dat wij erg graag met deze Roeland willen spreken, want we denken dat hij ons misschien meer informatie omtrent de dood van de heer Albrecht kan geven.'

'Verdenkt u hem?' vroeg ze vlug, terwijl ze een pluk haar achter haar oor duwde.

De Gier volgde de beweging, slikte en schudde zijn hoofd. 'Nee, nee. Het gaat er meer om dat wij ons een beeld willen vormen van hun omgang en de manier waarop Albrecht met drugsverslaafden werkte. En wellicht weet Roeland ons te vertellen wie de dader zou kunnen zijn.'

Nadenkend staarde de lange vrouw over hen heen naar de huizen aan de overkant. 'Ik wil hier even over praten met mijn staf, als u dat niet erg vindt. Het is niet helemaal volgens ons beleid, maar omdat het in deze zaak om Ewoud gaat, wil ik u graag zoveel mogelijk helpen.'

'Dat klinkt goed!' vond Grijpstra. 'Wanneer zullen we terugkomen?'

'Laten we zeggen dat ik u bel,' stelde de vrouw zakelijk voor. 'Heeft u een kaartje?'

Vrijwel gelijktijdig stonden de beide mannen met hun kaartje in de hand. Glimlachend nam ze er uit elke hand een aan.

'Kunt u ook zeggen wanneer u ons belt?' vroeg De Gier. 'Dan kunnen we daar bij onze planning rekening mee houden.'

'Uiterlijk vanmiddag,' beloofde ze. 'Na een uur of twee.'

De Gier keek verbaasd op zijn horloge. 'Maar dat is al over ruim twee uur.'

Ze knikte. 'Dan hebben wij hier namelijk net een overdracht achter de rug: de wisseling van de ochtendploeg en de middagploeg.'

'Oké.' De Gier tikte groetend tegen zijn slaap, alsof hij een pet droeg. 'Dan wachten wij even af. Hartelijk dank.'

'Hoe zei u ook weer dat u heette?' vroeg Grijpstra. 'Dat heb ik niet onthouden.'

'En dat komt omdat ik me nog niet had voorgesteld,' zei ze lachend, terwijl ze hen allebei de hand schudde. 'Mijn naam is Marleen Fernhout, ik ben hier een van de coördinatoren. U mag wel Marleen zeggen, dat doet eigenlijk iedereen.'

'Goed, Marleen, dat doen we,' antwoordde De Gier hartelijk. 'Voor de volledigheid: ik ben dus Rinus de Gier.'

'En mijn naam is adjudant Grijpstra,' klonk het niet minder hartelijk naast hem. 'Maar u mag wel Grijpstra zeggen, want dat doet eigenlijk iedereen.'

23

'Wat een aantrekkelijke vrouw,' zei De Gier, duidelijk onder de indruk, terwijl hij de auto in beweging zette.

Grijpstra snoof. 'Goh, wat verrassend dat je dat vindt. Dat had ik nou nooit verwacht.'

'Hoe bedoel je?' vroeg De Gier argwanend, met een snelle blik opzij.

Het gezicht van Grijpstra was één brede grijns. 'Als een vrouw niet te jong en niet te oud is, een regelmatig gezicht en toonbaar haar heeft, en in jouw aanwezigheid een beetje met haar borsten schudt of flink wat van haar nek en oren laat zien, ben jij automatisch verkocht. Je zou jezelf dan eens moeten zien! Je bent net zo'n Pavlov-hondje met voorgeprogrammeerde reacties.'

'Maar die Marleen Fernhout had echt wel wat!' wierp De Gier tegen. 'Ze is intelligent en geestig, en bovendien – dat geef ik toe – niet onprettig om naar te kijken.'

'Waarbij de punten één en twee direct hun aantrekkelijkheid zouden hebben verloren als punt drie niet van toepassing was geweest,' oreerde Grijpstra.

'Ja, hoor,' reageerde De Gier wat chagrijnig. 'Jij doet altijd alsof ik altijd alleen maar afga op vrouwelijk schoon.'

Grijpstra keek hem uitdagend aan. 'Wou je dat ontkennen dan?'

Even keek De Gier terug, om vervolgens zijn ogen weer op de weg te houden. 'Nou ja, zeg, er zijn zoveel meer dingen die meetellen: een aangenaam karakter, enige smaak, intelligentie, ontwikkeling en eh…'

'Grote borsten,' hielp Grijpstra. 'Leuk haar, weinig pukkels.'

'Met jou valt niet te praten,' concludeerde De Gier ontstemd.

Het bleef even stil. Toen vroeg De Gier: 'Zal ik de auto gewoon bij het bureau zetten, waarna we te voet naar Van Dobben gaan?'

Grijpstra knikte. 'Wat had je anders gewild? In de Korte Van Dobbendwarsstraat zelf parkeren soms? Daar slepen de jongens van Parkeerbeheer hem zelfs weg als je de sirene en de zwaailichten aan laat staan.'

Ondanks zichzelf moest De Gier daarom grinniken. Hij chauffeerde de auto, ontspannen met één hand sturend, door het drukke verkeer en parkeerde geroutineerd op de dienstparkeerplaats bij het politiebureau.

De hond zat hen al op te wachten.

'Raar, hè?' zei Grijpstra, terwijl hij op het dier wees, dat hen direct achternaliep. 'Alsof hij wist dat we eraan kwamen.'

'Dieren voelen dat aan,' wist De Gier. 'Mijn Olivier heeft dat ook. Hoe laat ik ook thuiskom en hoe zachtjes ik ook doe in het trappenhuis, hij zit altijd achter de voordeur op me te wachten. Terwijl ik soms even tevoren vanaf de straat nog heb gezien dat hij in de vensterbank lag te slapen.'

'Klaar?' vroeg Grijpstra.

De Gier keek hem niet-begrijpend aan.

'Ik dacht dat je soms nog meer van zulke interessante kattenverhalen had,' zei Grijpstra en beende stevig verder. Toen De Gier verontwaardigd bleef staan, draaide Grijpstra zich even om en riep: 'Kom op, ik heb honger! Dat getreuzel ook altijd.'

Er zat niets anders op dan achter hem aan te gaan, besefte De Gier. Wat een rotvent was die Grijpstra toch af en toe. Maar hij moest ook vaak om hem lachen, dat compenseerde veel. Nou, vooruit, op naar Van Dobben. Al begreep hij zelf niet hoe Grijpstra hem zover had gekregen dat hij daar tegenwoordig vrijwel dagelijks naartoe ging. Niet dat het er ordinair of onhygiënisch was of zo, maar het was toch wel een erg gewone broodjeszaak. Konden ze niet een keertje naar iets met meer stijl, om een smakelijke salade te eten of zoiets? Of nee, toch maar niet. Hij glimlachte bij de gedachte dat hij Grijpstra mee zou moeten nemen naar het type restaurant dat hij zelf wel stijlvol vond.

Even later had hij hem ingehaald.

'Hè hè, dat duurde,' vond Grijpstra. 'Ik dacht al dat je stiekem een andere partner had gevonden.'

'Ik word ook een dagje ouder,' grapte De Gier. 'Dan valt het niet mee om een ontketende Grijpstra bij te houden, die op weg is naar een welgevulde trog vol met Freds heerlijkheden.'

Ditmaal leek het Grijpstra verstandig daar niet verder op in te gaan. Bovendien hield hij helemaal niet zo van Fred, bedacht hij. Ergens vertrouwde hij dat korte, gedrongen kereltje niet erg. En op de een of andere manier stond het hem tegen dat zo'n man zich met de bereiding van zíjn broodjes bezighield. Maar daar moest hij zich maar overheen zetten, want De Gier kwam nu eenmaal graag bij Van Dobben. En voor je partner dien je wat over te hebben, nietwaar? Ook al zou hijzelf wel eens naar een andere tent willen; maar je hebt het niet altijd voor het zeggen.

Grijpstra keek om. De hond volgde hen nog steeds. Onbegrijpelijk wat zo'n beest bij hen zocht. Hij kon zich maar net weerhouden er een opmerking over te maken. Want dan was De Gier vast weer begonnen over zijn Olivier. En dat wilde Grijpstra graag voorkomen.

Enkele minuten later waren ze bij de half zwarte, half witte tegelgevel van Broodje Van Dobben aangekomen. Grijpstra hield de zware deur open voor zijn collega en wachtte lang genoeg met dichtdoen om de hond de gelegenheid te geven ook mee naar binnen te glippen. Fred stond met zijn rug naar hen toe en had niets in de gaten. Hetzelfde gold voor de enige twee andere klanten in de zaak, die bij de toonbank stonden te wachten.

Grijpstra ging op een van de met kunstleer overtrokken krukken zitten en duwde de hond onder het dichtstbijzijnde tafeltje. Gelukkig maakte het dier geen geluid en ging hij braaf liggen. Dat beest wist kennelijk wat goed voor hem was.

Hoewel De Gier in de gaten had gehouden wat Grijpstra deed, zei hij niets, maar schoof hij gewoon achteraan in de rij bij de toonbank. 'Hoe was het ook weer?' vroeg hij. 'Een overreje ros en...'

'Nee,' verbeterde Grijpstra, terwijl hij naar Fred keek, die zich lachend naar hen had omgedraaid. 'Het was een ros, een friek en een overreje. Maar dat was iets eenmaligs. Ik weet ook wat goed voor me is.'

'Dus nu is het gewoon weer een broodje pekelvlees met veel mosterd, een broodje tartaar speciaal met veel uien en een broodje hamburger met alles,' begreep De Gier.

'Precies, brave borst,' beaamde Grijpstra. 'Of meneer Fred hier moet misschien een broodje bal voorradig hebben?'

'Jazeker,' antwoordde Fred direct, hoewel hij eigenlijk een andere klant aan het helpen was. 'Uit eigen jus nog wel!'

Grijpstra trok een gezicht dat duidelijk moest maken dat hij onprettig getroffen was. 'Uit eigen jus? Wat een onsmakelijk idee. Doe mij dan toch maar mijn gewone bestelling.'

Licht beledigd keerde Fred zich weer naar de andere klant. De Gier grinnikte.

Toen De Gier de broodjes, een kop koffie en een glas melk aan het tafeltje bracht, gooide Grijpstra meteen een stukje van de met veel ketchup overgoten hamburger onder het tafeltje. De hond maakte er korte metten mee en wachtte kwispelend op wat verder komen zou.

'Nu hebben we misschien toch beet, met die Roeland,' begon De Gier, terwijl hij wat ketchup die van Grijpstra's hamburger afkomstig was van zijn eigen broodje kaas afveegde. 'Want ik verwacht eigenlijk wel dat die Marleen Fernhout wat toeschietelijker is dan die dame gisteren, in het AMC.'

Grijpstra nam een onwaarschijnlijk grote hap van het broodje hamburger, maar liet zich daardoor niet weerhouden om tussen het kauwen door commentaar te geven. 'Ik moet het... nog zien... met die dame... Voor hetzelfde geld... belt ze je straks... om je af te poeieren.' Nog een hap. 'Of ze belt... helemaal niet.'

De Gier wendde zijn blik af. 'Ach, ik heb hier wel een goed gevoel over. Wacht maar af.'

'En wat wou... je gaan doen... als we die... Roeland... te pakken hebben?' wilde Grijpstra weten. Hij gooide nog een stukje hamburger op de grond en propte de rest van het broodje naar binnen, waarbij een paar slaslierten op het tafeltje vielen. Die deponeerde hij al kauwend in de asbak.

'Dan moet hij ons maar eens precies vertellen hoe zijn relatie met Ewoud Albrecht was,' antwoordde De Gier, die net deed of hij niet zag wat zijn partner deed. 'En vooral ook of die misschien te maken had met louche zaakjes in de drugshandel.'

Grijpstra knikte en nam nog een hap, nu van zijn broodje tartaar. Dat beleg liet zich blijkbaar wat moeilijker naar beneden gooien, want ditmaal trakteerde hij de hond op een stuk pekelvlees. 'Zie je... een verdachte... in die... Roeland?' vroeg hij.

De Gier trok zijn schouders op. 'Daar hebben we natuurlijk geen enkele aanwijzing voor. Het zou kunnen, hoor, daar niet van. Maar ik denk niet dat de hond bijt in de hand die hem voedt.'

Dat kon Grijpstra waarderen. 'Mooi... beeld,' zei hij met opgestoken duim.

Dat leverde hem een kokette hoofdknik van De Gier op.

Grijpstra legde het half opgegeten broodje tartaar neer en besloot toch maar eerst op het broodje pekelvlees aan te vallen. Om te beginnen gooide hij nog wat van zijn beleg op de grond.

'Mag ik even vragen wat je aan het doen bent?' vroeg Fred vinnig. Hij stond met zijn handen in zijn zij voor de toonbank en keek verwijtend naar de hond.

Zonder blikken of blozen antwoordde Grijpstra: 'Gewoon... je hond voeren.'

'Míjn hond voeren?' Freds ogen werden groot van zoveel onbeschaamdheid.

Grijpstra knikte en at zijn mond leeg. 'Dat beest lag hier onder het tafeltje, dus ik dacht dat hij wel van jou zou zijn. En toen hij begon te bedelen, wist ik het helemaal zeker.' Hij grijnsde beminnelijk.

De Gier keek van de een naar de ander, maar hield zich nadrukkelijk buiten het gesprek.

Fred wist duidelijk niet wat hij moest doen. Hij zinde even op een scherp antwoord naar Grijpstra, maar kon zo gauw niets bedenken. En dus beende hij naar de buitendeur, hield die wijd open en schreeuwde: 'Dat smerige beest eruit! Nu!'

De andere klanten keken in hun richting.

'Ik geloof dat hij jou bedoelt, brigadier,' zei Grijpstra droog.

De Gier speelde het spelletje mee. 'Nee, nee, adjudant. Ik denk dat meneer doelt op het hondenbeest dat zich onder onze tafel bevindt.'

'Bevindt er zich dan een hondenbeest onder onze tafel?' deed Grijpstra verbaasd. Hij keek naar de hond, die prompt weer begon te kwispelen. 'Verrek, nou je het zegt. Zoiets kán toch gewoon niet, in een fatsoenlijke broodjeszaak.'

'Dat is zelfs onhygiënisch,' wist De Gier. 'Meneer Fred mag wel blij wezen dat wij niet van de Keuringsdienst van Waren zijn, want dan was hij goed zuur.'

'Komt er nog wat van?' brieste Fred bij de deur.

Alle blikken waren nu gericht op Grijpstra en de hond.

'Ik geloof dat meneer het tegen jou heeft, beste vriend,' zei Grijpstra, met zijn hoofd bijna onder de tafel, terwijl hij de hond een duwtje gaf. 'Het lijkt me beter dat je nu maar vertrekt. Anders eindig je straks misschien nog in eigen jus.'

Tot Grijpstra's opluchting luisterde de hond ook nog. Hij trippelde naar buiten, waarna Fred de deur achter hem dichtsmeet.

'Laat dat niet nog eens gebeuren, want dan komen jullie er gewoon niet meer in!' riep Fred, met waarschuwend opgestoken vinger. Hij verschanste zich achter zijn kassa en bleef hen kwaad aankijken.

Grijpstra stak het hele laatste stuk van het broodje tartaar in één keer in zijn mond, terwijl hij langzaam opstond. Al kauwend liep hij naar de toonbank, waar hij recht tegenover Fred bleef staan. Hij ving diens blik op en bleef net zo lang terugkijken tot zijn mond eindelijk leeg was. Iedereen in de broodjeszaak wachtte af wat er zou gaan gebeuren.

Met een plotselinge beweging greep Grijpstra naar zijn achterzak. Geschrokken kromp de gedrongen man tegenover hem in elkaar. Dat was precies wat Grijpstra voor ogen stond. Triomfantelijk legde hij zijn portemonnee voor zich op de toonbank.

'Ik heb niet overdreven smakelijk gegeten,' zei hij, 'maar ik wilde toch even afrekenen.' En terwijl Fred met nerveus trillende vingers hun consumpties invoerde in de kassa, voegde Grijpstra daaraan toe: 'Leuke hond heb je trouwens.'

De Gier hield het niet meer. Hij haastte zich naar buiten voordat hij in het bijzijn van Fred en de klanten in proesten zou uitbarsten.

24

Nog nagrinnikend kwamen de twee mannen de recherchekamer binnenstappen. Cardozo, die net zat te bellen, keek wat verstoord op en gebaarde naar de telefoonhoorn, waarna hij zich demonstratief van hen weg draaide.

Grijpstra trok een gek gezicht naar Cardozo's rug en informeerde luidop bij De Gier: 'Hoe ging het gisteren eigenlijk met dat roodharige meisje?'

'Met Sylvia?' De Gier ging op zijn bureaustoel zitten. 'Het was heel gezellig. En we hebben heerlijk gegeten, al zeg ik het zelf.'

Hoewel Grijpstra hem afwachtend aankeek, vertelde hij verder niets.

'Was dat alles?' vroeg Grijpstra teleurgesteld. En toen De Gier hem alleen maar glimlachend bleef aankijken: 'Mijn wereldbeeld stort in. Werkelijk. Ik had verwacht dat jullie daar een woeste seksorgie gehouden zouden hebben.'

Cardozo wierp hen een boze blik toe, terwijl hij bleef telefoneren, maar De Gier gaf geen krimp.

'Misschien moet ik maar eens bij onze collega's van de geüniformeerde dienst gaan navragen of er bij jou in het gebouw misschien klachten geweest zijn van burengerucht,' opperde Grijpstra. 'Dan kom ik ook nog eens wat te weten.'

'Je dacht toch niet serieus dat ik jou ook maar een klein beetje op de hoogte zou stellen van mijn erotische escapades?' schamperde De Gier. 'Dan zou ik dat net zo goed meteen in het politieblad kunnen zetten.'

'Wat overigens geen slecht idee is,' vond Grijpstra. 'Want dat blad lees ik altijd met aandacht, mag ik wel zeggen.'

'Had ik je al verteld dat er met jou niet te praten is?' vroeg De Gier grijnzend.

'Heren, kan het even wat zachter?' riep Cardozo, met zijn hand over het mondstuk van de hoorn, 'ik probeer te telefoneren!'

'Dat moet toch niet zo moeilijk zijn,' zei Grijpstra tegen De Gier. 'Gewoon met je vingers op de knopjes een nummer intoetsen en dan, als er iemand heeft opgenomen, praten.' Hij keek pesterig in de richting van Cardozo, die zich met een ruk van hen af draaide.

'Voor de ongeoefende gebruiker valt het allemaal niet mee,' zei De Gier, terwijl hij achterover ging zitten in zijn stoel. 'Je kunt een verkeerd nummer intoetsen, je kunt de hoorn ondersteboven houden bij het praten en je kunt in een kamer gaan zitten waar je eigenlijk niet de rust hebt om een fatsoenlijk telefoongesprek te voeren. Al die gevallen getuigen van een werkelijk angstaanjagende stupiditeit.'

'Daar moeten we het dan mettertijd toch eens met collega Cardozo over hebben,' vond Grijpstra. Omdat er geen reactie meer kwam van Cardozo, keek hij verveeld rond, tot hij boven op een van de papierstapels op zijn overvolle bureau zijn ochtendkrant zag liggen. Tevreden zuchtend spreidde hij de krant breed voor zich uit. 'Jammer dat Cardozo zit te bellen,' zei hij tegen De Gier. 'Want ik heb eigenlijk wel trek in een kopje koffie.'

Om kwart over twee stond Grijpstra bij Cardozo te praten, toen de mobiele telefoon van De Gier overging. Terwijl De Gier het ding uit zijn binnenzak viste, zei Grijpstra: 'Kijk, dat zou mij nou nooit overkomen, hè?'

'Wat niet?' vroeg Cardozo.

'Dat mijn mobiele telefoon overgaat,' antwoordde Grijpstra, op een toon alsof dat volkomen vanzelf sprak. 'Ik heb hem gewoon nooit aan staan.'

Cardozo keek hem verbaasd aan. 'Waarom niet? Dan ben je toch niet bereikbaar?'

'Nee, hè hè!' Grijpstra keek hem aan alsof hij tegen een geestelijk minvermogende medemens praatte. 'Dat is natuurlijk precies de bedoeling, noodhoofd!'

Ietwat beledigd repliceerde Cardozo. 'Ik zie niet in wat daar zo natuurlijk aan is. En ik stel het niet op prijs dat je me noodhoofd noemt.'

Grijpstra haalde zijn schouders op. 'Jij je zin. Randeikel is ook goed, als je dat liever hoort.' Cardozo wilde weer protesteren, maar Grijpstra praatte onverstoorbaar verder. 'En natuurlijk is het wél natuurlijk dat ik niet bereikbaar wil zijn, randeikel.' Hij wachtte even, alsof hij het woord in zijn mond proefde. 'Je hebt gelijk, dat klinkt veel beter. Maar waar was ik? O ja, niet bereikbaar. Natuurlijk wil ik niet bereikbaar zijn. Ik ben getrouwd!'

Hij spreidde zijn handen uit alsof hij zojuist een volstrekt evidente combinatie van waarheden onthuld had. Cardozo keek hem onzeker aan, omdat hij niet wist wat het een met het andere te maken had.

'Zie je het nu nog niet, randeikel?' vroeg Grijpstra opgewekt. 'Dan leg ik het nog één keer uit. Als ik mijn mobieltje aan heb staan, ben ik bereikbaar voor iedereen die mijn nummer kent. En ik ben getrouwd. Dus wie denk je dat mijn nummer óók heeft?'

'Je vrouw?' probeerde Cardozo, nog altijd onzeker.

'Precies, Einstein!' Grijpstra ging met één bil op Cardozo's bureau zitten. 'Ik wil natuurlijk niet dat mevrouw Grijpstra mij de hele dag gaat bellen, om me aan mijn kop te zeuren over allerlei dingen die niets – maar dan ook helemaal níets – met politiezaken te maken hebben. En hoe moet ik dan moorden oplossen?' Hij keek Cardozo verwachtingsvol aan.

'Eh, misschien kan De Gier dat dan doen?' opperde hij. 'Terwijl jij aan het bellen bent.'

Hoofdschuddend om zoveel stompzinnigheid stond Grijpstra op. 'Kijk, Cardozo, ik zal je één ding onthullen. Weliswaar een belangrijk ding, maar toch slechts één ding. Die De Gier over wie je het net had, hè? Dat is een prima vent, aardige kerel en zo, maar je moet hem niet in zijn eentje moorden laten oplossen. Dan verdwaalt hij in de mogelijkheden. Nee, De Gier heeft iemand nodig, een ervaren iemand, die hem leiding geeft en zorgt dat hij zich niet overgeeft aan zijpaden, die niet belangrijk zijn. Anders begint hij te zwalken en lost hij zo'n zaak nooit op, begrijp je?'

Cardozo knikte dat hij het begreep en keek gegeneerd in de richting van De Gier, die net een einde maakte aan zijn telefoongesprekje.

'Ze doet het!' riep hij naar Grijpstra.

'Jouw roodharige schone?' vroeg Grijpstra. 'Die Sylvia?'

Even keek De Gier hem verward aan, toen antwoordde hij geërgerd. 'Welnee, man, hoe kom je toch bij zulke onzin? Ik laat me door mijn vriendin toch niet opbellen op mijn werk?'

Grijpstra knipoogde naar Cardozo. 'Goed opletten, jongen! Je ziet dat brigadier De Gier ook verstandig omgaat met zijn mobieltje. Dat zou les één moeten zijn op de recherchecursus, maar ja.'

'Het was Marleen Fernhout,' onderbrak De Gier hem. 'Ze wil ons informatie geven over die Roeland.'

Meteen was Grijpstra helemaal bij de les. Geïnteresseerd liep hij naar het bureau van De Gier. 'O ja? En wat zei ze dan?'

'Ze heeft er met haar collega's over gepraat,' vertelde De Gier, 'en die waren het erover eens dat ze openheid van zaken moesten geven. Omdat het om een moordonderzoek ging, en vooral omdat Ewoud Albrecht het slachtoffer was.'

'Heel goed,' vond Grijpstra. 'En nu?'

De Gier stond op. 'Ze hebben die Roeland daar inderdaad een paar keer onder behandeling gehad, al schijnt hij er geen vaste klant – eh, cliënt – te zijn. Ik heb beloofd dat we er nu meteen even langsgaan.'

Grijpstra stond al bij de deur. 'Prima, waar wachten we dan nog op?'

25

Cardozo keek hen opgelucht na. Hij was blij dat die twee druktemakers weer weggingen. Als zij er waren, leek het wel of hij niet aan echt werken toekwam. Volgens hem namen ze hun werk niet helemaal serieus. Al kon hij niet ontkennen dat ze vrij goede resultaten behaalden.

Hij trok een bureaula open en haalde het portretje van zijn vriendin eruit. Dat verstopte hij altijd maar als De Gier en vooral Grijpstra er waren, want hij was bang dat ze er de draak mee zouden steken. Zoals ze dat met vrijwel alles deden. Liefdevol bekeek hij de foto. Haar ogen stonden daarop vrij ernstig, terwijl ze verder vaak zo vrolijk was. Zijn Annemarie. Haar blonde haar, haar lieve gezicht: hij was echt stapelgek op haar. Ze waren nu al drie jaar samen en al die tijd had hij naar geen andere vrouw omgekeken.

Ja, vanzelfsprekend wel naar zijn moeder, maar dat lag anders. 'Zijn Jiddische mama,' zei hij wel eens plagerig, maar dat hoorde ze niet graag. Ze had hem altijd gestimuleerd om voor zichzelf op te komen, zijn eigen plan te trekken en vooruit te komen in het leven. Door haar voortdurende aanmoedigingen en door de manier waarop ze op zijn schuldgevoel inwerkte ('Dit is toch wel het minste dat je voor je overleden vader mag overhebben!'), had hij zijn school met goed gevolg afgerond, hoewel hij bepaald geen modelleerling was. Hij was bij de politie gegaan, omdat ze hem altijd voorhield dat hij beter zelf in uniform kon rondlopen dan door agenten geboeid te worden opgehaald. Al zijn cursussen had hij in één keer gehaald, zelfs de recherchecursus, die zoveel uitvallers kende. En nu zat hij dan bij de recherche. Nu was het nog maar een kwestie van tijd voordat hij genoeg ervaring had opgedaan en resultaten had geboekt om hogerop te komen, daar was hij van overtuigd. Net zoals zijn moeder, overigens, die zijn grootste fan was en bleef.

Hij had die middag een serie telefoontjes gepleegd met jongens die hij nog van de academie kende, en die her en der bij andere districten terechtgekomen waren. Zij hadden hem aan namen geholpen van collega's bij Verdovende Middelen bij wie hij navraag zou kunnen doen. En zojuist had hij met een brigadier op de Warmoesstraat gesproken die misschien wat interessante informatie had over mogelijke Russische drugscontacten. Dat verbaasde hem eerlijk gezegd niet, want de Russische maffia had een stevig aandeel in de prostitutie op de Wallen, dat wist iedereen.

Cardozo stond op en trok zijn leren jasje aan. Als die twee zeikerds niet eens de moeite namen om hem te vragen waarmee hij bezig was, vond hij het ook niet nodig om hen ervan op de hoogte te stellen dat hij nu zelf ook op onderzoek uitging. Hij zou ze eens laten zien dat ze niet met de eerste de beste te maken hadden. Dat híj, Simon Cardozo, iemand was om rekening mee te houden.

'Hetty, ik ben even naar de Warmoesstraat,' zei hij zo nonchalant mogelijk, toen hij langs het terrarium liep.

Ze keek hem verbaasd na, maar vroeg niets.

26

Marleen Fernhout deed de deur naast het bordje 'D. & A.O. & I.C. 4' zelf open. 'Dag heren,' groette ze, met een brede glimlach. 'Ik verwachtte u al. Kom binnen.'
Ze groetten terug en liepen achter haar aan door een helderwit geschilderde gang. Achter in de gang draaide de vrouw zich even om, voordat ze een deur opendeed en hen voorging. Het kamertje dat ze binnengingen had een raam, dat uitzag op een slecht verzorgde tuin. In het midden stond een tafel met zes stoelen eromheen. Op een van die stoelen zat een jongeman met rechtopstaand haar en een bril met een kleurig montuur.
'Dit is Bart-Jaap,' stelde Marleen hem voor. 'Hij is een van onze coördinatoren, net als ik.'
'Met dit verschil dat jij ook supervisie doet,' voegde Bart-Jaap daaraan toe.
'Inderdaad,' erkende ze, met een minzaam knikje. 'En dit zijn de heren van de recherche, over wie ik verteld heb: de heren De Gier en Grijpstra.'
Ze gaven de jongeman beurtelings een hand. Hij nam niet de moeite om daarbij uit zijn stoel op te staan.
Nadat ze allebei waren gaan zitten en van koffie waren voorzien, nam Marleen plaats tegenover hen, naast Bart-Jaap. Ze stak meteen van wal. 'Zoals ik beloofd had, heb ik het er tussen de middag met een paar leden van onze beleidsgroep over gehad of er een modus te vinden zou zijn waarbinnen wij als opvang- en informatiecentrum aan de politie gegevens zouden kunnen verstrekken over een van onze cliënten.'

Bart-Jaap knikte instemmend. 'Vooral gezien onze vertrouwensband met onze cliënten. Die mag namelijk onder geen enkele conditie in gevaar komen.'

Er speelde een glimlach om de mond van De Gier. Het leek wel of het merkwaardige duo aan de overkant van de tafel dit gesprek van tevoren had ingestudeerd. Aan de manier waarop ze formuleerden was in ieder geval te horen dat ze ervaren vergaderaars waren, doorgewinterd in het gebruik van het jargon dat in de zorgverlening gebruikelijk was. Wat overigens niet wegnam dat hij Marleen Fernhout nog altijd zeer aantrekkelijk vond.

'We zouden dus graag zien dat u uiterst zorgvuldig omgaat met de informatie die wij u in dit gesprek zullen verstrekken,' vervolgde Marleen.

Weer viel Bart-Jaap haar bij. 'U moet namelijk begrijpen dat we dit soort dingen normaliter helemaal niet doen. Onze cliënten moeten ervan op aan kunnen dat ze altijd bij ons terecht kunnen en dat wij nooit naar buiten brengen wat ze ons toevertrouwen.'

Grijpstra had al wat ongeduldig in zijn kopje zitten roeren, maar vond blijkbaar dat hij inmiddels lang genoeg gewacht had. 'Dat is dus duidelijk. Kunnen we nu ter zake komen?'

De twee hulpverleners keken elkaar even aan. Marleen boog haar hoofd. Bart-Jaap blikte Grijpstra echter recht in de ogen. 'Jazeker, maar niet voordat we hier heel duidelijk in zijn geweest. Het kan beslist niet zo zijn dat u op grond van dit gesprek denkt dat wij u voortaan allerlei informatie over bij ons onder behandeling staande verslaafden zullen verstrekken. Want dat is beslist niet het geval.'

Dit keer viel Marleen hem bij. 'We maken alleen een uitzondering omdat het hier om de moord op Ewoud Albrecht gaat. Dat is de reden waarom we in dit geval over onze principes heen stappen. Ewoud was één van ons, iemand die de zorg voor verslaafden echt was toegedaan. Daarom vinden we het belangrijk dat we u helpen bij het vinden van zijn moordenaar.'

'Ondanks het feit dat we daarmee afbreuk doen aan onze vertrouwensrelatie met Roeland,' viel Bart-Jaap in, 'want daar blijven we ons pijnlijk van bewust.'

Het was even stil.

'Goed,' hernam De Gier. 'Dan lijkt het me nu tijd dat jullie ons vertellen wat jullie van Roeland weten. En liefst ook hoe we met hem in contact kunnen komen.'

Het tweetal aan de overkant van de tafel wisselde een blik, als om te overleggen wie het woord zou nemen.

Marleen begon. 'Roeland is hier inderdaad geen onbekende, maar dat zullen jullie al wel vermoed hebben. Anders had ik jullie natuurlijk niet laten komen.'

Ze pauzeerde net iets te lang, waardoor Bart-Jaap het overnam. 'De afgelopen twee jaar is Roeland hier met onregelmatige tussenpozen een aantal keren geweest. U moet weten dat verslaafden vaak "shoppen" bij allerlei zorginstellingen, en wat dat betreft is Roeland geen uitzondering. Daarom hebben we ook voortdurend contact met de andere opvang- en informatiecentra om gegevens uit te wisselen over hulpzoekenden. Zodat we geen dubbel werk doen en vooral ook geen dubbele medicaties verstrekken.'

'Doet de Stichting Maarten ook mee met die uitwisseling van gegevens?' wilde De Gier weten.

Bart-Jaap schraapte zijn keel. 'Tja, u moet weten dat de communicatie tussen de verschillende instellingen nog verre van perfect is. Daar zal in de toekomst nog veel overleg voor nodig zijn. Binnen onze eigen groep hebben we de kanalisering van de informatiestroom nu aardig onder controle, maar in breder verband...'

'U bedoelt dat er verschillende soorten hulpverleners zijn, die nog niet al te scheutig zijn met het delen van hun gegevens,' begreep Grijpstra, die met moeite zijn ongeduld onderdrukte. 'Zoiets komen we bij de politie ook regelmatig tegen. Tussen de korpsen onderling gaat het nog wel, maar het IRT en de internationale opsporingsdiensten staan niet te trappelen om ons inzage te geven in hun materiaal. Terwijl ze wel van ons verlangen dat we volledige opening van zaken geven. Slecht beleid vind ik dat.'

'Als u dat zo wilt noemen, inderdaad,' zei Bart-Jaap wat ongemakkelijk. 'Waarbij ik wel wil benadrukken dat de interactie zo langzamerhand toch daadwerkelijk op gang begint te komen.'

Het begon Marleen duidelijk te lang te duren. 'Waar het dus om gaat, is dat Roeland hier in twee jaar tijd vijf keer is geweest. Waarvan vier keer in het afgelopen halfjaar.'

De Gier knikte haar dankbaar toe. 'Mooi, dat wilden we inderdaad weten. En waarom kwam hij dan hier, als hij eigenlijk bij de inventaris van de Stichting Maarten hoorde?'

Ze glimlachte. 'De eerste keer was pure kennismaking en inschatting van de mogelijkheden. Hij zal toen al wel snel hebben doorgehad dat er bij ons weinig te halen was, omdat we meteen hebben nagevraagd of hij al bij een van onze andere centra stond ingeschreven. En dat bleek inderdaad zo te zijn: hij was al diverse malen bij ons centrum nummer twee geweest.'

'Maar toch is hij in totaal dus vijf keer langsgekomen,' wierp Grijpstra in het midden. 'Waarom dan?'

'Het klopt dat hij hier vaker is geweest dan strikt noodzakelijk of zelfs logisch was,' zei ze. 'Maar verslaafden wijken meestal van hun vaste gewoonten af als daar een directe aanleiding voor is. Vaak is dat ruzie of een persoonlijke crisis. In het geval van Roeland was het ruzie. Ik heb hem persoonlijk een keer 's nachts opgevangen toen hij om de een of andere reden een ernstig meningsverschil had gehad met Ewoud.'

'Waarover?' vroeg Grijpstra scherp.

Ze haalde haar schouders op. 'Dat zei hij zelf niet, en dan is het bij ons standaardprotocol dat we niet aandringen. Zulke zaken behoren tot het vertrouwensgebied tussen zorgverlener en zorgvrager.'

Grijpstra ging met een zucht achterover zitten en deed zijn duimen achter zijn bretels. 'Kom op, alsjeblieft! Als zo'n jongen hier in opgefokte staat naartoe komt en vertelt dat hij ruzie heeft gehad met Ewoud, dan laat hij echt wel wat meer los dan jij nu vertelt. Laten we elkaar geen mietje noemen, alsjeblieft.'

Bart-Jaap snoof luidruchtig. 'Dat laatste zal ik maar niet als een persoonlijke aantijging opvatten.' Giechelend keek hij even naar Marleen, die echter niet meelachte.

'Het klinkt al zo snel tendentieus als ik daarover vertel,' begon ze schuchter. 'Hij zei natuurlijk wel wat.'

'Maar wat dan?' drong De Gier aan. 'Kom op, Marleen, dit kan van het grootste belang zijn voor ons onderzoek.'

Marleen sloeg haar ogen neer. 'Iets vaags over dat hij zich niet wilde laten dwingen tot iets waar hij niet achter stond. Zelfs niet als dat voor Ewoud was. Meer weet ik niet. Echt niet.'

Langzaam kwam Grijpstra naar voren, tot hij met het volle gewicht van zijn bovenlichaam op zijn armen leunde, die hij voor zich op de tafel had geplant. 'Denk eens goed na, want dit is interessant. En probeer je ook te herinneren wanneer dat precies geweest kan zijn.'

'O, dat laatste is niet zo moeilijk,' kondigde Bart-Jaap nuchter aan. Hij draaide zich om en pakte de voorste twee multomappen uit een rijtje dat daar op een plank stond. 'Wij houden namelijk rapporten bij, zoals jullie waarschijnlijk al wel vermoedden.'

Met hun hoofden dicht bij elkaar zochten Marleen en hij korte tijd in een van de multomappen, tot Marleen meldde: 'Volgens mij zei hij datgene wat ik net vertelde bij zijn laatste bezoek, nu net anderhalve week geleden.'

'Allemachtig,' zei De Gier, terwijl hij Grijpstra aankeek. 'Dat is dus hartstikke recent.'

'Kun je je nog iets meer herinneren van dat bezoek?' vroeg Grijpstra dringend aan Marleen.

Terwijl ze traag haar hoofd schudde, staarde Marleen peinzend naar het plafond. 'Niet echt, nee. Hij was ook vrij snel weer weg. Waarschijnlijk zat hij stevig omhoog voor zijn fix en wilde hij alleen maar scoren. Het enige wat ik nog weet is dat hij al meteen zei dat hij het allemaal heel bedreigend vond.'

'Bedreigend, hè?' herhaalde Grijpstra. 'Hm.' Hij bleef Marleen strak aankijken, maar ze maakte geen aanstalten er nog iets aan toe te voegen.

'Dan was het dit voorlopig, lijkt me,' concludeerde De Gier en stond op. 'Als het goed is, hebben jullie onze kaartjes. Schroom vooral niet om ons direct te bellen als je nog iets te binnen schiet.'

'Of als er misschien nog iets gebeurt waarvan je vindt dat wij dat zouden moeten weten,' suggereerde Grijpstra, die nu ook opstond.

'Ja, oké,' zei Marleen. 'Dat komt in orde. Ik hoop echt dat jullie er wat aan hebben.'

'Dat moet nog blijken,' bromde Grijpstra. Hij gaf een hand aan Bart-Jaap, die ook nu bleef zitten, maar wel op eigen initiatief een hand uitstak naar De Gier.

'Wacht even!' De Gier bleef de hand vasthouden, terwijl hij zich licht geschrokken tot Grijpstra wendde. 'We zijn helemaal vergeten de persoonsgegevens van die Roeland te noteren.'

Meteen verscheen er een kwade rimpel in het voorhoofd van Grijpstra. 'We lijken verdorie wel amateurs,' snauwde hij, terwijl hij zijn notitieboekje tevoorschijn haalde.

Verwachtingsvol keek hij naar Marleen, die meteen een andere multomap opensloeg en wat schuchter opkeek. 'Tja, dit is misschien niet helemaal wat jullie ervan verwachten.'

'Hoe bedoel je?' vroeg De Gier, die inmiddels de hand van Bart-Jaap had losgelaten.

'Nou, ik heb hier Roeland Meijer staan,' vertelde Marleen. 'Ik ben er vrijwel zeker van dat die achternaam door hem verzonnen is.'

'Dat doen de meeste verslaafden,' legde Bart-Jaap uit. 'Die willen niet dat hun familie op de hoogte komt van hun toestand, dus geven ze een valse naam op.'

'Zoals ze ook vrijwel uitsluitend met hun voornaam werken,' wist De Gier.

'Precies,' beaamde Marleen. 'En gedwongen identificatie is niet in het voordeel van onze manier van hulpverlening.'

'Ook al omdat de meeste verslaafden toch al geen ziektekostenverzekering hebben,' vulde Bart-Jaap droog aan.

'En daarom laten jullie het er maar bij zitten,' sneerde Grijpstra. 'Hebben jullie dan misschien wél een geboortedatum voor me?'

Marleen kuchte nerveus. 'Eh, in zoverre... ik weet alleen dat hij nu 26 is. Meer hoeven we niet te weten. En daarom noteren we eigenlijk standaard 1 januari als verjaardagsdatum bij het betreffende geboortejaar.'

'Zoals dat ook gebeurt bij veel Marokkanen en andere mensen

uit landen waar men vaak geen datum op het geboortecertificaat zet,' vertelde Bart-Jaap.

Grijpstra zuchtte en klapte zijn notitieboekje demonstratief dicht. 'Daar zijn we dan fijn mee geholpen, want onze computer is dol op zulke exacte gegevens,' zei hij ironisch. 'Kom op, brigadier, we gaan weer eens op het bureau aan.'

Alvorens hij hem de gang op volgde, glimlachte De Gier nog eens warm naar Marleen. 'In ieder geval bedankt voor de hulp. Die waarderen we zeer.'

'Ik zie het,' sneerde Bart-Jaap, nog altijd vanuit zijn zittende positie. 'Uw collega was zo dankbaar dat hij meteen wegvluchtte.'

'Dat is pure dienstijver,' corrigeerde De Gier hem. 'We zijn namelijk al laat voor een vergadering.'

Tot De Giers stille plezier bleek dat een aansprekende verklaring te zijn voor de twee zorgverleners.

Uit de gang klonk de geïrriteerde stem van Grijpstra: 'Zeg, brigadier, kom je nog?'

27

'Waar is Cardozo?' vroeg de commissaris, met hoog opgetrokken wenkbrauwen. 'Niet dat ik vind dat hij al bij dit soort besprekingen hoeft te zijn, maar ik zag hem vanmiddag niet op de recherchekamer.'

'Geen idee, meneer,' antwoordde De Gier. 'Volgens Hetty is hij naar bureau Warmoesstraat, maar het kan natuurlijk zijn dat ze dat verkeerd heeft verstaan.'

'Wat moet hij daar nu? Nou ja, we kunnen het ook wel zonder hem af,' vond de commissaris.

De Gier was gaan zitten in een van de stoelen tegenover het bureau van de commissaris. Daarvoor was Grijpstra nog te ongedurig. Hij beende heen en weer door de kamer, en bleef even staan om voor de zoveelste keer de inhoud van het boekenkastje van zijn superieur te bekijken. Het bevatte fotoboeken over Nieuw-Guinea, een toeristische gids van Amsterdam en een achtdelige encyclopedie in pocketformaat.

In kort bestek vertelde De Gier over hun vorderingen. Hij begon met het gesprek dat ze gevoerd hadden met Monica en hun zoektocht naar Roeland.

Meteen viel Grijpstra in. 'Nou, we zijn gisteren dus ook nog naar die specialist geweest, een neuroloog in het ziekenhuis. Het is toch niet te geloven dat zo'n dokter de dood als een verlossing ziet!' brieste hij.

'De dood van Ewoud Albrecht dan,' zei De Gier vergoelijkend. 'Die nuance bracht hij zelf ook heel duidelijk aan. En hij noemde het leven dat die man zou moeten gaan lijden met zo'n tumor ronduit ondraaglijk.'

Het bureau van de commissaris was het enige in het pand waarop geen computer stond. Op het grote, eiken bureaublad lag ouderwets vloeipapier. Pennen, potlood en gum waren overzichtelijk gerangschikt in een bakje bij het bureaulampje. En er stond een presse-papier met wat bomen en een boerderijtje erin; als je het schudde veranderde het in een sneeuwlandschap.

De commissaris pakte de presse-papier op en liet de plastic sneeuwvlokken over de boerderij neerdalen. Met zachte stem vertelde hij: 'De nicht van mijn vrouw, God hebbe haar ziel, was al jaren klaar met het leven. Ze vond het aardse bestaan onverdraaglijk, maar de pil van Drion was voor haar een verboden vrucht. Het Spartaanse geloof dat christendom heet gebiedt nu eenmaal dat men de Heerlijkheid des Heren op eigen kracht bereikt. Dus is de zachte, zelfgekozen dood taboe.'

Grijpstra plofte in een stoel neer. 'Maar wij zitten met een moord! Want doodziek of niet, die priester is afgeschoten als een hond. Ik heb tientallen vragen en geen enkel antwoord. En de figuur die we graag een paar vragen zouden willen stellen, die junk Roeland, is nergens te vinden.'

Het sneeuwlandschap verhuisde weer naar zijn vaste plek op het bureau. 'Kalmte, adjudant. Het heeft geen zin om je zo te laten gaan. Frustratie is zinloos. Kalmte geeft rust en rust geeft ruimte tot inzicht. En alleen met inzicht kom je tot de waarheid.' De commissaris glimlachte bemoedigend.

'Ik zou liever wat meer medewerking hebben van de medische stand,' mopperde Grijpstra.

'Marleen Fernhout was toch heel behulpzaam,' wierp De Gier tegen. Omdat hij de commissaris vragend zag kijken, verklaarde hij: 'Dat is een coördinator van een opvangcentrum voor junks, waar we vandaag geweest zijn. Daar vertel ik u zo meer over.'

Grijpstra was nog niet klaar met zijn tirade. 'Die lui in het ziekenhuis willen zelfs niet eens zeggen of ze iets weten. En daar moeten wij dan een moord mee oplossen!'

De commissaris vouwde zijn handen en boog wat naar voren. 'Zelfs dan heeft het geen zin om je op te winden. Gewoon rustig verder gaan met gedegen onderzoek. Praten met de mensen, alle sporen natrekken: daarmee kom je verder.'

Grijpstra haalde diep adem en keek naar het plafond. 'Dank u wel voor deze nuttige tip. Maar u hoeft me echt het handboek rechercheonderzoek niet voor te kauwen.'

Bij deze woorden keek De Gier, die wist dat hun chef een groot deel van dat handboek geschreven had, even opmerkzaam naar de beide anderen. Maar Grijpstra hield zich in en de commissaris gaf geen blijk van irritatie.

Grijpstra zag in dat er een nadere verklaring van hem verlangd werd, dus vervolgde hij: 'Ik ken mijn werk en ik weet wat me te doen staat bij een onderzoek als dit. Het enige wat ik wil zeggen is dat we geen spat verder komen met deze zaak, en dat zint me niks.'

'Maar dat is nu precies wat ik je probeer voor te houden,' zei de commissaris rustig. Hij streek met zijn hand over zijn korte baardje. 'Je moet je dit werk niet te veel aantrekken, anders word je niet oud.'

Geschrokken keek Grijpstra hem aan. 'O, dat is waar ook,' zei hij, en sloeg zich tegen zijn voorhoofd.

De andere twee keken hem verbaasd aan.

'Ik moet vanavond nog naar een verjaardag!' Hij keek moeilijk. 'Van mijn vrouw nog wel!'

De Gier glimlachte. 'Ik dacht al, wat is er met jou aan de hand?'

Grijpstra bromde iets onverstaanbaars.

'Heb je al een cadeautje?' informeerde De Gier.

Dat leverde hem een vernietigende blik van Grijpstra op. 'Vertel ik je nog wel,' zei hij kortaf.

De commissaris keek op zijn horloge en stond op. 'Het spijt me, maar ik moet nu naar de opgebaarde nicht van mijn vrouw.'

'Zullen we ruilen?' mompelde Grijpstra, zo zacht dat zijn chef het niet kon horen.

'Ogenblikje,' zei De Gier. 'We hebben u nog niet op de hoogte gebracht van de laatste ontwikkelingen. Vandaag hebben we een gesprek gevoerd bij een opvang- en informatiecentrum voor drugsverslaafden, zoals ik zojuist al aanstipte.'

'Waar ze ons ook al niet veel verder wisten te helpen,' viel Grijpstra in.

'Dat niet,' beaamde De Gier, 'maar anders dan in het AMC waren ze wel bereid om mee te werken. Ze vertelden dat Roeland daar recentelijk nog is geweest na een ruzie met Ewoud, die Roeland kennelijk iets wilde laten doen waar die geen zin in had. En ze hebben ons beloofd ons op de hoogte te houden als er misschien nog iets voorvalt.'

'Mooi,' vond de commissaris, zonder zijn langzame, maar zeer zekere gang naar de kamerdeur te onderbreken. 'Ga vooral zo verder.'

'Hm,' bromde Grijpstra ontevreden.

In de gang werden ze opgewacht door Hetty. De Gier knikte haar vriendelijk toe.

'Er zit iemand op jullie te wachten,' meldde Hetty.

'Sorry, hoor.' Grijpstra liep lompweg langs haar heen. 'Maar ik moet naar een verjaardag. Ook al is het die van mijn vrouw.'

De Gier maakte een toegeeflijk gebaar naar Hetty. 'Geeft niks, ik doe die figuur nog wel even. Waar zit hij?'

Met zijn jas al in de hand zei Grijpstra. 'Dank je wel en doe hem de groeten.'

'Het is geen hij,' vertelde Hetty. 'Het is een niet onaantrekkelijke brunette. Ze wil iets kwijt over die vermoorde priester.'

Meteen gooide Grijpstra zijn jas weer neer. 'Aan de andere kant: zo'n verjaardag leidt je maar af van je werk. Ik ga nog wel even mee. Dat is voor De Gier ook veel leuker.'

Enkele minuten later zaten ze in de recherchekamer tegenover een inderdaad niet onknappe jonge vrouw. Hetty bracht koffie voor alle aanwezigen.

Grijpstra boog ver naar voren, glimlachte hoogst innemend en stelde zich voor: 'Dag juffrouw, mijn naam is Grijpstra en dit is mijn collega De Gier.'

De vrouw lachte. 'Dat weet ik toch? Ik ben Ilona.'

'Kennen wij elkaar?' vroeg Grijpstra verbaasd. Onwillekeurig ging hij wat achteruit zitten.

'Ja, natuurlijk.' Ze zette een pruillipje op. 'Bent u dat nu al vergeten?'

Grijpstra keek vragend naar De Gier, maar die gebaarde ook van niets te weten.

'Eergisteren hebben we nog even gepraat,' hielp de vrouw. 'Ik werk bij Harrie in de kelder.'

Ineens ging De Gier een licht op. 'O, wacht eens! In het souterrain! Had u toen een blonde pruik op?'

Ze knikte triomfantelijk.

Nu begon het ook bij Grijpstra te dagen. 'Aah, díe Ilona!' Hij fronste zijn wenkbrauwen. 'Maar waarom zit je daar eigenlijk met een pruik?'

'Dat vinden veel mannen geil, zo'n blonde vrouw,' zei ze eenvoudig. 'En daar komt nog bij dat ze je later niet herkennen op straat. Dat is ook wel prettig. Zowel voor hen als voor mij.'

Grijpstra schoof ongemakkelijk op zijn stoel heen en weer. 'Goed. Eh... Eerlijk gezegd kan het me niet zoveel schelen wat mannen al dan niet, eh... opwindt, Ilona. Maar dat is eigenlijk ook niet wat je ons hier komt vertellen, toch?'

Ze schudde haar hoofd. 'Ja, nee. Nou ja, ik dacht: ik kom zelf maar even langs, want jullie komen er toch wel achter, op den duur.'

'Waarachter?' wilde De Gier weten.

Ze boog haar hoofd. 'Ik dacht dat jullie wel zouden willen weten dat ik die priester goed heb gekend.' En op zachtere toon: 'Die dooie priester, bedoel ik.'

'Ewoud Albrecht,' begreep De Gier.

Ze glimlachte dankbaar. 'Ja, die! Hij kwam bijna elke dag wel even bij me langs.'

'Zo!' baste Grijpstra. 'En wat kwam hij dan doen?'

'Hij zei steeds: Ilona, ga uit het vak! Breek met dit leven! Dat kwam hij me echt elke dag vertellen.'

'Gezellig,' vond Grijpstra. 'Echt een wijkpriester, die huisbezoek doet.'

'En?' wilde De Gier weten. 'Luisterde je naar hem?'

'Natuurlijk,' antwoordde ze, met een grote vanzelfsprekendheid. 'Ik ben een keurig katholiek meisje. Net zoals heel veel andere hoeren, meneer.'

'Maar je bent wel blijven zitten waar je zit,' constateerde Grijpstra. 'In een peeskamertje van Harrie Kuuk.'

Ze trok een spijtige grimas. 'Tja, dat is niet anders, hè? Ik moet nu eenmaal geld verdienen. Mijn moeder zorgt voor mijn dochtertje en ik zorg voor hen, financieel gezien. Dat is echt de enige reden dat ik ermee doorga. Wat kunnen mij die kerels schelen? Ze denken dat ze mij bezitten, maar ik krijg de inhoud van hun portemonnee, en daar draait het om. De seks zelf laat me werkelijk ijskoud.'

'Maar het is toch ook niet ongevaarlijk om de hoer te spelen?' vroeg De Gier. 'Je weet maar nooit wat voor types je binnenkrijgt.'

Ze haalde haar schouders op. 'Valt best mee, hoor. Want Harrie beschermt me toch? Hij is altijd vlak in de buurt.'

'En dat doet hij tegen een redelijk tarief, neem ik aan?' sneerde Grijpstra.

Weer schokschouderde ze. 'Alles in dit leven heeft zijn prijs, inspecteur. Voor niets gaat de zon op, maar dat is dan ook het enige dat gratis is. Direct of indirect, betalen moet je toch.'

'En die priester, wilde die af en toe ook wel eens even…? Nou ja, je begrijpt wel… Mocht die bij jou soms ook wel eens even…?' suggereerde Grijpstra.

Verontwaardigd stoof ze op. 'Een man van de Kerk? Nee, meneer, zoiets zou die priester nooit doen! En ik ook niet! Hoe komt u aan zulke gore onzin? Daar leen ik me niet voor! Wat denkt u wel?'

'Sorry, hoor,' zei Grijpstra.

Maar ze keek hem niet meer aan en wendde haar gezicht nukkig af.

Meteen maakte Grijpstra aanstalten om op te staan. 'Mooi. En dat was het dan?'

'Nee, natuurlijk was dat het niet,' antwoordde ze geschrokken.

Na een korte stilte vertelde ze: 'Harrie wilde het niet hebben.' Ze keek veelbetekenend van de een naar de ander.

'Wat niet?' vroeg Grijpstra geïrriteerd.

Ze keek hem kwaad aan, om zoveel onbegrip. 'Harrie wilde niet dat de priester steeds bij me kwam, natuurlijk.'

'Ah, hij wilde niet dat Ewoud je uit zijn etalage zou lullen,' begreep Grijpstra. 'Want dat zou slecht zijn voor de zaak.'

Ze glimlachte zonder dat haar ogen meededen. 'Daar werd Harrie heel boos van. Ze hadden de laatste tijd echt elke dag ruzie. En het werd steeds erger.'

Grijpstra knikte begrijpend. 'Zo erg soms dat het op een kwaaie dag, pakweg eergisteren, een beetje uit de hand is gelopen? Dat Harrie zich genoodzaakt zag zijn investeringen te beschermen en niet anders kon dan die priester uit de weg te ruimen?'

Ilona keek hem hoofdschuddend aan. 'Welnee, man. Harrie schold hem helemaal stijf, maar hij deed nooit wat. Ze mogen zeggen wat ze willen van Harrie, maar hij is helemaal niet zo geweldaddig. Ik heb zelf gezien dat hij niet eens wat terug deed toen Ewoud hem een klap in zijn gezicht gaf. Midden op straat! Nee, Harrie heeft die priester echt niet vermoord, dat zweer ik je.'

'Hoe kun je er zo zeker van zijn dat Harrie die Ewoud Albrecht echt niets heeft aangedaan?' vroeg De Gier. 'Misschien is die ruzie op een gegeven moment wel zo hoog opgelopen dat Harrie zichzelf helemaal vergat en te ver is gegaan. Zulke dingen gebeuren. Je kent iemand nooit honderd procent.'

Ze glimlachte quasi-verlegen. 'Maar ik weet het wél zeker. Omdat Harrie bij mij was, toen Ewoud vermoord werd.'

Grijpstra sloeg zijn handen verrukt in elkaar. 'Ach, je bent zijn alibi! Dan moet je wel heel veel van Harrie houden...'

'Laat naar je kijken, inspecteur.' Ze lachte kort. 'Harrie beschermt mij...'

'En dus bescherm jij hem,' begreep Grijpstra. 'Want zaken zijn zaken. Daar zijn we dan mooi klaar mee.'

Ilona keek hem bevestigend maar ijskoud aan.

Er viel een stilte, die De Gier doorbrak met een vraag. 'Ken jij soms ene Jonk, die bij jou in de buurt actief schijnt te zijn?'

Ilona's gezicht bleef uitdrukkingsloos, terwijl Grijpstra een verschrikte blik wierp op zijn partner.

De Gier vervolgde: 'We vonden de naam van Jonk in de agenda van Ewoud Albrecht. Die figuur zou te maken kunnen hebben met vrouwenhandel. Weet jij daar iets van?'

Met een verachtend gebaar zei Ilona: 'Vrouwenhandel! Dat is iets voor domme geiten, die denken dat in het Westen het goud aan de bomen groeit. Daar heb ik niets mee te maken, inspecteur. Ik werk uit mijn eigen vrije wil.'

Ze keek op haar horloge en stond op. 'En nu moet ik weer naar mijn werk.'

'Anders wordt Harrie boos,' sarde Grijpstra. 'Of heb je flexibele werktijden?'

Daar ging ze niet op in. Bij de deur stak ze groetend haar hand op, om meteen daarna te verdwijnen.

Direct nadat ze de deur achter zich had dichtgedaan, zei De Gier: 'Dat was niet erg tactisch, zoals je haar aanpakte. Was dat nu nodig, om haar zo tegen de haren in te strijken!'

'Nee, jíj speelde het handig!' ontplofte Grijpstra. 'Met je Jonk! Je geeft toch niet zomaar bewijsmateriaal weg? Wat had dat nou voor zin? Wat wilde je daar nu mee bereiken?'

'Ik eh... ik weet het niet,' zei De Gier onzeker. 'Het leek me wel slim om dat even te vragen.'

'Zodat zij en ook die Harrie van haar nu weten dat we achter ene Jonk aanzitten?' Grijpstra's gezicht drukte een en al ongeloof uit. 'Nee, dat lijkt me inderdaad verrekte slim! Waarom heb je dat niet in de krant laten zetten, dan weet iedereen het!'

'Gaat het, heren?' vroeg Hetty, die de recherchekamer binnenkwam.

Grijpstra liep hoofdschuddend en kwaad mompelend naar zijn bureau.

'Ga jij nu maar naar je verjaardag!' zei De Gier verongelijkt.

'Goed idee,' zei Grijpstra. 'Dan kan ik deze hele klerezooi tenminste achter me laten.' Hij vertrok zonder te groeten.

'Wat heeft hij nou?' vroeg Hetty aan De Gier.

Die haalde zijn schouders op. 'Ach, hij heeft nu eenmaal een vreselijke hekel aan verjaardagen. Dat is morgen wel weer bijgetrokken.'

Hetty keek hem weifelend aan. Ze leek niet helemaal overtuigd, maar stelde verder geen vragen.

28

Archibald moest ergens in de tuin zitten. De commissaris glimlachte bij het idee dat zijn geliefde schildpad op een voor hem onzichtbare plaats door het gras aan het roeien was. Waarom namen mensen toch zulke vermoeiende huisdieren als katten, honden of parkieten, als ze konden genieten van de intense rust die uitgaat van de trage schildpad, het levende fossiel?

Dromerig staarde hij door het serreraam naar buiten, terwijl de schemering langzaam inviel. Hier stond hij graag, te midden van de varens en de grote ficussen, met een perfect uitzicht op zijn mooie tuin. De bak met kaapse violen bloeide, zijn rozenstruiken stonden er voorbeeldig bij – als uitbundig bewijs van de juistheid van zijn radicale snoeibeleid. Hij hield van de subtiele nuances tussen zijn verschillende perken: de goudsbloemen, de afrikaantjes, de margrieten – lievelingen van zijn vrouw – en de breekbare pracht van de trompetnarcissen. En natuurlijk het gras, dat ervoor zorgde dat Archibald overal in de tuin kon komen, alsof er een groen pad voor hem was uitgelegd.

Ieder jaar weer kostte zijn tuin hem vele honderden uren werk, maar de commissaris deed niets liever. Spitten, bemesten, harken, zaaien, wieden, snoeien en opbinden: hij was er in de loop der jaren een ware meester in geworden. Op zijn vrouw na voelde niemand deze grond, waar zoveel van henzelf in zat, zo goed aan. Eigenlijk zou hij er ook begraven willen worden. Maar zo ver was het nog niet. Nog lang niet, hoopte hij.

Na zijn diensttijd in Nieuw-Guinea had het hem jaren gekost om rust te vinden. Hij had zich volledig op zijn werk gestort, was een veelvuldig gedecoreerd politieman geworden, die een belangrijke taak had gehad bij de ingrijpende vernieuwing en verbetering van de rechercheopleiding. Ondanks zijn vele overuren had hij zich ook volledig ingezet als vader en echtgenoot. En hij dankte zijn vrouw in stilte dat ze na enkele vruchteloze pogingen nooit had doorgevraagd naar de gruwelen die hij had meegemaakt tijdens zijn infiltratieopdrachten op Nieuw-Guinea, het eiland dat voor hem altijd synoniem gebleven was voor onuitsprekelijk mensenleed. Daar had hij gezien tot welke peilloze wandaden mensen in staat zijn. Sindsdien had hij zich bij zijn politiewerk zelden meer verbaasd over gewelddadigheden en de achterliggende motieven. Hij had het allemaal al meegemaakt. En erger. Niet voor niets kwamen de beelden vrijwel iedere nacht messcherp terug in zijn nachtmerries.

Hij schudde de gedachte van zich af. Zou hij wat extra slablaadjes neerleggen bij de rand van het terras, zodat Archibald zich misschien zou laten zien en met zijn snavelbek driehoekjes zou komen happen uit de voor hem uitgestalde lekkernijen? Maar nee, hij moest dat beest ook niet verwennen, daar had zijn vrouw gelijk in. Al was het wel verleidelijk om op zo'n manier wat extra contact te zoeken met zijn favoriete dier.

Zijn vrouw was achter hem komen staan en legde een hand op zijn linkerschouder. Glimlachend legde hij zijn rechterhand zacht op de hare. Er was geen beter en liever mens op de wereld dan Katrien. Hij wist niet waaraan hij zo'n perfecte echtgenote verdiend had. Ze waren al zolang gelukkig met elkaar. Haar hoefde hij niet te vertellen hoe teleurgesteld hij was geweest omdat zijn laatste kans op een benoeming tot hoofdcommissaris hem om onduidelijke redenen voorbij was gegaan. Zij wist zulke dingen. Het was een wonder.

'Je bad is klaar,' zei ze zacht. 'Laat het niet afkoelen.'

Hij knikte dankbaar. Zonder haar zou hij misschien al bezweken zijn aan zijn reuma, een ingrijpende aandoening die hem voortdurend confronteerde met zijn eigen fysieke beperkingen. Zij was het die hem elke dag insmeerde en die dampende mosterdbaden voor hem maakte als zijn hele lichaam hem pijn deed.

Pas toen hij begon te lopen, merkte de commissaris dat hij te lang voor het serreraam had gestaan. Zijn rug en benen protesteerden pijnlijk en hij kreunde onwillekeurig. Meteen sloeg ze een arm om hem heen. Hij vertrouwde zich helemaal aan haar toe, al zag hij wel vreselijk op tegen het vooruitzicht dat hij nog de hele trap zou moeten beklimmen voordat hij in het verlossende bad kon gaan liggen en de wereld met genietend gesloten ogen buiten zou kunnen sluiten.

Ongeveer op datzelfde moment zat Grijpstra diep weggezakt in een hoek van de bank. Zijn huiskamer was vol mensen die druk met elkaar in gesprek waren. Hij had alle stoelen uit huis gemobiliseerd, zelfs zijn eigen bureaustoel, waarop nu zo'n stomvervelend neefje irritant heen en weer zat te rijden.

Buiten zijn eigen broer en schoonzus behoorde het overgrote deel van de aanwezigen tot de familie van zijn vrouw. Zijn altijd aanwezige schoonmoeder had de beste stoel in de kamer – zíjn leunstoel! – geconfisqueerd en voerde het hoogste woord. Die onuitstaanbare zwager van hem was al net zo dominant aanwezig, met die eeuwige succesverhalen over zijn verkopen in de tweedehandsautobusiness. En de ronduit walgelijke dochters van die patser zaten zich in de andere kamer vol te proppen bij de snoepschalen. Er werd veel te weinig overleden in zijn familie.

Somber liet hij zijn blik over de tafel gaan, waarvan praktisch iedere beschikbare plek werd ingenomen door kopjes, schoteltjes gebak, de koffiepot, een suikerschaaltje en een kannetje koffiemelk. Kneuteriger kon je het niet bedenken. Zelfs de plant, die altijd midden op tafel stond, had plaats moeten maken en stond nu op de schoorsteen.

Op de in de hoek geschoven grote tafel stonden de cadeaus die zijn vrouw had gekregen. Ze had zijn jurk niet eens helemaal uitgepakt: het ding lag, met restanten van het papier er nog omheen, op de uiterste hoek van de tafel. Ze had hem ook niet aangekeken, toen ze hem er met een half zoentje voor bedankte. Hij zuchtte. Dit keer was hij er nog wel zo van overtuigd geweest dat hij een goed cadeau voor haar had gekocht.

Zijn zoon kwam langs met een schaaltje koekjes, maar Grijpstra stak afwerend zijn hand op.

'Vind je de koekjes soms niet lekker?' vroeg zijn schoonmoeder. 'Ik heb ze meegenomen, hoor!'

Hij glimlachte zo vriendelijk mogelijk. 'Dat weet ik, ma, en ze zijn echt heerlijk. Voortreffelijk! Ik zal er straks beslist eentje proeven.'

Ze bekeek hem aandachtig, maar kon uit zijn gezichtsuitdrukking niet opmaken of hij haar voor de gek zat te houden. Toen keerde ze zich nadrukkelijk van hem af en begon te praten met haar schoondochter.

Grijpstra gnuifde inwendig, maar liet daar natuurlijk niets van blijken. Hij vermeed de blik van zijn vrouw.

Even later gebeurde het onvermijdelijke: zijn zwager liet zich naast hem op de bank neerploffen. 'Zo,' zei de man, met een vette grijns. 'Hoe gaan de zaken tegenwoordig bij de politie?'

'Ik mag niet klagen,' antwoordde Grijpstra. 'De misdaad bloeit, dus voor ons is er werk genoeg.'

Het maakte niet uit wat hij zei, zijn zwager luisterde toch niet echt, wist hij. Die zat alleen maar te wachten tot hij weer eens over tweedehands auto's kon beginnen.

Deze keer had de man een originele invalshoek. 'Wat doen ze bij de politie eigenlijk met afgeschreven dienstauto's?' vroeg hij. 'Gaan die in de openbare verkoop of hebben jullie daar een vaste zakenpartner voor?' Nog geen minuut later zat hij breed te oreren over zijn eigen zaak en de nieuwe verkooprecords die hij in de afgelopen periode had gevestigd met recente modellen en importauto's.

Grijpstra keek hem onbewogen aan en liet zijn blik langzaam afglijden naar het protserige, al te moderne horloge aan de pols van zijn zwager. Hij onderbrak hem midden in een zin door naar het elektronische gevaarte te wijzen en olijk te vragen: 'Hé, heb jij tegenwoordig elektronisch huisarrest?'

Het werd even heel stil in de kamer. Niemand lachte en Grijpstra hoorde zijn vrouw veelbetekenend kuchen. Hij verlangde vreselijk naar een borrel, maar besefte terdege dat hij vanavond niet de eerste kon zijn die naar de fles greep. Het zou ook te veel opvallen als hij zijn zwager nu al een drankje zou aanbieden, terwijl de tweede koffieronde nog niet eens geweest was. Er zat niets anders op, hij zou moeten afwachten tot zijn schoonmoeder of een van de andere gasten zelf om alcoholische versnapering vroegen. Langzaam zakte hij nog dieper weg in de bank. Zijn zwager zag daar een aanmoediging in om een nieuw verhaal op te diepen uit zijn vaste repertoire.

Wat heb ik in een vorig leven misdaan om dit te verdienen? vroeg Grijpstra zich smartelijk af. Zwaardere straffen kon hij zich nauwelijks voorstellen.

29

Terwijl het langzaam echt donker werd, zat De Gier onderuitgezakt in zijn auto, die hij zo onopvallend mogelijk in de Spuistraat had geparkeerd. Vanuit deze positie kon hij mooi het huis met het bord 'Stichting Maarten' in de gaten houden.

Verveeld keek hij om zich heen. De verleiding was groot om zijn autoradio aan te zetten, maar hij wist dat hij alles moest vermijden dat eventueel de aandacht op hem zou kunnen vestigen. Dus beperkte hij zich tot een warm kopje koffie uit zijn thermoskan.

De tijd duurt extra lang wanneer je zit te wachten en niet zeker weet of dat wachten beloond zal worden. Maar hij had geen keus. Hij had die dag een plotselinge inval gekregen en daar moest hij nu wel gevolg aan geven. Grijpstra had hij er niet eens van op de hoogte gesteld, want die kon vanavond toch geen kant op, met die verjaardag. Bovendien bespaarde hij zich, door dit akkefietje solo aan te pakken, straks het eventuele sarcasme van Grijpstra, als zou blijken dat hij het helemaal mis had gehad. Want het moest natuurlijk nog maar blijken of hij het bij het juiste eind had.

Hij tuurde naar het donkere portiek van het huis waarin enkele dagen tevoren het lijk van Ewoud Albrecht had gelegen en voelde voor de zoveelste keer in zijn zak naar de sleutels van de plaats delict. Natuurlijk had hij overwogen om binnen te wachten, maar hij zag liever aankomen wat er ging gebeuren.

Ergens vervloekte hij zijn idee, want daardoor liep hij nu wel zijn al afgesproken avondje uit met Sylvia mis. Die arme meid was zo teleurgesteld geweest toen hij haar afbelde, ook al had hij haar meermalen verzekerd dat hij het dubbel en dwars goed zou maken.

Ze zouden vanavond eigenlijk naar de film gaan en vervolgens naar haar flat. Hij sloot zijn ogen en haalde zich zijn roodharige schone voor de geest. Wat was ze mooi! Haar prachtige haar, haar zachte huid, haar perfecte figuur, haar aanstekelijke hartstocht, haar humor en haar gevaarlijk groene ogen: hij was stapelgek op alles van haar. En zij viel ook voor hem, dat had ze hem duidelijk laten merken. Ze vormden een mooi koppel, lachten samen veel, praatten geanimeerd en hadden geweldige seks. Hij was echt gelukkig.

En toch voelde De Gier dat hij haar binnen enkele weken weer kwijt zou kunnen zijn. Zoals dat met zoveel van zijn vriendinnen was gebeurd. Buitengewoon leuke en mooie meiden, stuk voor stuk. Maar zodra ze lieten merken dat ze meer vastigheid van hem verlangden, liet hij het afweten. Het was iedere keer hetzelfde. Hij bleek gewoon niet in staat om een volgende stap te zetten in een relatie. Zou Grijpstra dan toch gelijk hebben en leed hij aan bindingsangst?

Hij deed zijn ogen weer open. Wel blijven opletten, De Gier! Het kan zomaar gebeurd zijn voordat je er erg in hebt. En dan heb je hier helemaal voor niks gezeten. Stel je voor dat morgen zou blijken dat hij er met zijn neus bovenop had gezeten terwijl het misging. Hij dwong zichzelf op te letten en schonk nog eens koffie bij.

Het was al ruim na middernacht toen De Gier opschrok. Zag hij aan de overkant in het donker iets bewegen? Even dacht hij zich te hebben vergist, maar toen zag hij in het licht van een lantaarnpaal een silhouet langs de gevels schuiven. De gestalte dook het portiek naast het bord 'Stichting Maarten' in en verdween daar in de duisternis.

De Gier wachtte even en deed vervolgens geluidloos zijn portier open. Hij stapte zo stil mogelijk op straat, bleef gebukt staan en duwde het portier dicht zonder het in het slot te laten vallen. Met een paar haastige stappen was hij aan de overkant, in de schaduw naast de geparkeerde auto's.

De deur in het portiek was weer dicht, alsof dat de hele tijd zo geweest was. De duistere figuur had vast een loper gebruikt. Langzaam duwde De Gier de sleutel in het slot. Weer even wachten en dan zonder klikken opendraaien. De deur kraakte gelukkig niet toen hij die half openduwde en er snel door naar binnen gleed.

De Gier liet zijn ogen even wennen aan de duisternis. Voorzichtig liep hij de gang door naar de woonkeuken. Opletten nu, want hier stonden stoelen, wist hij. In het schaarse licht van de halve maan, die door het keukenraam naar binnen scheen, oriënteerde hij zich. Stapje voor stapje ging hij verder.

Er klonk een geluid uit de kamer ernaast, waarvan De Gier wist dat het Ewouds werkkamer was. Hij drukte zich tegen de muur en sloop verder. Bij de open verbindingsdeur wachtte hij even. Voorzichtig om de hoek kijkend, zag hij dat iemand bezig was het bureau van Ewoud te doorzoeken, slechts bijgelicht door een zaklantaarn.

De Gier schoof door naar de deuropening. Zijn hand tastte om de hoek naar de lichtschakelaar. Toen hij die gevonden had en hem indrukte, stapte hij meteen de kamer in.

Het volle licht scheen op een dodelijk verschrikte Harrie Kuuk, die juist bezig was de inhoud van een bureaula te inspecteren. Met grote paniekogen staarde hij naar de grijnzende De Gier.

Naar dit moment had De Gier uitgekeken. Hij haalde de agenda van Ewoud uit de wijde zijzak van zijn jasje en hield die treiterig omhoog. Toen kon hij de klassieke vraag stellen: 'Zocht u dit soms, meneer Jonk?'

Het was alsof het schriele mannetje een klap in zijn gezicht gekregen had. Hij liet de zaklantaarn vallen, keek wanhopig om zich heen en sprintte naar de openstaande deur. Maar De Gier had hem doorzien en versperde hem de doorgang. Toen de man naar hem uithaalde, greep De Gier de wild zwaaiende arm beet en draaide die met een ruk om, waardoor de eigenaar ervan kermend vooroverboog.

'Zo, Harrie,' zei De Gier tevreden, terwijl hij rustig de tijd nam om een paar handboeien uit zijn zak te halen. 'Ik ben blij dat je me even gezelschap bent komen houden. Dan heb ik toch niet voor niets de halve nacht op je gewacht. Je staat onder arrest, maat.'

Toen De Gier de handboeien strak dichtdeed, schreeuwde het mannetje boos: 'Verdomme, dat doet pijn! Hufter!'

'Kalm, Harrie!' maande De Gier. 'Kalmte kan je redden. En nu ga je fijn met mij mee naar het bureau, lekker een nachtje slapen in een arrestantencel. En daarna gaan we morgenochtend eens uitgebreid babbelen samen: jij, Grijpstra en ik.'

'Je kunt wat mij betreft in de stront zakken. Ik zeg helemaal niks!' beloofde Harrie, met fonkelende ogen.

De Gier gaf hem met de vlakke hand een paar klapjes op zijn voorhoofd. 'Niet zeuren, Harrie, net nu het zo gezellig belooft te worden.'

Terwijl hij Harrie naar buiten voerde en over straat naar zijn auto leidde, stortte de man een ononderbroken stroom scheldwoorden en verwensingen over hem uit. Hier en daar ging een raam open en kwam een nieuwsgierig hoofd naar buiten. Uit het pand dat Harrie Kuuk exploiteerde, enkele tientallen meters verderop, liep een schaars geklede dame de straat op om poolshoogte te nemen. Een zichtbaar aangeschoten man leunde tegen een geparkeerde auto om naar hem te kijken.

De Gier hield het portier open en pakte zijn arrestant bij het boord van diens overhemd. 'En nou even stil, Harrie. Je hebt de keus: je houdt je snavel en mag fijn op de achterbank gaan zitten, of je blijft zo irritant tieren, en dan pleur ik je gewoon in de kofferbak.'

De schichtige ogen van het mannetje constateerden dat De Gier meende wat hij zei. En dus koos hij eieren voor zijn geld en nam hij zwijgend plaats in de auto.

Toen ze wegreden, keek Ilona hen vanaf de stoep geschrokken en verbaasd na. Daarna haastte ze zich weer naar binnen, huiverend in de kille nachtlucht.

30

Cardozo was bijzonder tevreden met zichzelf. 'Dit zou wel eens het begin kunnen zijn van iets groots,' had hij die ochtend tegen zijn vriendin gezegd. 'Annemarie, let op, hiermee zou ik de hele zaak van die vermoorde priester, waar tot nog toe totaal geen schot in zat, wel eens open kunnen breken!' Ze had hem toen zo bewonderend aangekeken, dat hij de verleiding niet had kunnen weerstaan om nog even bij haar in bed te stappen. En toch was hij als eerste in de recherchekamer geweest. Daar konden die twee dikdoeners een puntje aan zuigen, vond hij. Hem was niet gauw iets te veel. Hij hoopte maar dat de commissaris dat ook zou inzien.

Het was immers niet niks wat Cardozo gepresteerd had. Op basis van eigen onderzoek had hij belangrijke informatie gevonden. En daar had hij ook naar gehandeld. Dat had hem een deel van zijn avond gekost, omdat hij natuurlijk eerst nog op zoek moest naar Bareskov, maar dat had hij er graag voor over. Ze zouden opkijken van wat hij voor elkaar had gekregen! Nu zouden ze wel moeten erkennen dat hij in deze moordzaak een doorbraak had weten te forceren. Daar kwamen ze niet onderuit.

Op dat moment kwam Grijpstra binnenstommelen. Hij zag er nog slechter uit dan anders: zijn gezicht stond asgrauw en het leek wel alsof hij in zijn kleren geslapen had. Zonder een woord te zeggen plofte hij in zijn bureaustoel neer, waarin hij meteen voorover ging zitten, met zijn handen aan zijn hoofd.

'Goedemorgen!' schalde Cardozo. 'Ik heb groot nieuws.'

'Nu even niet, Cardozo,' bromde Grijpstra, praktisch onverstaanbaar. Hij tilde zijn hoofd net ver genoeg op dat Cardozo zijn bloeddoorlopen ogen kon zien. 'Als je het niet erg vindt, heb ik momenteel zo'n enorme kater, dat het goed mogelijk is dat ik iedereen onderkots die te dicht bij me in de buurt komt. Ik waarschuw maar even.'

De deur ging open en Hetty kwam binnen. Ze schoof op Grijpstra's bureau wat papieren opzij, zette er een groot glas water neer en verdween hoofdschuddend.

'Bedankt,' kreunde Grijpstra, toen de deur alweer dicht was en ze hem toch niet meer kon horen. Hij schoof een la van zijn bureau open en haalde er een zilverkleurige doordrukstrip uit. Met enige moeite wist hij daar twee bruistabletten aan te ontrukken, die hij in het glas water liet vallen. Dansend begonnen de tabletten op te lossen. Aan het wateroppervlak sprongen belletjes open.

Grijpstra kon blijkbaar niet wachten tot de tabletten geheel waren opgelost, want terwijl ze nog door het water dwarrelden, nam hij alvast een paar kleine slokjes. Hij trok een vies gezicht. 'Gedverdemme, wat smerig.' Hij nam nog een slokje. 'Maar dan moet het wel goed spul zijn, denk ik dan maar.' Weer een slokje. Zijn hoofd ging wat omhoog en hij keek naar Cardozo. 'Leer dat nou maar van mij: vertrouw nooit een geneesmiddel dat lekker is. Dat kan namelijk nooit wat wezen.'

Voordat Cardozo kon antwoorden, greep Grijpstra luid kreunend naar zijn hoofd; hij kon nog maar net het glas heelhuids op het bureau terug zetten. 'Allemachtig, wat doet dat zeer. Wat gooien ze tegenwoordig voor rotzooi in die jenever, dat je er de volgende dag zo'n last van hebt?'

Het leek Cardozo beter om daar niet op te antwoorden.

Zuchtend en steunend dronk Grijpstra het glas halfleeg, waarna hij het weer op zijn bureau zette en even rechtop ging zitten om een schallende boer te laten. 'Hè hè, dat lucht op,' zei hij tegen de misprijzend toekijkende Cardozo.

Allebei draaiden ze hun hoofd luisterend naar de deur, toen er in de gang luid tumult klonk. Er stond iemand te schreeuwen en ze hoorden Hetty sussend praten.

Even later gooide De Gier de deur van de recherchekamer met

een brede zwaai open. Met priemende ogen keek hij naar Cardozo, terwijl hij een paar stappen in diens richting deed. 'Cardozo, we hebben hier bij de balie de grootste mot met Bareskov. Klopt het dat jij die hebt laten komen?'

Cardozo ging rechtop staan. Hij glom van trots. 'Jazeker! Ik heb hem gisteravond nog opgezocht – wat helemaal niet meeviel, want die man was praktisch onvindbaar en geheel onbereikbaar, maar ik heb hem toch nog te pakken gekregen – en ik heb hem te verstaan gegeven dat hij hier vanochtend om negen uur verwacht werd. Goed dat hij op tijd is.'

De ogen van De Gier werden groot van verbazing. 'Wat? Jij hebt hem zomaar hierheen laten komen. En waarom, in godsnaam?'

Met een hooghartige trek op zijn gezicht antwoordde Cardozo: 'Ik vond dat ik daar mijn redenen voor had.'

'Verdomme, Cardozo!' riep De Gier kwaad, en smeet de deur zo hard achter zich dicht, dat de ruiten trilden in hun sponningen. 'Dit is jouw onderzoek niet! Je gaat toch niet op je eigen houtje allemaal lui naar het bureau laten komen, zonder zelfs maar te overleggen met Grijpstra en mij!'

'Hou mij er buiten,' protesteerde Grijpstra kreunend. 'En schreeuw niet zo, mijn kop barst toch al uit elkaar.'

De Gier bekeek hem onderzoekend. 'Wat is er met jou aan de hand, zeg? Je ziet eruit alsof je een week lang in een vijver gelegen hebt. Komt dat door die verjaardag van gisteren?'

Grijpstra knikte automatisch, maar moest dat meteen weer bezuren. Hij drukte zijn handen tegen zijn pijnlijke hoofd en bromde: 'Jenever, jongen. Dat is gemeen spul. Drink er nooit meer van dan je in één keer kunt uitpissen, zei mijn vader altijd. En verdomme, daar had hij gelijk in.'

De Gier liep niet echt over van medelijden. 'Nou, je bent in ieder geval weer prima in vorm om moorden op te lossen,' zei hij sarcastisch. 'Blij dat mijn partner altijd paraat is.' Vervolgens richtte hij zich weer tot Cardozo: 'Maar wij zijn nog niet klaar, jongen. Ik vind het ab-so-luut niet te tolereren dat een beginnend rechercheur hier zelfstandig beslissingen gaat lopen nemen in een moordzaak, terwijl hij de onderzoeksleiding daar niet eens van op de hoogte houdt! Wat moeten we hier met die Bareskov?'

Daar had Cardozo op gewacht. Hij richtte zich in zijn volle lengte op en trok een triomfantelijk gezicht. 'Nou, ik heb gisteren eerst wat telefoontjes gepleegd naar andere bureaus, om uit te vinden of er elders misschien informatie was over Ewoud Albrecht in relatie met drugshandel.'

De Gier keek hem zwijgend aan en sloeg zijn armen over elkaar.

'En op het bureau Warmoesstraat had ik beet,' vervolgde Cardozo enthousiast. 'Daarom ben ik daar gistermiddag even langsgegaan, bij een zekere brigadier Tempelman...'

'Frank,' wist De Gier.

'Precies,' bevestigde Cardozo. 'Die man wist veel te vertellen over de Russische maffia, die op grote delen van de Wallen de lakens blijkt uit te delen. Er zitten ook nogal wat Tsjetsjenen, overigens.'

'Schiet eens een beetje op, Cardozo,' onderbrak De Gier hem ongeduldig. 'We hebben nog meer te doen vandaag.'

Grijpstra bromde instemmend.

'Oké, brigadier Tempelman dus,' ging Cardozo licht geïrriteerd verder, 'gaat er vanuit dat de Russen beslist ook in drugs handelen. Ze doen nu eenmaal alles wat God verboden heeft, zei hij. Maar hij had er geen harde bewijzen voor.'

'Dat ze alles doen wat God verboden heeft?' vroeg De Gier treiterend.

Cardozo zuchtte verongelijkt. 'Nee, dat ze in drugs doen, natuurlijk.'

'En daarom heb jij Bareskov maar meteen naar het bureau laten komen,' sneerde De Gier. 'Omdat Tempelman dat niet zeker wist. Goh, interessante manier van onderzoek, zeg!'

Cardozo deed net alsof hij dat niet gehoord had. 'Op die manier kwam ik dus niet echt veel verder. Maar hij had wel iets anders, dat meer dan interessant was.' Hij wachtte even voor het effect. 'Vorige week heeft Ewoud Albrecht op de Warmoesstraat namelijk een aanklacht tegen Bareskov ingediend.'

'Wat?' vloog Grijpstra op. Kennelijk was hij zijn hoofdpijn even vergeten, want zodra hij stond, sloot hij zijn ogen, drukte zijn hand tegen zijn voorhoofd en ging weer zitten. Met nog altijd gesloten ogen vroeg hij: 'Een aanklacht wegens wat?'

Cardozo pakte zijn notitieboekje van zijn bureau en las voor: 'Hij heeft een aanklacht ingediend wegens dreiging met grof geweld.'

'Dat is niet mis,' mompelde Grijpstra. 'Waarom weten wij dat niet, verdomme?'

De Gier kneep zijn ogen tot spleetjes. 'Die informatie had je direct aan mij moeten geven, Cardozo. Of aan Grijpstra. Wij hebben de leiding in dit onderzoek en wij nemen de beslissingen. Daar ga jij niet in je eentje tussendoor fietsen!'

Verontwaardigd riep Cardozo: 'Maar jullie geloven helemaal niet in mijn theorie! En deze informatie kwam daar direct uit voort, dus dacht ik dat het mijn plicht was om zelf in te grijpen.'

'Dat had je dus verkeerd,' zei Grijpstra koeltjes. 'Je kunt dit soort dingen stomweg niet op je eigen houtje doen. Punt uit. Is dat duidelijk?'

Cardozo knikte, wendde zijn blik af en kroop stilletjes achter zijn computer.

Onderwijl goot Grijpstra nog een paar slokken uit zijn glas achterover. Hij zuchtte voldaan, veegde zijn mond af met zijn mouw en was er helemaal klaar voor om zich ook in het gesprek te mengen. 'Zeg, brigadier, niet om het een of ander, hoor, maar nu we het toch hebben over optreden op je eigen houtje: wie heeft er gisteravond op zijn eigen houtje Harrie Kuuk gearresteerd?'

De Gier glimlachte ongemakkelijk. 'Ja, sorry hoor, maar dat ging niet anders. Jij moest zo nodig naar die verjaardag en ik had toevallig een ideetje. Dat kon goed of slecht uitpakken, en het lukte uiteindelijk prima.'

'Als je me op de hoogte had gebracht, zou ik nu niet zo'n koppijn hebben, want dan had ik een goed excuus gehad om aan die pokkenverjaardag te ontsnappen,' zei Grijpstra verwijtend. 'Je weet dat ik vind dat ik bij zulke dingen aanwezig moet zijn. Ik ben niet voor niets je partner!'

De Gier probeerde zich er met een verontschuldigende grimas

vanaf te maken, maar Grijpstra was nog niet klaar. 'Bovendien vind ik het, zeker tegenover onze jonge vriend Cardozo hier, totaal niet in de haak dat jij zo'n arrestatie helemaal alleen, zonder enige back-up, hebt verricht. Wat nou als die Harrie een wapen had gehad? Ik vind het echt ronduit onverantwoordelijk dat jij daar zonder versterking naar binnen bent gegaan. Les één van de politieacademie.'

'Oké, oké,' antwoordde De Gier chagrijnig. 'Ik heb het wel begrepen, ja? Ben je klaar met je preek? Of zal ik jou eens even doorzagen over de onverantwoordelijkheid van alcoholmisbruik en het werken met een kater. Of over die vreselijke drankkegel van je, waar ik nu als partner mee te maken heb.'

Grijpstra bromde ontevreden, maar liet het onderwerp verder liggen. 'Hoe wist je trouwens dat die Kuuk 's nachts in het huis van Ewoud Albrecht zou inbreken?' vroeg hij.

De Gier ging zitten. 'Jij kafferde me gisteren wel uit omdat ik de naam van Jonk had verklapt aan Ilona, maar daar had ik mijn redenen voor. Die Ilona reageerde niet voor niets zo raar, toen ik naar Jonk vroeg. Ze veranderde meteen van onderwerp, door alleen maar op die vrouwenhandel door te gaan. Ik vermoedde namelijk al dat ze die Jonk kende. Want ik had het sterke gevoel dat de Jonk uit de agenda van Ewoud dezelfde figuur moest zijn als Harrie Kuuk.'

De ogen van Grijpstra keken hem volstrekt uitdrukkingsloos aan en Cardozo luisterde geïnteresseerd.

'Mag ik misschien weten waarom jij dat gevoel had?' vroeg Grijpstra, nadat het even stil was geweest. 'Of praat je soms liever niet over je gevoelens?'

'Harrie komt uit Volendam,' legde De Gier uit, terwijl hij naar voren leunde. 'En nu wil het toeval dat ik ook eens wat gehad heb met een meisje uit Volendam...'

'Wat een toeval!' riep Grijpstra sarcastisch. 'Dat je nu net een vriendinnetje hebt gehad in dat ene plaatsje!'

Maar De Gier ging onverstoorbaar verder. '... en dat meisje heette ook Jonk. Grietje Jonk, om precies te zijn.'

'Goh, wat enorm toevallig allemaal! Zo zie je maar weer dat de wereld in elkaar steekt als één grote, gecompliceerde machine,' sneerde Grijpstra. 'Maar eerlijk gezegd zie ik daar nog geen reden in om Harrie Kuuk te arresteren.'

'Hou nou eens even je mond en let op,' maande De Gier, 'anders mis je alles. Kijk, in Volendam heten ze allemaal Jonk. Of Mühren. Of Kwakman.'

'Of Bond,' voegde Grijpstra daaraan toe. 'Of Zwarthoed.'

'Ja, oké,' kapte De Gier een eventueel vervolg meteen af. 'Hoe dan ook, omdat ze met al die Jonken en Kwakmannen anders behoorlijk in de war kunnen raken, krijgt iedereen er een bijnaam, zoals Klomp of Geer of Ster of Daaf. En die gebruiken ze in de praktijk als echte namen! Daarom dacht ik: Kuuk... ja, dat is nou typisch ook zo'n Volendamse bijnaam!'

Ineens ging Grijpstra een licht op. 'Je gaat me nu toch niet vertellen dat je de naam Jonk in verband met die vrouwenhandel expres hebt laten vallen tegenover Ilona, omdat je wist dat ze dat meteen zou doorvertellen aan Harrie?'

De Gier knikte en lachte een beetje verlegen. 'Voordat we gisterenmiddag naar de commissaris gingen, heb ik de naam Harrie Jonk eens door de computer gehaald. En wat denk je? Bingo! Laat hij nou een strafblad hebben! Allemaal gerelateerd aan prostitutie, natuurlijk En ook een bijnaam: Kuuk!'

Grijpstra applaudisseerde overdreven traag. 'Nou, nou. Maar ik blijf het een gok vinden om die informatie zomaar aan een getuige te geven.'

'Dat valt wel mee,' vond De Gier. 'Ik liet die naam niet zomaar vallen tegenover Ilona. Dat idee kwam pas tijdens het gesprek, toen we merkten dat ze zich door Harrie hierheen had laten sturen met een alibi. Toen dacht ik: als ik nu laat merken dat we in Ewouds agenda de naam Jonk hebben aangetroffen, vertelt ze hem dat natuurlijk meteen. Toch? En dan zou Harrie best eens belangstelling kunnen krijgen voor die agenda.'

'Hoe wist je dan zo zeker dat hij daar 's nachts zou gaan inbreken?' wilde Grijpstra weten.

'Dat wist ik ook niet,' zei De Gier eenvoudig. 'Ik vermoedde het alleen. Het leek me logisch: hij schrikt en wil het bewijsmateriaal vernietigen. En waar zoekt hij dat? Bij Ewoud, en wel op diens werkkamer. Dus daar moest ik wezen. Tja, en als ik het mis had gehad, zou ik net als vroeger weer eens voor niets een nachtje in de auto hebben doorgebracht.' Hij grijnsde.

Hetty stak haar hoofd om de hoek van de deur. De Gier glimlachte vriendelijk naar haar.

'Er staat beneden bij de balie een Rus te brullen, hoor ik net,' meldde Hetty.

Meteen sprong Cardozo overeind.

'O, en Rinus,' vervolgde Hetty, 'ze hebben Harrie Jonk in verhoor twee gezet.'

'Bedankt,' antwoordde hij.

Cardozo verdween snel achter Hetty aan de gang op. De Gier aarzelde. Nu waren er twee verdachten tegelijk die hij graag zou willen spreken. Hij wilde per se niet dat Cardozo in zijn eentje zou gaan verhoren, maar Grijpstra was eigenlijk nog niet in staat om één van de twee voor zijn rekening te nemen. Dit werd lastig. Zou hij een van de twee mannen moeten laten wachten? Maar wie dan? En hoe moest hij dat aanpakken met Cardozo?

Grijpstra loste het dilemma op. Hij hees zich zuchtend omhoog aan zijn bureau en kondigde aan: 'Ik ga wel met Cardozo mee.'

'Oké,' zei De Gier opgelucht en vertrok.

Alvorens zich in beweging te zetten sloeg Grijpstra het laatste restje van zijn water naar binnen. Hij rechtte zijn rug en bromde: 'Je hebt zo van die dagen.' Waarna hij de recherchekamer uit slofte.

31

Toen Grijpstra verhoorkamer één kwam binnenlopen, zat Cardozo al tegenover Bareskov aan de tafel. De Rus was zichtbaar geagiteerd.

'Ik moet u erop wijzen dat u het recht hebt om een advocaat te laten komen,' zei Cardozo vormelijk.

Daar moest Bareskov smakelijk om lachen. 'Een advocaat? Ha! Eikel!'

Cardozo reageerde als gestoken. Zoiets liet hij zich niet zomaar zeggen! Hij hoefde niet alles te pikken van de eerste de beste burger! Kwaad stond hij op, maar hij kwam niet verder dan halverwege, want Grijpstra legde zijn zware handen op zijn schouders en drukte hem weer terug in zijn stoel.

Met gefronste wenkbrauwen en een diepe basstem liet Grijpstra de Rus weten: 'Het heeft geen zin om te gaan schelden, meneer. We zijn hier met beschaafde mensen onder elkaar.'

Op hoge toon antwoordde Bareskov: 'Een advocaat is nodig als je schuldig bent. En ik weet niet eens waarom ik hier zit.'

'U zit hier omdat ik u gevraagd heb te komen,' reageerde Cardozo.

Bareskov wierp hem een blik vol minachting toe. 'Ik ben teleurgesteld, inspector! Teleurgesteld in het democratisch gehalte van Nederland. Uw gastvrije landje is zo democratisch, dacht ik altijd, maar het politieapparaat doet me sterk denken aan de kelders van de KGB, toen de barre winter van het stalinistische regime nog over Moskou hing.'

'Mooi gezegd,' vond Grijpstra en deed alsof hij applaudisseerde.

Cardozo pakte zijn aantekeningen erbij. 'Meneer Bareskov, er is een aanklacht tegen u ingediend wegens intimidatie en dreiging met grof geweld.' Hij wachtte even en keek de man strak aan. 'Door Ewoud Albrecht.'

Spottend lachend maakte Bareskov een wegwerpgebaar. 'En daarvoor heeft u mij hier laten komen, terwijl ik mijn tijd zo hard nodig heb voor mijn bedrijf? Ach man, dat is alweer zo lang geleden.'

'Vorige week,' zei Cardozo droogjes.

Bareskov haalde zijn schouders op. 'Dat zeg ik. Een volle week. Wat gebeurt er allemaal wel niet in zoveel tijd? In een week kun je een wereldoorlog voeren!'

'Kunt u ons vertellen waarom u de heer Albrecht bedreigd heeft?' vroeg Cardozo.

Met uitgespreide handen om begrip vragend vertelde Bareskov: 'Ik was dat helemaal niet van plan, dat moet u geloven. Maar hij was helemaal door het dolle heen, die keer. Ik moest me hem echt van het lijf houden. Zoiets had ik nog nooit meegemaakt.' Langzaam schudde hij zijn hoofd. 'Hij ging tekeer, die priester! Schreeuwen over hel en verdoemenis, u kent dat wel. Maar hij slingerde mij, een eerzaam zakenman die hem bovendien zo geholpen heeft met zijn stichting, van alles naar mijn hoofd. Wat hij allemaal niet riep! Het was godgeklaagd.'

'Wat was dat dan, dat hij allemaal tegen u riep?' informeerde Grijpstra.

Cardozo ging rechtop zitten en suggereerde: 'Witwaspraktijken? Smokkel van luxegoederen? Vrouwenhandel?'

Bareskov keek hem verbaasd aan.

Op datzelfde moment zat De Gier in verhoorkamer twee tegenover Harrie Kuuk, die heel wat minder meegaand was dan de nacht tevoren. Bij de deur stond een agent met zijn handen op zijn rug tegen de muur geleund.

'Het is niet zo mooi, Harrie,' begon De Gier. 'Als je niet uitkijkt, kunnen we je misschien wel voor jaren opbergen.'

Meteen barstte het schriele mannetje los. 'Ach wat! Je bent niet goed bij je hoofd, wist je dat? Ik heb helemaal niets te maken met die verdomde priester.'

De Gier sloeg de agenda van Ewoud Albrecht open en wees. 'Wat doet jouw naam dan bij al die vrouwennamen in de agenda van die verdomde priester?'

'Weet ik veel?' schreeuwde Harrie. 'Misschien hield die hufter wel bij welke vrouwen hij al had gehad.'

'Had hij jou ook gehad, dan?' vroeg De Gier doodleuk. 'Omdat jij er ook in staat.'

'Pff.' Hoofdschuddend wendde Harrie zijn blik af.

De Gier wachtte even voordat hij vroeg: 'In ieder geval zat Ewoud Albrecht achter je aan, Harrie. Maar waarom?'

'Alleen maar omdat hij lekker met mijn meisjes wilde rotzooien!' zei Harrie fel. 'De lul! Lekker gratis neuken, daar was hij op uit!'

'Dat was vast niet alles, Harrie,' drong De Gier aan. 'Wat wilde die priester van jou?'

Het gezicht van Harrie kreeg een verbeten trek. 'Ik heb helemaal niks gedaan.' Er bewogen spieren in zijn wangen. 'En ik heb al meer dan genoeg gezegd.'

Maar De Gier hield vol. 'Hij wist iets van je, is het niet? Maar wat?'

Harrie zweeg koppig.

'En waarom was jij zo geïnteresseerd in die agenda?' vroeg De Gier.

Nu keek Harrie hem aan, maar kennelijk had hij besloten dat zwijgen nog altijd de beste strategie was.

Grijpstra keek met enige bewondering naar Cardozo: die pakte het verhoor bepaald niet slecht aan. Dat viel hem niet tegen van zijn jongere collega.

Bareskov leunde lachend achterover. De man oogde ontspannen. 'Wat zegt u daar toch allemaal, inspector? De dingen die u noemt zijn toch allemaal tegen de wet?'

'Precies!' antwoordde Cardozo scherp. 'En daar was Ewoud Albrecht achter gekomen. Hij wilde uw geld niet meer.'

'Hoe komt u aan die onzin?' vroeg Bareskov, met hoog opgetrokken wenkbrauwen. 'Albrecht die geen geld meer wil? Dan heeft u hem blijkbaar niet gekend. Die man wilde altijd geld, voor die stichting van hem!'

Maar Cardozo liet zich niet afbluffen. 'Zo was het toch? Ik zal u nog meer vertellen: hij wilde niet alleen uw geld niet meer! Nee, sterker nog, hij dreigde de politie in te schakelen. Hij zou ons op de hoogte gaan stellen van de belastende feiten rond uw persoon.'

Bareskov wendde zich met een spottende lach naar Grijpstra en toonde hem zijn lege handen. 'Uw collega durft nogal wat te zeggen. Maar waar zijn dan die bewijzen bij deze onzinverhalen? Ik zie geen bewijzen!'

'Nee,' bromde Grijpstra, 'die zijn allemaal verdwenen. Omdat jij die priester een kogel door zijn kop hebt gejaagd.'

Nu was er voor Bareskov ineens geen lol meer aan. Zijn ogen stonden hard, toen hij zei: 'Kogel? Niks kogel! Oké, we hadden ruzie. Ik heb gezegd, geroepen, ik vermoord jou! Dat geef ik toe. Maar inspecteur... hoe vaak zegt u dat niet tegen uw vrouw? Zo'n dreigement houdt toch niks in? Boos, ik was boos! Dankzij hem had ik de belasting op mijn dak. Zou u dan blij zijn?' Hij spreidde zijn armen in onschuld.

'Was het niet andersom?' vroeg Grijpstra. 'Had Ewoud Albrecht niet door ú problemen met de belastingdienst?'

Wild met een opgestoken vinger schuddend riep Bareskov: 'Nee nee nee nee nee! Het was zoals ik u vertelde. Hij schoof de schuld naar mij! De belasting zat achter zijn Stichting Maarten aan, en toen heeft hij alle schuld op mij afgeschoven. Hij heeft me echt belazerd. De ondankbare hond!'

'Zo praat je niet over een priester,' zei Grijpstra bestraffend.

Bareskov siste minachtend. 'Een priester! Nee meneer, een priester zou ik nooit bedreigen. Ik heb eerbied voor de Kerk, dat weet u. Maar deze man was een duivel geworden, dat was hij, inspecteur, op dat moment, ik zweer het u! Hij was zichzelf niet, maar een heuse duivel. Ik heb het zelf gezien! En een duivel mag je de waarheid vertellen. Dat heb ik dan ook gedaan.'

'Hij was zichzelf niet meer?' vroeg Cardozo. 'Wilt u dat soms zeggen?'

'Inderdaad, inspector!' De Rus boog zich naar hen toe. 'Schreeuwen, schelden! Hij ging vreselijk tekeer.' Hij keek om zich heen, alsof hij zich ervan wilde verzekeren dat er niemand meeluisterde. 'En ik was niet zijn enige slachtoffer, hoor. O nee! Vraag maar aan anderen!'

'Wie dan nog meer?' wilde Grijpstra weten.

'Dat weet u toch wel?' luidde de verbaasde wedervraag. 'Hij schreeuwde en tierde ook voortdurend tegen dat meisje, kom, dat lieve kind met die grote ogen... die, die Monica! En ook tegen die junk die daar de hele dag rondhing en die hij steeds maar weer de huid vol schold. Hij nam die arme drommel zelfs zijn drugs af. Is dat soms barmhartigheid? Is dat christelijke naastenliefde? Gaat een man van de Kerk zo om met de zwakkeren in zijn omgeving?' Bareskov ging weer achteruit zitten en schudde dramatisch zijn hoofd. 'Nee! Voor mij was Ewoud Albrecht geen priester meer, inspector. Die man was een duivel geworden!'

Toen stond hij op.

'Gaat u weg?' vroeg Cardozo verbaasd.

'Jazeker,' antwoordde Bareskov triomfantelijk. 'U hebt geen bewijs en ik heb geen schuld. Maar ik heb wel een lijst met 26 getuigen die onder ede zullen verklaren dat ik die priester nooit vermoord kan hebben. Toen Albrecht vermoord werd, was ik namelijk heel ergens anders, inspector!'

Hij overhandigde de lijst aan Grijpstra, die er een korte blik op wierp en smalend zei: 'Allemaal landgenoten van u, zo te zien.'

Bareskov glimlachte stralend. 'Ik denk niet dat de rechter dat een probleem zal vinden, want een getuige is een getuige. U hoeft me niet te begeleiden, heren, want ik weet de weg naar buiten nog wel, van de vorige keer. Nog een prettige dag verder!'

En weg was hij.

Harrie keek nog altijd stuurs zwijgend voor zich uit.

De Gier gaf het niet op. 'Hij wist iets van je, Harrie, waarom zou je anders bij hem inbreken en zijn agenda pikken? Dat doe je niet voor niets. Ewoud zat achter je aan, hij wou je verlinken, jou en je hele handel erbij lappen. Maar dat kon jij natuurlijk niet zomaar laten gebeuren, toch? Daarom heb jij hem een kogel door zijn hoofd geschoten. Waar of niet?'

Op een toon die een mengeling van medelijden en afkeer wilde uitdrukken, zei de kleine man: 'Jij moet je echt eens laten nakijken, De Gier, want het is daarboven niet helemaal in orde bij jou. Je ziet dingen die er niet zijn.' Hij grijnsde. 'Ik heb die kerel helemaal niet doodgeschoten. Maar zal ik jou eens wat vertellen?' Hij begon zachter te praten, alsof het om een geheimpje ging. 'Weet je wie er wél met een pistool heeft lopen zwaaien? Dat was die fijne pater zelf. Ja, daar kijk je van op, hè? Hij heeft dat ding op mij gericht, echt waar! Ik moest zijn kantoor uit, en snel, of anders hielp hij me wel een handje, zei hij!'

'Het zal best,' zei De Gier meesmuilend. 'Maar je dwaalt af, Harrie, want ik zie een duidelijk motief voor moord!'

Harrie schudde ongelovig zijn hoofd. 'Je luistert helemaal niet, hè? Wat heb ik je nou net verteld over dat pistool? Die man was gewapend! En wat is dat nou toch voor gelul over een motief? Ik heb helemaal niemand vermoord!'

'Jij was bang dat Ewoud Albrecht je zou verlinken bij de politie en dat je hele winstgevende hoerentent en de daarbij horende vrouwenhandel zouden worden opgerold,' verklaarde De Gier met grote stelligheid. 'Als dat geen duidelijk motief is, weet ik het ook niet meer.'

'Fijn voor je,' vond Harrie, 'maar dan vergeet je toch even dat ik een alibi heb.'

De Gier lachte spottend. 'O ja, je zat – of lag – bij Ilona, toch? Want dat moest ze ons van jou komen vertellen!'

'Natuurlijk kwam ze dat vertellen.' Harrie trok een triomfantelijke grimas. 'Het is nu eenmaal zo, dus daar hoeven wij helemaal niet geheimzinnig over te doen. En een alibi is een alibi, De Gier. Vraag het haar zelf maar.'

'Dat zullen we zeker nog een keer doen,' beloofde De Gier. 'En in de tussentijd blijf jij voorlopig bij ons.'

'Hè ja, gezellig,' zei Harrie, met een scheve grijns terug.

'Het is maar wat je gezellig vindt,' kaatste De Gier, terwijl hij opstond. Hier kwam hij niet verder mee.

Bij de waterautomaat in de gang, vlak bij het terrarium, vulden Grijpstra en De Gier om beurten een plastic beker met water. Grijpstra was eerst en had zijn bekertje alweer leeg toen De Gier nog niet eens klaar was met tappen. Meteen nam hij nog een bekertje.

'Nadorst,' verklaarde hij gelaten.

Ze dronken zwijgend. Grijpstra veegde met zijn mouw zijn mond af. De Gier zuchtte.

'Wat een klotezaak,' vond Grijpstra, mismoedig kijkend.

De Gier knikte somber. 'Die Harrie heeft ons mooi te pakken met dat alibi van hem. Daar kunnen we gewoon niks tegenin brengen.'

Grijpstra snoof. 'Die Breznjev claimt er wel 26, die hij desnoods allemaal naar de rechtszaal laat komen. En zeg er eens wat van!'

'We hebben helemaal niks. Alleen twee goede motieven voor een moord,' concludeerde De Gier. 'Maar gecombineerd met twee minstens zo goede, glasharde alibi's. En geen enkel aanknopingspunt.' Hij staarde naar de benen van Hetty, die druk aan het telefoneren was.

Met veel gesteun rekte Grijpstra zich uit. 'Weet je wat ik heb?'

'Een kater,' antwoordde De Gier gevat.

'Nee, dat bedoel ik niet.' Hij wachtte even. 'Ik vind het zo raar dat ik nog steeds geen hoogte krijg van die Ewoud. Was die vent nou eigenlijk door en door goed, met zijn Stichting Maarten, of was hij een onhandelbaar beest dat iedereen afbekte, stiekem achter de vrouwen aan zat en nog in drugs handelde ook?'

'Of iets daar ergens tussenin, niet helemaal goed, maar ook niet echt slecht,' suggereerde De Gier.

'Het kan zo maar,' gaf Grijpstra toe. 'Maar het bevalt me helemaal niet dat we zulke dingen maar niet helder krijgen.'

De Gier knikte. 'Daar heb je gelijk in. We zouden eens verder moeten informeren bij zijn familie.'

Dat laatste ving Cardozo op, die met een hand vol A4-tjes naar hen toe kwam lopen. 'Ewoud Albrecht heeft alleen nog een broer,' vertelde hij. 'Zijn ouders zijn acht jaar geleden omgekomen tijdens een bergrit op Sicilië.'

'Dat je dan nog in een god gelooft!' riep Grijpstra uit.

'Misschien ga je daardoor juist in een god geloven,' filosofeerde De Gier. 'Als houvast, om verder te kunnen.'

'Maar ik heb nog iets veel interessanters gevonden,' kondigde Cardozo aan. Hij bestudeerde de gezichten van de andere twee mannen, om te zien of ze nieuwsgierig waren. 'Over die Monica.'

Daar verwachtte De Gier kennelijk niet veel van. 'Ja, die heeft in haar jeugd bij de nonnen gezeten,' zei hij achteloos.

'Dat klopt, tot ze veertien was. Daarna zat ze drie jaar achter een raam.' Cardozo grijnsde vanwege de ongelovige gezichten tegenover hem. Hij zwaaide met zijn papieren. 'Ik heb wat zoekwerk gedaan en ontdekte dat ze twee keer is opgepakt. Wegens jeugdprostitutie.'

Grijpstra keek sprakeloos naar De Gier, die stamelde: 'De trut!'

Vrijwel gelijktijdig gooiden ze hun lege bekertjes in de prullenbak bij de automaat en liepen in de richting van de trap. In het voorbijgaan gaf Grijpstra de achterblijvende Cardozo een klopje op de schouder. Toen hij een paar meter verder was, draaide hij zich nog even naar Cardozo om en riep: 'Zoek jij uit of ze die junk al hebben gevonden!'

32

'Maar dat is toch werkelijk niet te geloven!' riep De Gier uit, met verontwaardigd fonkelende ogen.

Grijpstra moest zich tot het uiterste concentreren om zijn ene been zo goed mogelijk voor het andere te plaatsen. Die straten waren tegenwoordig veel te lang! Waarom waren ze eigenlijk niet met de auto gegaan? Alleen maar omdat die eikel van een De Gier het zo nodig vond dat ze gingen lopen. Dat was goed voor hém, had hij gezegd. Waarom bemoeide die kerel zich niet met zichzelf? Er was er hier maar één met een halve liter jenever in zijn lijf. Ruim een halve liter.

'Hm,' bromde Grijpstra.

De Gier gebaarde met beide handen om zijn woorden kracht bij te zetten. 'Ik bedoel: ik denk zo langzamerhand toch echt wel wat van vrouwen te weten. Je kunt niet ontkennen dat ik behoorlijk wat vriendinnen heb gehad. En dan zou je toch mogen verwachten dat je zoiets op een gegeven moment kunt zíen?'

Eigenlijk vond Grijpstra het geen stijl dat hij in zijn conditie dat hele klereneind moest lopen. Wat was er mis met wat goed Oud-Hollands medelijden met de arme, in alcohol gedrenkte medemens? Iedereen dronk toch wel eens een glaasje te veel. Zeker op de verjaardag van je vrouw. En al helemaal als je schoonmoeder je daar pontificaal zat te stangen. En die hufter van een zwager van hem probeerde hem dood te vervelen met zijn kletspraatjes. Dan móest een mens toch wel naar de fles grijpen?

'Hm,' bromde Grijpstra.

'En dan met een baan als de onze,' betoogde De Gier. 'Hoe lang zit ik nu al niet in het vak? Toch ook al zeker twaalf of veertien jaar? Vijftien of zestien, geloof ik, als je de academie meetelt. Maar dan zou je toch verwachten dat ik zulke meisjes er zo langzamerhand wel uithaal, niet? Dat mag je toch verwachten van iemand met mijn ervaring en mensenkennis?'

Deze hele zaak beviel Grijpstra toch al niet. Vanaf het begin had hij er geen goed gevoel over. Waarom kon je dan bij de politie niet gewoon zeggen dat je er dan ook geen zin in had en dat iemand anders het maar moest opknappen? Misschien moest hij het daar maar eens met de commissaris over hebben. Maar dan natuurlijk pas nadat die man klaar was met die begrafenis, want daar kon hij hem nu niet mee lastigvallen. Al leek het hem bij nader inzien wel een heel goed idee dat je gewoon nee zou kunnen zeggen tegen sommige zaken. Sorry, hoor, maar deze moord bevalt me helemaal niet, ik neem de volgende wel. Onwillekeurig glimlachte hij bij de gedachte.

'Hm,' bromde Grijpstra.

'Wat loop je nou stom te grijnzen?' vroeg De Gier geërgerd. 'Ja hoor, lach me maar uit! Alsof jij het soms wel in de gaten had! Jij hebt veel meer ervaring dan ik, hoor. Maar goed, ik weet het, jij zegt natuurlijk: die De Gier is toch zo'n vrouwengek. Waarom ziet hij dan niet dat zo'n grietje de hoer heeft gespeeld. Dat tekent een vrouw toch? En daar heb je natuurlijk gelijk in, daar gaat het juist om. Ik kan het niet uitstaan dat ik daar helemaal niets van gezien heb. Ik had zelfs geen flauw vermoeden!'

Wat liep De Gier nou allemaal te bazelen? Hij kende Grijpstra nu toch al lang genoeg om te kunnen weten dat hij hem in deze toestand beter niet aan zijn kop kon zeuren met allerlei gezeik. Maar nee hoor, meneer ratelde maar door. Alsof zijn partner niet te kampen had met een reuzenkater en bijbehorende knallende koppijn. Nee, dat was collegiaal! Het was dat Grijpstra niet de puf kon opbrengen om hem eens goed af te bekken en al helemaal niet de energie had om op dit hels vroege uur ruzie te gaan lopen maken, anders zou die wauwelaar eens wat beleven!

'Hm,' bromde Grijpstra.

De Gier deed zijn handen op zijn rug en keek al lopend naar de punten van zijn goedgepoetste merkschoenen. 'Ik hoor ze al zeggen op het bureau: die De Gier herkent niet eens een hoer als hij er eentje tegenkomt. Oké, ex-hoer, maar dat is nauwelijks een excuus. Ik schaam me rot, echt waar. Misschien komt het omdat ze voor mij vanaf het begin zo automatisch bij die priester hoorde, dat ik er geen moment aan gedacht heb. Stom, hè? Ja, ik weet het: je moet altijd alert blijven en niet op uiterlijkheden afgaan. Maar ik heb echt het idee dat ik iets voor de hand liggends totaal gemist heb. En dat ik blij mag zijn dat ik daar nog bijtijds achter ben gekomen, en dan nog alleen door de informatie van Cardozo. Ik kan je vertellen dat ik dat geen prettige gedachte vind.'

Had De Gier het nu over Cardozo? Grijpstra vond eigenlijk dat die jongen het in deze zaak helemaal nog niet zo slecht gedaan had. Al beet hij natuurlijk liever zijn tong af dan dat hardop te zeggen. Hij had nu eigenlijk alweer spijt van dat schouderklopje van daarstraks. Je moest die jongens niet te veel verwennen. Voor je het wist, kregen ze enorm veel praats en probeerden ze je plek in te nemen. Dus was het verstandiger om niet te weekhartig te worden en die Cardozo een beetje stevig aan te pakken. Dat was goed voor die jongen.

'Hm,' bromde Grijpstra.

'We zijn er al,' constateerde De Gier, terwijl hij voor het inmiddels bekende portiek naast het bord 'Stichting Maarten' bleef staan. 'Ik moet zeggen dat ik toch blij ben dat we even rustig over deze kwestie hebben kunnen praten, want het zat me helemaal niet lekker. Het idee dat je er zó naast kunt zitten, benauwt me eigenlijk wel een beetje. Dan is het net alsof je je werk niet goed doet, alsof je je vak niet verstaat en alsof je faalt als mens, begrijp je? In ieder geval bedankt voor deze gedachtewisseling, want ik merk gewoon dat die wel geholpen heeft.' Hij sloeg Grijpstra krachtig op de schouder.

Ging die eikel nu ook nog slaan? Hij wist toch dat Grijpstra knallende koppijn had? Geen enkele consideratie, hè, dat was toch wel zó typisch! Konden zijn collega's op moeilijke momenten nu echt geen rekening met hem houden? Was dat nu zo veel gevraagd? Iedereen had wel eens wat, en hijzelf had de avond tevoren een crisissituatie doorstaan met behulp van een beetje te veel alcohol. Dat kon toch gebeuren? Waarom lieten ze hem dan niet met rust? Hij had zin om daar eens flink over door te zeuren tegen De Gier. Maar nu even niet.

'Hm,' bromde Grijpstra. Hij drukte lang en hard op de bel.

33

De glimlach van Monica was breed, toen ze de deur opendeed en de twee mannen op de stoep zag staan.

'Goed werk, die arrestatie van Harrie,' zei ze na de begroeting in één adem door.

Toen ze in de gaten kreeg dat de beide mannen niet naar haar lachten en dat De Gier zelfs boos op haar leek te zijn, werd Monica onzeker. Ze wist niets beters te doen dan haar twee gasten voor te gaan naar de studeerkamer van Ewoud en te wachten wat er komen ging.

'Willen jullie misschien koffie?' vroeg ze, toen de mannen eenmaal zaten.

De Gier weigerde kortaf en Grijpstra antwoordde schor: 'Liever een glaasje water, graag.'

Ze was zo nerveus dat ze knoeide bij het neerzetten van het glas. Op een holletje ging ze naar de keuken om een doekje te halen. Het was aan De Gier te zien dat hij het allemaal te lang vond duren.

'Hoe staat het ervoor?' informeerde ze, terwijl ze ging zitten en haar handen in haar schoot legde. 'Schieten jullie al op? Zijn jullie wat wijzer geworden van Harrie?'

De Gier keek even naar Grijpstra, maar die maakte geen aanstalten om het verhoor te beginnen. Dus schraapte hij zelf zijn keel maar en begon met de omtrekkende manoeuvres. 'We zijn inderdaad heel wat wijzer geworden van de gesprekken met Harrie Kuuk, of Harrie Jonk, zoals hij in feite blijkt te heten.' Hij hield nauwlettend in de gaten hoe ze daarop reageerde, maar ze bleef hem afwachtend aankijken. 'En daarom zijn er eigenlijk ook een paar vragen die we aan jou moeten stellen.'

'Zeg het maar,' zei ze, met een vriendelijke glimlach. 'Ik heb geen geheimen voor jullie.'

'Toch wel,' constateerde De Gier. 'Je had ons verteld dat je door de nonnen was opgevoed, maar dat blijkt slechts tot op zekere hoogte waar te zijn. Want je was daar op je veertiende al weg, is het niet?'

Ze zuchtte en boog haar hoofd. 'Ik had moeten weten dat jullie daar achter zouden komen.' Even was het stil. Toen keek ze De Gier aan en vroeg: 'Dan weten jullie zeker ook wat er daarna met me is gebeurd?'

De Gier knikte kort.

Er verscheen een trieste glimlach rond Monica's mond. 'Ik ben weggelopen bij de nonnen. Zo simpel is dat. Er was daar een zuster... zuster Gruella, zo noemden we haar, en die kon niet van de meisjes afblijven. Ik heb geprobeerd er met andere nonnen over te praten, maar niemand wilde luisteren. En ik kon er niet meer tegen.'

Ondanks zichzelf voelde De Gier toch medelijden met haar. Hij had de neiging om naar haar toe te lopen en een arm om haar heen te slaan. Het slurpende geluid dat Grijpstra maakte bij het leegdrinken van zijn glas haalde hem echter uit zijn mijmeringen. Hij ging rechtop zitten en zei zacht: 'Toen ben je naar Amsterdam gegaan, als meisje van veertien. Je had geen adres en geen geld, neem ik aan.'

Monica haalde haar schouders op. 'Wel wat geld, maar niet veel. En ik durfde mijn familie niet meer onder ogen te komen, omdat ik me vreselijk schaamde over wat er gebeurd was. Ik was ervan overtuigd dat ze mij de schuld zouden geven van wat die verrekte non met mij en de andere meisjes gedaan had. Stom natuurlijk, maar op dat moment was ik daarvan overtuigd. Ik kon dus eigenlijk nergens heen. Daarom ben ik maar naar de grote stad gegaan. Dan zou ik wel goed terechtkomen, dacht ik, zo naïef als ik was.'

'En je kwam dus achter een raam terecht,' zei De Gier.

Ze lachte vreugdeloos. 'Ja, zo gaat dat met jonge meisjes alleen in een stad als Amsterdam. Dat gebeurt gewoon vanzelf.'

'Is dat zo?' vroeg De Gier. 'Dat hoeft toch niet noodzakelijkerwijs zo te gaan?'

'Dat zouden jullie, mannen, toch moeten weten!' Ze keek beurtelings van de een naar de ander.

Grijpstra zuchtte diep en zette zijn lege glas iets te hard op de tafel. Dit dreigde een lulgesprek te worden, besloot hij. Daarom werd het tijd om in te grijpen. Nog altijd schor vroeg hij: 'En waar komt Ewoud Albrecht eigenlijk in het spel?'

De Gier was onprettig verrast dat zijn partner weer in staat bleek zich in het verhoor te mengen. Zijn zorgvuldige strategie, waarmee hij eerst haar vertrouwen had willen winnen, werd in één klap de grond in geboord.

Monica had echter geen moeite met de rolwisseling. Ze glimlachte en ditmaal deden haar ogen mee. 'Ewoud heeft me er na een paar jaar weggehaald. Hij overtuigde me ervan dat ik in de prostitutie niks te zoeken had. Het verbaasde mezelf ook dat ik er zo makkelijk kon uitstappen, toen ik dat eenmaal beslist had. Hij had gewoon gelijk, Ewoud: je zit niet vast aan een leven als hoer, dat houden die meiden zichzelf alleen maar voor omdat ze niet echt willen veranderen. En omdat ze het eigenlijk wel makkelijk vinden om veel geld te hebben en beschermd te worden door een pooier.'

'Maar jij bent niet alleen het hoerenleven uitgestapt, maar ook met hem meegegaan,' constateerde Grijpstra.

Ze knikte. 'Ja, dat ging min of meer vanzelf. Hij had me ervan doordrongen dat ik niet thuishoorde in de rosse buurt en op de een of andere manier leek het volkomen logisch te zijn dat ik met hem meeging. Daar heb ik me ook niet tegen verzet.'

'Was je verliefd op hem?' wilde Grijpstra weten.

Zonder antwoord te geven draaide ze zich om naar haar tas, haalde er een pakje sigaretten uit en stak er een aan. Ze inhaleerde diep, blies de rook in de richting van het plafond en volgde die met haar ogen.

'Monica?' drong De Gier aan.

Ze slikte. Haar ogen werden vochtig. 'Ja,' zei ze zacht.

'Was dat wederzijds?' vroeg Grijpstra.

Een oneindige triestheid sprak uit haar blik. 'Ik heb het er nooit echt met hem over gehad. Eerlijk gezegd wist ik vrijwel zeker dat hij net zo voor mij voelde als ik voor hem. Maar ik wist nu eenmaal dat zijn geloften aan de Kerk belangrijker voor hem waren dan zijn persoonlijke gevoelens, en dus heb ik hem nooit in verlegenheid gebracht. Hij had zijn keuzen in het leven al gemaakt; daarbij was geen plaats meer voor mij. Dus hield ik het bij mijn heimelijke liefde. Dat is ook mooi, weet u?'

De Gier glimlachte naar haar.

'En... heeft hij ooit...' begon Grijpstra, maar hij aarzelde en stopte. Monica keek fel op. 'Heeft hij ooit wát?!' Haar ogen fonkelden vervaarlijk.

Grijpstra schraapte ongemakkelijk zijn keel, maar De Gier redde hem. 'Heeft hij ooit zelfmoord overwogen?'

Nu was Monica even in de war. Onzeker keek ze van de een naar de ander, voordat ze antwoordde: 'Nee... nee, natuurlijk niet... Waarom...?' Ze hervond zichzelf. 'Wat is dat nou voor vraag? Wat denken jullie wel, om zoiets over Ewoud te vragen? Dat...'

Abrupt viel De Gier haar in de rede. 'Ewoud Albrecht was zichzelf niet. Hij was ernstig ziek, Monica, dat moet jij toch ook gemerkt hebben. We hebben van verschillende kanten gehoord dat hij tekeerging als een bootwerker.'

En meteen was haar felheid weer terug. 'Dat was pas de laatste tijd! En hij vond het heel erg dat hij...' Beschaamd viel ze stil.

'Dat hij wat?' drong Grijpstra aan.

Ze maakte een onmachtige grimas. 'Nou ja, dat het soms net leek alsof hij iemand anders was.'

Het was duidelijk dat ze het er bijna te kwaad mee kreeg. Ze slikte moeizaam. Grijpstra was zo attent om in de keuken een glaasje water voor haar te gaan halen. Vanzelfsprekend nam hij er ook een voor zichzelf mee.

De Gier wachtte even tot ze wat gedronken had en vroeg toen op vriendelijke toon: 'Was hij ook zo tegen jou?'

Ze nam nog een slokje en richtte haar blik op het raam. 'Ik liep weg. Dat doe ik mijn hele leven al als ik er niet meer tegen kan. Op zulke momenten bleef ik gewoon niet bij hem. Maar anderen, zoals sommige verslaafden...'

'Zoals Roeland,' opperde De Gier.

Ze knikte en keek hem aan. 'Ja, die moest wel, want die was volkomen afhankelijk van hem. Dus Roeland kreeg alles over zich heen. Dat was heel erg.'

'Net als Harrie Kuuk en Bareskov ook van alles over zich heen kregen,' vulde Grijpstra aan.

'Ja, wie niet?' Ze lachte bitter. 'Hij voer tegen iedereen uit. Dat deed hij zelfs tegen de groenteboer, als dat zo uitkwam. Ik heb me wel eens afgevraagd wat er zou gebeuren als hij de bisschop aan de telefoon zou krijgen.' Haar ogen twinkelden bij het idee. 'Ewoud raasde en tierde de laatste weken tegen vrijwel iedereen. Hij werd er zelf gek van, echt waar.'

'Zei hij dat zo letterlijk?' vroeg Grijpstra.

'Hij heeft wel eens zoiets gezegd,' beaamde ze. 'En verder was het aan alles te merken dat hij grote moeite had met zichzelf.'

'Zo erg dat hij zelfmoord zou kunnen plegen?' suggereerde De Gier.

Ze zuchtte. 'Begin je nou weer? Je moet niet vergeten dat katholieken door hun geloof niet gerechtigd zijn om zelf te beslissen over leven en dood. Zelfs Ewoud niet.'

Grijpstra trok zijn wenkbrauwen op. 'Hoe bedoel je dat: zelfs Ewoud niet?'

'Ach, ik ken de verhalen die over hem rondgaan toch ook wel,' antwoordde ze geïrriteerd. 'Ewoud was dan misschien wel een rebel binnen de Kerk, maar dat wil niet zeggen dat hij zich alles zou permitteren wat de paus verboden heeft. Sommigen denken daar misschien anders over – en geloof me, daar kan ik je alleen al in dit bisdom genoeg voorbeelden van geven – maar Ewoud was vóór alles een godvruchtig katholiek, die zijn geloof uiterst serieus nam.' Ze keek hen ernstig aan. 'Het is echt ondenkbaar dat hij zichzelf van het leven zou beroven.'

'Hoe zag hij, als gelovige, zijn eigen driftbuien dan?' wilde De Gier weten.

'Net als ik eigenlijk,' zei ze, alsof dat volkomen vanzelf sprak. 'Als een last die hem door God werd opgelegd en die hij dus moest dragen.'

De stilte die op deze uitspraak volgde, werd door Grijpstra ruw doorbroken. 'En hoe zat dat nu eigenlijk met die junk?'

'Met Roeland, bedoelt u?' vroeg Monica koeltjes.

'Ja, die,' beaamde Grijpstra. 'Hoe kwam die jongen hier eigenlijk terecht?'

'Dat ging een beetje net zoals bij mij,' vertelde ze. 'Al gaf Ewoud mij werk bij de stichting en kwam Roeland hier ongeregeld. Ewoud had Roeland bij de Stichting Maarten binnengehaald om hem te helpen. Hij had zich als doel gesteld om Roeland te laten afkicken en hem weer een plaats in de maatschappij te geven.'

'En lukte dat?' vroeg De Gier.

Ze haalde haar schouders op. 'Met verslaafden gaat zo'n proces altijd in golven, daar kun je pas op de langere termijn iets over zeggen. Maar Roeland was geen makkelijke jongen, dat kan ik u wel vertellen. En Ewoud was de laatste tijd natuurlijk ook allesbehalve makkelijk.'

'Dat leverde dus ruzie op,' concludeerde Grijpstra.

'Ja, maar niet uit onmin, maar uit liefde!' corrigeerde ze hem. 'Die twee waren erg op elkaar gesteld. Roeland was dan ook helemaal kapot van de dood van Ewoud.'

'Weet je waar hij nu is?' vroeg Grijpstra. 'Want wij willen eigenlijk ook graag met hem spreken, zoals we je al eerder gezegd hebben.'

Ze trok een spijtige grimas. 'Daar kan ik u niet mee helpen, ben ik bang. Roeland was totaal stuk van Ewouds overlijden en het enige wat ik weet, is dat hij weer helemaal is ondergedoken in zijn roes. Alle vooruitgang die ze in twee jaar tijd hadden geboekt, is in één klap tenietgedaan. En ik heb echt geen idee waar hij nu uithangt.'

'Dan heb ik ook nog een vraag,' kondigde De Gier aan.

'Ga uw gang,' zei ze en legde haar handen weer in haar schoot.

De Gier boog zich wat naar haar toe. 'Had Ewoud een wapen?'
'Dat weet ik niet,' antwoordde ze kortaf.

'Eerlijk blijven, Monica,' vermaande De Gier haar, 'want ik denk dat je het wél weet. Volgens Harrie Kuuk heeft Ewoud namelijk uitgebreid met een pistool staan zwaaien. Dat kan jou niet ontgaan zijn. Daar heb je op zijn minst iets over gehoord.'

Ze keek hem opstandig aan. 'Als je dat zo zeker weet, waarom vraag je dat dan?'

De Gier speelde zijn laatste troef uit. 'Omdat we hier in huis geen wapen gevonden hebben. Vreemd, hè?'

Ze zweeg en keek hem met een volkomen neutrale blik aan, ook nadat De Gier er 'Of niet soms?' aan toevoegde.

'Dat dacht ik al,' zei Grijpstra, terwijl hij opstond. 'Wat jij doet, moet jij verder weten, brigadier, maar ik ga nu in ieder geval naar het bureau om te kijken of die junk al getraceerd is.'

Zonder zijn ogen van de roerloze vrouw los te maken, stond ook De Gier op. 'Wacht even, adjudant, dan ga ik met je mee. Monica, zorg jij ervoor dat je je beschikbaar houdt voor eventuele verdere vragen? Want je zult begrijpen dat we nog niet klaar zijn met dit onderzoek.'

Haar knikje was blijkbaar voldoende antwoord.

34

'Gaat het weer een beetje?' informeerde De Gier, terwijl ze de Spuistraat uit liepen.
'Ach, zo'n glaasje water doet wonderen,' grapte Grijpstra.
De Gier keek hem schuin aan. 'Ik dacht even dat je helemaal niet mee zou doen met dat verhoor.'
Grijpstra haalde laconiek zijn schouders op. 'Je moet me af en toe een beetje tijd geven om bij te trekken. Als een man door een hel is gegaan, heeft hij recht op een korte herstelperiode, vind ik.'
'Was het gisteren zo erg, dan?' vroeg De Gier lachend.
'Praat me er niet van,' antwoordde Grijpstra moedeloos. 'Volgens mij waren mijn vrouw, haar zuster en haar moeder allemaal tegelijk ongesteld geworden. En dan was er ook nog die griezel van een zwager van mij: zo'n proleet die de hele avond alleen maar kan praten over tweedehands auto's. Raad eens wie hij had uitgezocht om zijn diepe inzichten mee te delen? Juist: mij!' Hij hief zijn handen bij de gedachte aan zoveel onrecht. 'Dan vinden ze het nog raar ook, als je aan de drank gaat!'
'Ik heb echt met je te doen,' meesmuilde De Gier. 'Wat jij al niet voor ellende ondergaat in je leven.'
Quasi-kameraadschappelijk sloeg Grijpstra een arm om de schouder van zijn partner. 'Precies! Jij bent de enige die me begrijpt. Eigenlijk ben je de ideale man.'
'Jammer dat je dat nu pas door krijgt,' vond De Gier. 'Want nu ben ik al bezet.' Met een theatraal gebaar haalde hij Grijpstra's hand van zijn schouder.
Pas nu merkte Grijpstra dat de hond weer achter hen aanliep.

Was die er op de heenweg soms ook al geweest? Hij kon het zich met de beste wil van de wereld niet meer herinneren.

'Niet om het een of ander,' zei hij, 'maar deze zaak bevalt me werkelijk steeds minder.'

'Zoiets zei je al,' reageerde De Gier vlak.

Er verscheen een geërgerde rimpel boven Grijpstra's neus. 'Nee, maar ik meen het ook serieus. Neem nou die Monica van jou...'

'Ze is mijn Monica helemaal niet!' protesteerde De Gier.

'... die is toch zo onbetrouwbaar als de pest,' ging Grijpstra gewoon door. 'Ze vertelt ons niet dat ze in het leven heeft gezeten, houdt in eerste instantie allerlei informatie achter over de ziekte en de buien van die priester, laat pas na stevig aandringen wat los over die Roeland en zit volgens mij gewoon een potje te liegen over dat pistool.'

De Gier knikte met een spijtig gezicht. 'Ik weet eigenlijk ook niet goed wat ik ervan moet denken. Ik zou haar graag geloven, maar door de manier waarop ze het tot nu toe gespeeld heeft, neem ik voorlopig alles wat ze zegt met een korreltje zout.'

'Dat lijkt me niet onverstandig,' vond Grijpstra. 'Ook al is ze natuurlijk niet onknap.'

Nu was het de beurt aan De Gier om geërgerd te zijn. 'O, en jij denkt dat zoiets bij mij wel eens zwaar zou kunnen meespelen in de beoordeling van een getuige?'

'Ik weet niet goed wat ik denk,' zei Grijpstra olijk. 'Ik heb een kater, weet je nog?'

'Ach, jij altijd!' De Gier duwde hem jongensachtig tegen de schouder.

Grijpstra ving de duw zonder veel moeite op en trok een theatrale pruillip. 'O, ga jij nu doen alsof ik altijd een kater heb? Wat gemeen!'

'Altijd een kater is ook een vorm van geregeld leven,' kaatste De Gier terug.

Ze schoten allebei in de lach. De hond schrok ervan en hield voor de zekerheid wat meer afstand tot het tweetal.

35

Een kwartiertje later liepen Grijpstra en De Gier de kamer van de commissaris binnen.

'Ah, goed dat jullie er zijn, mannen,' riep de commissaris verheugd. De lach trok minstens de helft van de rimpels in zijn gezicht weg. Moeten jullie eens even horen.' Hij hield een stuk papier omhoog en droeg gedragen voor:

'En nu nog maar alleen
het lichaam los te laten
de liefste en de kinderen te laten gaan
alleen nog maar het licht, het sterke licht
het rode, zuivere van de late zon
te zien, te volgen, en de eigen weg te gaan.
Het werd, het was, het is gedaan.'

'Mooi,' vond Grijpstra.
'Vasalis,' zei De Gier.
'Pardon?' vroeg Grijpstra, met opgetrokken wenkbrauwen.
'Vasalis,' herhaalde De Gier. 'Dat is de dichteres die dit vers geschreven heeft.'

De commissaris knikte. 'Precies. Die vrouw wist wat lijden was. Niemand heeft dat zo mooi verwoord als zij.'

De Gier herhaalde de slotregel: 'Het werd, het was, het is gedaan. Daar zit iets heel onherroepelijks in, wat wel treffend is in dit geval.'

'Je kunt het ook opvatten als een manier om te zeggen: soms mag je blij zijn dat het leven je wordt afgenomen, als het niet meer leefbaar is,' bracht Grijpstra in het midden.

De commissaris keek hem even verbaasd aan en liet toen zijn blik ver wegglijden.

'Maar als ik iets zeggen mag, meneer: als ik u was, zou ik voor in de krant en op de kaart alleen de laatste regel gebruiken,' suggereerde De Gier.

De commissaris keek nadenkend naar het papier in zijn hand en proefde de woorden fluisterend op zijn tong. 'Ach ja,' zei hij berustend. 'Dat is eigenlijk wel voldoende, hè, Rinus, voor een rouwadvertentie: "Het werd, het was, het is gedaan".'

De Gier knikte plechtig.

Dat vond Grijpstra het moment om in te grijpen. 'Dat is een prachtige regel, die misschien helemaal van toepassing is op uw nicht...'

'De nicht van mijn vrouw,' verbeterde de commissaris hem.

'Precies,' reageerde Grijpstra kort. 'Maar we zitten, met permissie, nog altijd met die moordzaak in onze maag. En het is misschien wel nuttig als we het daar nu even over hebben.'

De commissaris ging zitten en zuchtte. 'Neem me niet kwalijk, adjudant, je hebt natuurlijk volkomen gelijk.' Hij gebaarde naar de papieren, die nu voor hem op zijn bureau lagen. 'Dit overlijden heeft me meer gedaan dan ik verwacht had. Ook al omdat ik al het regelwerk op me moest nemen. Dat valt niet mee, dat kan ik jullie verzekeren.' Hij keek de beide mannen aan. 'Maar allez, er is ook nog zoiets als werk, de dagelijkse dingen die van ons gevraagd worden.' Zijn wenkbrauwen trokken naar elkaar toe in een frons. 'Er was dus sprake van een wapen, als ik het wel heb?'

'Daar hebben we helaas niet de hand op kunnen leggen,' zei De Gier spijtig. 'De moordenaar heeft het pistool waarschijnlijk meegenomen.'

'Nee, ik bedoel dat die priester zelf een wapen had,' verbeterde de commissaris.

'O, neemt u me niet kwalijk,' hernam De Gier. 'Daar hebben we helaas ook geen harde bewijzen van, alleen een getuigenis van een van de verdachten. Al zou het me niets verbazen als Albrecht inderdaad een pistool bezat, gezien de buurt waarin hij werkte.'

'Dat pistool hebben we overigens óók niet kunnen terugvinden,' vulde Grijpstra aan. 'En het zou natuurlijk zomaar kunnen dat het een en hetzelfde pistool is geweest. We weten niets met zekerheid.'

De commissaris inspecteerde zijn aantekeningen. 'En hoe zit het met die vrouwennamen uit de agenda van die priester?'

Grijpstra haalde met een machteloos gebaar zijn schouders op. 'Waarschijnlijk hebben die namen iets te maken met prostitutie. Maar er is niemand die iets zegt. Behalve dat Ewoud ze allemaal wilde redden! Hij had blijkbaar iets met hoeren.' Er verscheen een vettige grijns op zijn gezicht.

De commissaris ging niet in op de insinuatie. 'Dat was het enige dat het celibaat die man toestond: het redden van prostituees. Wat op zich niet eens zo'n slechte optie is.'

'Goed voor je karma,' wierp De Gier in het midden.

'Juist,' zei de commissaris verstrooid, terwijl hij zijn aantekeningen weer raadpleegde. 'Dan hebben we hier momenteel iemand op het bureau in een van onze comfortabele cellen...'

'Harrie Kuuk,' wist De Gier. 'Een derderangs pooier, die ruzie had met Ewoud Albrecht. Die houden we dus nog even vast, totdat zijn alibi bevestigd is.'

'En hoe zit het precies met die Russische zakenman?' wilde de commissaris weten.

'Die heeft zesentwintig getuigen uit eigen land als alibi,' vertelde Grijpstra op sarcastische toon. 'Maar Cardozo is ervan overtuigd dat die Bareskov lid is van de Russische maffia en dat Ewoud hem wilde aangeven. Volgens hem was het een afrekening, vandaar het nekschot.'

De commissaris leunde glimlachend achteruit. 'Een gedreven priester heeft in deze merkwaardige en gewelddadige wereld vele vijanden. Maar een moord...'

Deze woorden hingen nog in de kamer, toen Hetty haar hoofd om de hoek van de deur stak. 'Sorry voor de onderbreking, heren, maar er is telefoon voor Grijpstra.'

Terwijl Grijpstra automatisch opstond, zei de commissaris haastig: 'Dat komt mij eigenlijk niet slecht uit, jongens, want ik moet dit...' Hij pakte het papier met het gedicht van zijn bureau. '... nog naar de drukker en de krant brengen. Als jullie me dus willen excuseren, dan kunnen we wellicht morgenochtend verder gaan met deze bespreking.'

De Gier gaf met een minzaam knikje aan dat het geen probleem was. Grijpstra haastte zich langs Hetty heen naar zijn telefoon.

36

'Ben jij nog verder gekomen, vandaag?' informeerde De Gier bij Cardozo.

Die schudde mismoedig zijn hoofd. 'Ik had gehoopt wat meer informatie te vinden over die Roeland van jullie, eh... die Roeland dus.' Hij wees op zijn computer. 'Maar aan alle databanken in het hele land heb ik bar weinig als ik de achternaam van zo'n gast niet weet.'

Daar zat wat in, vond De Gier.

'Ik heb zelfs nog geprobeerd,' vertelde Cardozo, 'om bij allerlei instituten voor drugsopvang uit de regio in te loggen om te zien of ze misschien een Roeland in hun bestand hadden, maar daar kwam ik ook niet verder mee.'

De Gier keek hem bevreemd aan. 'Maar zulke gegevens zouden ze toch nooit op hun website zetten?'

'Natuurlijk niet,' zei Cardozo lachend. 'Dat spreekt toch vanzelf! Maar de meeste sites zijn zo slecht beveiligd dat er niet veel voor nodig is om via de achterdeur binnen te komen. En dan vind je vaak verdomd handige informatie, zomaar voor het oprapen.'

De mond van De Gier zakte langzaam open. 'Jij hebt gewoon zitten hacken?' vroeg hij verbaasd. 'Ik wist niet eens dat jij dat kon!'

'Nou ja, hacken is zo'n lullig woord,' antwoordde Cardozo, die tegelijkertijd gebaarde dat De Gier niet zo hard moest praten. 'Ik zeg altijd maar dat ik zo in één klap het bewijs lever dat de beveiliging van de meeste instituten niet deugt. Voor iemand die een beetje handig is met computers, ligt er allerlei vertrouwelijke informatie gewoon op straat.'

De Gier bekeek hem ongelovig. 'Dit had ik nooit achter je gezocht,' bekende hij. 'Je bent eigenlijk een soort computercrimineel.'

'Ho ho!' zei Cardozo op gedempte toon. Hij keek om zich heen of niemand hen kon horen, maar zag tot zijn opluchting dat Grijpstra nog druk aan het telefoneren was. 'Dat soort dingen moet je nooit zeggen, want dan worden er allerlei mensen zenuwachtig. Ik doe dit soort onderzoek in dienst van de politie en ben niet iemand die op een kamertje voor eigen gewin bezig is andere mensen wat geld lichter te maken.'

'Oké,' antwoordde De Gier toegeeflijk, 'dat verschil zie ik ook nog wel. Maar je zult toch moeten toegeven dat het niet zo netjes is om op die manier in de elektronische administratie van instellingen te zitten snuffelen.' Hij keek naar de handen van Cardozo, die zenuwachtig tegen de zijkant van zijn toetsenbord tikten. 'Maar je hebt uiteindelijk dus niks kunnen vinden over onze Roeland?'

Cardozo keek hem schuin aan. 'Nee,' zei hij. 'Dat vond ik zelf ook nogal teleurstellend.'

Schouderophalend liep De Gier weg. Halverwege zijn bureau bleef hij staan en draaide hij zich om. 'Weet je wat je dan had moeten doen?'

Een vragende blik en langzaam hoofdschudden van Cardozo waren zijn antwoord.

'Gewoon even die opvanginstituten in de regio opbellen. Dat zijn er hooguit een stuk of twintig,' vertelde De Gier. 'Dan had je nu een complete inventaris gehad van al die instellingen. Terwijl je nu alleen maar weet dat je via de computer niet verder bent gekomen.'

Enigszins balend keek Cardozo naar zijn beeldscherm. 'Maar dit is wel de aanpak van de toekomst,' sputterde hij tegen.

'Dan stel ik voor dat je die dan ook vooral in de toekomst gaat gebruiken,' maakte De Gier de voorzet af. 'En dat je in de tussentijd gewoon je werk doet.' Ineens bedacht hij nog iets: 'O ja, en laat die instellingen die je gehackt hebt even weten dat hun beveiliging niet deugt. Dan ben je meteen ingedekt als iemand later vervelende vragen gaat stellen.'

Grijnzend ging hij zitten. Hij had geen zin meer. Eigenlijk wilde hij gewoon naar huis, om zich even rustig op te frissen en om te kleden voor zijn afspraakje met Sylvia, vanavond. Dan zou hij zijn roodharige schone de avond – én nacht – van haar leven bezorgen. Hij legde zijn handen in zijn nek en leunde achterover.

Met een klap wierp Grijpstra de hoorn op de haak. 'Verdomme, wat een eikels!' riep hij opgewonden.

De Gier en Cardozo keken hem allebei verwonderd aan.

'Dat is toch werkelijk niet te geloven!' brieste Grijpstra.

'Vind ik eigenlijk ook,' viel De Gier hem bij, met een vette knipoog naar Cardozo. 'Jij toch ook, Cardozo?'

'O, absoluut,' reageerde Cardozo voorbeeldig. 'Er zijn weinig dingen waarvan ik vind dat ze zó moeilijk te geloven zijn.'

Argwanend keek Grijpstra van de een naar de ander. 'Waar hebben jullie het nou weer over? Zitten jullie me nu in de zeik te nemen of zo?'

'Zitten we collega Grijpstra in de zeik te nemen, Cardozo?' speelde De Gier de vraag door.

Cardozo keek peinzend. 'Dat hangt er vanaf hoe je dat definieert, "in de zeik nemen". In de meest gangbare betekenis zou ik zeggen: jazeker. Maar er zijn misschien gevallen...'

'Ach, hou toch op!' onderbrak Grijpstra hem geërgerd. 'Jullie vinden het misschien lollig, maar ik kan er helemaal niet om lachen, hoor. Laat dat duidelijk zijn.'

'Vind jij het duidelijk, Cardozo?' begon De Gier weer.

'Nou,' antwoordde Cardozo, die er lol in begon te krijgen, 'dat hangt er enigszins van af hoe je "duidelijk" definieert. Als je...'

'Cardozo!' riep Grijpstra dreigend. 'Als jij hiermee verder durft te gaan, garandeer ik je dat je daar spijt van krijgt.'

'O ja?' Cardozo deed net alsof hij ontzettende spierballen liet rollen. 'En wie neem jij daar dan voor mee, oudere collega?'

'Helemaal niemand,' kondigde Grijpstra op onheilspellende toon aan. 'Ik ga gewoon op je zitten en kijk dan vervolgens of je je nog kunt bewegen. En hoe lang.'

'Ai ai ai,' zei De Gier, terwijl hij zijn rechterhand vol ontzag zijdelings op en neer liet wapperen. 'Berg je maar, Cardozo, want waar collega Grijpstra eenmaal gezeten heeft, zal nooit meer gras groeien.'

Nu boog Grijpstra zich dreigend in de richting van De Gier. 'En zal ik jou eens wat vertellen, brigadier? Dat iemand zo diep kon vallen als jij verbaast me helemaal niet!'

Ze schoten alledrie in de lach.

'Maar wat was er nu mis met dat telefoontje,' wilde Cardozo weten.

Meteen betrok het gezicht van Grijpstra weer. 'Ja, zeg, dat ze je voor zulke onzin uit een bespreking laten halen!'

'Wie?' vroeg De Gier.

'Die eikels van de bond, natuurlijk!' riep Grijpstra, alsof zijn antwoord volkomen vanzelf sprak. 'Omdat ik de fout heb gemaakt me als jong agentje aan te melden bij de politiebond en de nog grotere fout heb gemaakt om me vervolgens nooit meer af te melden, denken ze dat ze me nu, na een lullige zesentwintig jaar lidmaatschap, kunnen komen lastigvallen met allerlei onzin.'

'Wat voor onzin dan?' drong De Gier aan.

'De ondernemingsraad,' verklaarde Grijpstra, terwijl hij van louter verbijstering alsnog met zijn hoofd begon te schudden. 'Het is toch niet te geloven?'

'Nou, zo'n onzin is de ondernemingsraad anders niet, hoor,' begon Cardozo.

Maar De Gier gebaarde dat hij moest zwijgen. Op vriendschappelijke toon vroeg hij aan Grijpstra: 'Wat was er dan? Willen ze een onderzoek naar je gaan doen? Ben je een gevaar voor je directe collega's?'

'Lul toch niet, man!' vloog Grijpstra op. 'Ze wilden natuurlijk dat ik erin ging zitten!'

'In de ondernemingsraad?' vroeg De Gier ongelovig. 'Jij?'

Cardozo schoot in de lach.

'Ja, lachen jullie maar,' zei Grijpstra terwijl hij een wegwerpgebaar maakte. 'Er komt een plek vrij in de ondernemingsraad, nu Van der Meulen met pensioen gaat. En nu vonden ze het bij de bond wel een goed idee als iemand van de recherche Van der Meulens plaats zou innemen. Omdat ik als een van de weinigen van onze afdeling bondslid ben...' Hij wachtte even onheilspellend en keek de andere twee beschuldigend aan, alsof hun gebrek aan betrokkenheid bij de vakbeweging een ernstig misdrijf was. '... kwamen ze bij mij terecht.'

'Een hele eer,' vond De Gier.

'Ach, donder toch op,' reageerde Grijpstra geprikkeld. 'Ik vind dit een van de grootste beledigingen van mijn werk die ik in al mijn jaren als rechercheur heb moeten slikken.'

Dat begreep Cardozo niet. 'Nou draaf je toch een beetje door, lijkt me.'

'Nee, helemaal niet.' De stem van Grijpstra klonk ineens scherp. 'Ze hebben daar bij de bond gewoon totaal geen begrip voor wat onze functie inhoudt en met zich meebrengt. Iedere keer als wij met een moordzaak bezig zijn, staan we een beetje onder hoogspanning. Dan moeten er snel onderzoeken worden opgezet, mensen worden ondervraagd, sporen worden veiliggesteld.' Hij spreidde zijn handen uit. 'Snap je het niet? Ik kan toch niet midden in een moordonderzoek tegen De Gier zeggen: sorry, jongen, doe het verder maar even alleen, want ik moet naar een OR-vergadering? Dat kan toch gewoon niet?'

Daar zat wat in, vond Cardozo. 'Maar eigenlijk zou je dat tegen die lui van de bond moeten zeggen.'

'Wat denk je dat ik de afgelopen twintig minuten heb zitten doen?' vroeg Grijpstra verontwaardigd. 'Niet een belangrijke doorbraak forceren in onze moordzaak. Geen research of sporenonderzoek. Nee, ik zit met een jong grietje van de bond aan de telefoon, die mij ervan probeert te overtuigen dat het voor het hele korps zo goed is als ik zitting neem in de ondernemingsraad.' Weer schudde hij meewarig zijn hoofd. 'Dat geloof je toch niet?'

'Toch zou het wel kunnen,' zei Cardozo nadenkend.

Grijpstra wierp hem dit keer een wel zeer argwanende blik toe. 'Ja?' vroeg hij voorzichtig.

'Als jij een paar halve dagen per week bezig bent met de OR, kan ik wel wat onderdelen van jouw functie overnemen,' verklaarde Cardozo opgewekt.

Met een ruk schoof Grijpstra zijn stoel achteruit, waarna hij in één vloeiende beweging rechtop stond. 'Oké, dat was het voor vandaag,' kondigde hij aan. 'Nu heb ik er helemaal genoeg van.' Hij pakte zijn jas uit de vensterbank. 'Ik ga naar huis. Nee, beter nog, ik ga me eerst nog even overgeven aan wat kroegbezoek.' Hij keek nadrukkelijk naar De Gier. 'En ik zou het helemaal niet erg vinden – sterker nog, ik moedig het zelfs aan – als een van mijn collega's me daarbij vergezelt.' Terwijl hij met een afwerende hand in de richting van Cardozo zwaaide, voegde hij daaraan nog snel toe: 'Jij niet, Cardozo, doe geen moeite. Ik had het nu even over mijn fijne collega De Gier, hier.'

De Gier zuchtte diep en stond ook op. 'Goed, goed, ik begrijp het al. Ik heb weer eens geen keus, omdat meneer Grijpstra zo nodig zijn zwaarbeproefde gemoed wil luchten.' Hij stak een groetende hand op naar Cardozo. 'Eigenlijk had ik voor vanavond heel andere plannen, maar die moeten dan nog maar even een uurtje wachten, ben ik bang.'

'Precies,' beaamde Grijpstra vergenoegd. 'De plicht roept, beste jongen. Tot morgen, Cardozo.'

'Ja, tot morgen,' beantwoordde Cardozo de groet. Hij zuchtte en keek hen met gemengde gevoelens na. Voor het eerst had hij eigenlijk wel met hen mee gewild.

37

'Ik ben thuis!' riep Cardozo, terwijl hij de voordeur van zijn bovenwoning openzwaaide. Met enige moeite trok hij de sleutel uit het slot. Hij nam zich al weken voor om dat te oliën, maar op de een of andere manier kwam het er steeds niet van.

'Ha schat, hoe ging het?' klonk de stem van Annemarie uit de keuken.

Hij glimlachte. Zijn blonde godin was alweer bezig allerlei lekkers klaar te maken. Wat was hij toch een bofkont!

Nadat hij zijn tas bij zijn bureau had neergezet, liep hij meteen naar de keuken. Hij had zich niet vergist, want ze stond bij het fornuis, dat afgeladen was met dampende pannen. Ze had het duidelijk warm en er hing een sliert haar voor haar gezicht.

Hij kuste haar vol op de mond, maar ze rukte zich al gauw los. 'Ik moet even de pannen in de gaten houden,' zei ze verontschuldigend. 'Zo meteen heb ik meer tijd.' En met een snelle blik op de keukenklok: 'Je bent vroeger dan ik dacht.'

Met een liefdevol gebaar streek hij de pluk haar uit haar gezicht. 'Ja, de jongens gingen nog even naar de kroeg, maar ik wilde liever naar jou.'

'Ach, gekkie, dat moet je helemaal niet doen!' riep ze blij. 'Je kunt best gezellig met je collega's wat gaan drinken, hoor. Als ik maar ongeveer weet hoe laat je thuis bent, dan kan ik er rekening mee houden met het eten.'

Hij bekeek haar ontroerd van opzij, terwijl ze opnieuw druk in de weer was met deksels optillen en voedsel omroeren. Wie had er zo'n geweldige vrouw als hij? Niemand toch zeker? Iedereen kon met haar opschieten. Zelfs zijn moeder, hoewel die nooit een goed woord voor zijn vriendinnetjes had overgehad. Tot hij met Annemarie was thuisgekomen.

'Ik heb allemaal dingen die je lekker vindt,' kondigde ze aan. 'Broccoli, verse sperziebonen, van die heerlijke krielaardappeltjes en een mooi stuk varkensvlees.'

'Varkensvlees?' schrok hij.

Ze lachte schaterend. 'Natuurlijk niet, jochie, dat zei ik toch alleen maar om je te plagen. Je weet dat ik zoiets nooit zou doen.'

Dat wist hij inderdaad. Hij kon volledig op haar aan.

'Pak maar vast wat te drinken,' moedigde ze hem aan. 'Nee, niet uit het wijnrek, uit de koelkast!'

Enigszins bevreemd deed hij wat hem gezegd werd. In de koelkast had ze een fles champagne klaargelegd. Geen groot merk, maar toch.

'Wat leuk,' zei hij verrast. 'Waarom...?'

Ze schonk hem een stralende glimlach. 'Omdat jij vandaag je eerste grote succes op je werk hebt meegemaakt, dáárom!'

Hij voelde dat hij rood werd, boog zich diep over de fles champagne, draaide zich om, mompelde iets over toiletbezoek en haastte zich de keuken uit. Met zijn broek nog aan ging hij op de toiletbril zitten.

O nee, dit was werkelijk te gênant voor woorden. Ze had zich zo uitgesloofd omdat hij gisteravond en vanochtend zo had lopen bluffen over de manier waarop hij de zaak van die vermoorde priester had aangepakt. Hij was ervan overtuigd geweest dat hij een grote slag had geslagen met het opsporen en naar het bureau laten komen van Bareskov. Want het was wat hem betrof zo klaar als een klontje: Ewoud Albrecht wist van de misdadige praktijken van Bareskov en dreigde daarmee naar de politie te stappen. En dus had Bareskov de priester uit de weg laten ruimen. Maar Grijpstra en De Gier schenen er niet aan te willen. En die Rus had verdomme wel zesentwintig getuigen voor zijn alibi. Maar dat kon hij toch moeilijk aan Annemarie gaan vertellen, nu ze zoveel van hem verwachtte.

Toen hij in de spiegel boven het fonteintje had gezien dat zijn rode gelaatskleur wat was weggetrokken, trok hij door en verliet hij het toilet.

'Gaat het?' riep Annemarie uit de keuken.

'Ja, niks aan de hand,' antwoordde hij stoer.

'Ik kom zo naar de kamer,' beloofde ze. 'Schenk maar vast in.'

Voorzichtig verwijderde hij het metalen omhulsel rond de kurk, die hij vervolgens zo langzaam mogelijk uit de fles trok. Dan bleef de wijn het best, wist hij. Daarna schonk hij twee glazen vol met de bruisende champagne. Omdat de bellen steeds hoog boven de vloeistof uitstegen, moest hij twee keer bijschenken.

Hij ging in zijn favoriete stoel zitten en wachtte gelaten af.

Nog geen vijf minuten later kwam Annemarie uit de keuken. Ze droogde haar handen af aan haar schort, dat ze meteen afdeed en over een stoel hing. 'Zo,' zei ze vergenoegd. 'Eindelijk tijd om even bij je te komen zitten. Vertel eens wat ze op het bureau zeiden van de manier waarop jij in die moordzaak een doorbraak hebt geforceerd!' Ze pakte haar glas en hief dat vrolijk lachend omhoog. 'Proost! Op je carrière!'

Hij glimlachte moeizaam terug en hield zijn glas ook omhoog. 'Ja, proost. Op ons!' Vervolgens nam hij de tijd om een slokje te nemen en dat uitgebreid te proeven. Lekker, gebaarde hij.

'Maar vertel nou,' drong ze aan.

Er was geen ontkomen aan. Hij schraapte zijn keel en begon: 'Het liep eerlijk gezegd niet helemaal zoals ik verwacht had...' Toen hij haar geschrokken gezicht zag, voegde hij daar snel aan toe: 'Maar de commissaris was natuurlijk wel erg tevreden over mijn initiatief. Hij complimenteerde me nog en stelde me ten voorbeeld aan de anderen.'

Opgetogen klapte ze in haar handen. 'Zie je wel!' riep ze. 'Ik wist het wel! En wat zeiden die Griepstra en die andere ervan?'

'Grijpstra,' verbeterde hij automatisch. 'En die andere heet De Gier. Ja, die waren vanzelfsprekend behoorlijk onder de indruk. Ik kreeg nog een schouderklopje van Grijpstra. Nou, dat gebeurt niet vaak.'

'Geweldig!' vond ze, terwijl ze opstond. 'Ik moet weer even naar mijn pannen. Bel jij even je moeder, want die zal ook wel benieuwd zijn. En dan wil ik straks natuurlijk alles horen over de manier waarop je dat verhoor met die Rus hebt gedaan.' Ze huppelde bijna weg.

Cardozo sloeg de hele rest van zijn champagne in één slok achterover voordat hij opstond en bij de telefoon ging zitten. Er zat niets anders op, besefte hij, terwijl hij voorkeurtoets één indrukte. Hij zou het verhaal een beetje moeten verfraaien. Misschien wel een beetje veel.

38

'Waarom mocht Cardozo nou niet mee?' vroeg De Gier. Onderwijl draaide hij op zijn barkruk heen en weer om te zien of er geen bekenden in het café zaten. Het viel mee: er was dit keer bij zijn weten geen enkele dame met wie hij ooit wel eens iets gehad had. Dat kon namelijk zulke vervelende scènes opleveren, als je er niet op bedacht was.

Grijpstra wachtte tot de barkeeper bij hen allebei een glas bier had neergezet, voordat hij met een beweging van zijn duim en wijsvinger – tien centimeter van elkaar, vlak naast zijn glas – duidelijk maakte dat hij er wel een jonge jenever bij wilde. Hij deed dat op het moment dat De Gier zijn aandacht nodig had om rond te kijken, zodat hij bij het aanleveren van de alcoholische versnapering blij verrast zou kunnen uitroepen: 'Joop, zomaar een jonkie, wat attent!'

Maar De Gier trapte er niet in. Toen de voorstelling voorbij was, constateerde hij koel: 'Zo, heb je weer stilletjes een jenevertje bijbesteld?'

Betrapt zette Grijpstra het kleine glaasje aan zijn mond en kieperde het in één keer achterover. 'Aah, dat smaakt,' zei hij en veegde zijn mond droog met zijn mouw. 'Wat vroeg je nu over Cardozo? Had jij die mee willen nemen, dan?'

De Gier haalde zijn schouders op. 'Waarom niet? Zo geef je die jongen tenminste ook een kans om er een beetje bij te horen. En hij deed het vandaag toch niet slecht?'

Aan het zuinige gezicht van Grijpstra te zien viel het met de prestaties van Cardozo wel mee. 'Zolang hij niet op zijn eigen houtje allerlei Russische zakenlieden op het bureau laat komen, gaat het nog wel,' vond hij. 'Maar ik heb hem inderdaad veel erger meegemaakt dan vanmiddag.'

'Nou, nou, uit jouw mond moet dat zeker een enorm compliment voorstellen?' vroeg De Gier lachend. 'Zullen we dat dan maar op zijn getuigschrift laten zetten?'

Grijpstra zag er zelf de humor niet van in. Hij gebaarde naar de barman dat ze nog wel een keer hetzelfde zouden lusten, en vergat daarbij niet om ook het jeneverglaasje aan te wijzen. 'Cardozo is een beste jongen,' verklaarde hij op bijna plechtige toon, 'en hij kan ook best wat, maar hij is mij wat te ambitieus.'

'Dat is helemaal geen slechte eigenschap voor een politieman,' wierp De Gier tegen.

De opgeheven handen van Grijpstra vingen dit tegenargument op. 'Dat hoor je mij ook helemaal niet zeggen. Maar daarmee is hij niet meteen iemand met wie ik zo nodig aan de bar wil staan.'

'We zitten,' grapte De Gier.

'Zelfs dat niet,' zei Grijpstra en hij maakte met zijn vlakke hand een zijwaartse beweging, die moest duidelijk maken dat de kwestie wat hem betreft afgedaan was. Hij glimlachte. 'Het is al heel wat dat ik jou aan mijn zij tolereer als ik aan het drinken ben.'

'Nou, zeg!' protesteerde De Gier lachend. 'Ik werd zowat gedwongen om hier mee naartoe te gaan. Het viel nog mee dat je mijn arm niet op mijn rug draaide.'

'Dat zou mijn uiterste maatregel geweest zijn,' bekende Grijpstra.

Het bier vloeide, de jenever druppelde, het gesprek schoot van grap naar grap, en Grijpstra waagde er zelfs een sigaartje aan.

Na anderhalf uur keek De Gier echter besmuikt op zijn horloge. 'Zeg, adjudant, als je het niet al te erg vindt, ga ik je zo verlaten, hoor. Er wacht mij heel wat minder lelijk gezelschap.'

Grijpstra grijnsde. 'Mag ik aannemen dat het gezelschap in kwestie rood haar heeft en van het vrouwelijk geslacht is?'

'Jij mag alles aannemen wat je wilt,' antwoordde De Gier gul, terwijl hij opstond. 'Maar als je daarmee bedoelt dat ik zo naar mijn mooie Sylvia ga, dan heb je gelijk.'

'Het is weer fraai,' vond Grijpstra. 'Mijn bloedeigen partner laat me in de steek voor het eerste de beste fraai gebouwde racemodel, terwijl ik net een diepzinnig gesprek met hem wil aangaan over prostitutie en de vrouwelijke werknemers die daar hun geld mee verdienen.'

De Gier keek hem opmerkzaam aan. 'Hoe bedoel je?'

Grijpstra manipuleerde wat met zijn lege jeneverglaasje om de aandacht van de barman te trekken. 'Simpel. Toen ik vanmiddag weer een beetje bij mijn positieven was, besefte ik eigenlijk pas waarover jij vanochtend de hele tijd tegen me aan had lopen leuteren, toen we op weg waren naar die Monica van jou.'

'Ze is mijn Monica niet,' corrigeerde De Gier. 'En wat wil je daarmee zeggen?'

De barman schonk Grijpstra een jenever in, nam meteen diens lege bierglas mee ter hervulling en keek vragend naar De Gier, die vervolgens met tegenzin zijn bierglas inleverde en een vol glas accepteerde.

'Wat ik wil zeggen, is dat ik het compleet, maar dan ook volledig, met je oneens ben,' vertelde Grijpstra.

Met een zucht ging De Gier weer zitten. 'En dan moet ik natuurlijk vragen: waarom dan?'

'Precies,' antwoordde Grijpstra welgemutst. 'En dan leg ik jou in pakweg drie kwartier tijd uit, in mijn gebruikelijke bloemrijke bewoordingen en met fraaie beeldspraak, dat het volledig onjuist is om hoeren – of prostituees, als je dat liever hoort – te beschouwen als een minderwaardig soort vrouwen. Je hebt natuurlijk van die gratenpakhuizen die stijf staan van de heroïne of andere rotzooi; daar wil ik het niet over hebben. Maar een mooie rijpe hoer, die al twintig jaar of meer in het leven zit en haar vak met veel kunde en liefde bedrijft: daar is helemaal niets mis mee, hoor jongen.'

De Gier keek hem hoofdschuddend aan. 'Heb je me nu een korte samenvatting vooraf gegeven van wat je me zo meteen in drie kwartier tijd gaat vertellen?'

'Nee, meneer!' zei Grijpstra iets te hard, waardoor diverse gezichten zich naar hen toe keerden. 'Jij bent mijn partner en je hebt vanavond een afspraak met een mooie vrouw. Dan zou ik jou toch nooit zoiets aandoen? Denk je dat ik een onmens ben?'

'Eigenlijk wel, ja,' reageerde De Gier nuchter, 'maar wat heeft dat ermee te maken?'

'Dat ik je laat gaan,' vertelde Grijpstra theatraal. 'Ga maar! Laat mij hier maar alleen! Ik dompel mij wel in eenzaamheid.'

'Neem er nog een jenevertje bij,' stelde De Gier voor, die alweer naast zijn kruk stond.

Grijpstra knikte. 'Dat lijkt me een wijs advies, jonge vriend. Maar bedenk wel wat ik je gezegd heb over hoeren, hè? Want dat meende ik namelijk.'

'Dat wist ik.' De Gier kneep zijn partner in de schouder. 'Ik zie je morgen op het bureau.'

'Ja, tot dan. En voorzichtig, hè! Doe niets wat ik ook niet zou doen!' Grijpstra hief zijn inmiddels weer lege jeneverglaasje, maar De Gier draaide zich niet meer om.

Buiten aangekomen schudde De Gier een paar keer met zijn hoofd. Hij was blij dat hij die ochtend op de fiets naar het bureau was gegaan, want in deze wat beschonken toestand zou hij niet graag in een auto stappen. Niet zonder moeite haalde hij de sloten van zijn fiets, om vervolgens enigszins onvast weg te rijden.

Onderweg naar Sylvia probeerde hij te achterhalen hoeveel hij eigenlijk had gedronken. Hij keek op zijn horloge, maar moest toen meteen het stuur weer met beide handen vastgrijpen, omdat de stoeprand gevaarlijk dichtbij kwam.

Hm, hij was nog geen twee uur in De Gulle Pul geweest. Oké, hij had hooguit een uurtje willen blijven, maar met Grijpstra wist je het nooit. Wat kon die man toch drinken! Aan wat zijn partner in zo korte tijd achter zijn bretels goot, zou De Gier een hele week genoeg hebben. En dan misschien zelfs nog iets overhouden, bedacht hij glimlachend.

Het waren hooguit zes à acht, misschien tien biertjes geweest. Beslist niet meer dan twaalf. En bovendien tapbiertjes, hè, die bestonden vrijwel geheel uit water, dat wist iedereen. Dus dat viel eigenlijk best wel mee.

Tegen de tijd dat hij bij het grachtenpand aankwam waarin het appartement van Sylvia zich bevond, was De Gier in een opperbest humeur. Hij volstond ermee om zijn fiets met twee sloten vast te zetten en hield zijn vinger grappig lang op de knop van de bel. Toen de deur zoemend openschoot, snelde hij met twee treden tegelijk het trappenhuis door, waarbij hij slechts één keer onzacht met een dwarsliggende trede in botsing kwam.

Eenmaal op de derde verdieping was hij toch een beetje buiten adem. Hij voelde dat hij zweette en veegde zijn voorhoofd schoon met zijn zakdoek.

Vanuit de deuropening van haar appartement stond Sylvia hem sceptisch aan te kijken.

'Syl, schoonheid!' riep De Gier iets te uitbundig. Hij kwam haar met wijd uitgestoken armen tegemoet en drukte haar aan zijn borst. 'Wat ben ik blij jou te zien!'

'Dat had heel wat eerder gekund, hoor,' zei ze afkeurend en duwde hem wat van haar weg. 'Ik zit al een tijdje op je te wachten.' Ze draaide zich om en liep naar binnen.

'Maar Syl, ik heb toch gebeld dat ik wat later kwam?' probeerde De Gier, terwijl hij achter haar aan liep. Hij merkte dat zijn tong niet zo vanzelfsprekend meewerkte als anders. Op haar aanwijzing ging hij terug naar de voordeur, die hij had laten openstaan.

'Je had gebeld dat je een uurtje later zou zijn,' mopperde Sylvia, nog voordat hij plaats had genomen op de bank in haar woonkamer. 'En dan kom je ruim twee uur later stomdronken uit de kroeg waggelen.'

'Ik ben even een biertje wezen drinken met collega Grijpstra!' protesteerde De Gier. 'En ik ben helemaal niet dronken.' Bij de gedachte aan drank werd hij zich er ineens pijnlijk van bewust dat hij een droge mond begon te krijgen. 'Heb je trouwens wat te drinken voor me? Want ik sterf werkelijk van de dorst.'

Ze sloeg haar armen over elkaar. 'Alleen bronwater. Iets anders krijg je niet.'

'Ach, dat is ook nat,' wist De Gier. 'Laat maar komen.'

Vrolijk hummend keek hij om zich heen, totdat ze terugkwam met een fles en een glas.

'Kun je het zelf inschenken?' vroeg ze poeslief. 'Of is het beter voor mijn parket als ik dat maar doe?'

Het leek hem wel verstandig om deze taak aan haar over te laten. Toen ze daarmee klaar was, klopte hij op de plek naast hem. 'Kom eens bij me zitten.'

Onwillig gaf ze gevolg aan zijn verzoek, maar toen hij probeerde haar te zoenen, draaide ze haar hoofd weg. 'Getverdemme, je stinkt naar bier.'

'Ja schat, dat hoort erbij als je bier gedronken hebt,' repliceerde hij luchtig, terwijl hij haar weer naar zich toe trok.

Ze worstelde om vrij te komen. 'Hou eens op, zatladder!'

'Nou, zeg,' reageerde hij beledigd. 'Wat krijgen we nou? Pas had je er helemaal geen bezwaar tegen dat ik je een beetje aanhaalde.'

Met een kwaad gezicht stond ze op en liet zich in de stoel aan de andere kant van het salontafeltje vallen. 'Maar toen gingen we ook gezellig samen een avond op stap, terwijl je nu alleen maar even bij me langskomt nadat je met je vriendjes in de kroeg hebt gezeten.'

'Alleen maar met collega Grijpstra!' protesteerde De Gier.

'Ik vind het geen stijl,' mopperde Sylvia, terwijl ze kwaad de andere kant op keek.

Nu moet ik naar haar toe om het goed te maken, wist De Gier. Dus moet ik nu opstaan. Alleen gaven zijn benen geen gevolg aan dat commando. En eigenlijk moest hij ook vreselijk plassen.

Op dat moment ging zijn mobiele telefoon. Hij mompelde een excuus en haalde het ding uit zijn binnenzak. Het nummer in het venstertje zei hem niets.

'De Gier.'

'Brigadier De Gier? U spreekt met Marleen Fernhout.'

Hij sloot zijn ogen. Wie was dat ook weer?

'U weet wel, van D. & A.O. & I.C. 4.'

Ineens ging hem een licht op. 'O ja, nu u het zegt. Hoe gaat het?'

'Goed, dank u. Sorry dat ik 's avonds bel.'

'Geen probleem, dat is geen enkel probleem hoor!' Hij glimlachte verontschuldigend naar Sylvia, maar die leek nu helemaal niets meer van hem te willen weten.

'Ik zou u niet zomaar bellen, dat begrijpt u wel. En ik ga hiermee eigenlijk ook vreselijk mijn boekje te buiten, maar...'

'Ja?' vroeg hij geïnteresseerd en ging rechtop zitten, met een hand aan zijn voorhoofd.

'Roeland was hier zojuist.' Even was het stil. 'En hij was er niet goed aan toe.'

De Gier kneep zijn ogen dicht. Hij moest zich concentreren. 'Hoe bedoelt u dat?'

'Precies wat ik zeg.' Er klonk wat irritatie door in haar stem. Vandaag scheen hij niet veel goed te kunnen doen bij vrouwen. 'Hij zag er echt beroerd uit en zat zwaar onder de dope.'

Snel nam De Gier een slok van zijn bronwater. Dat was lauw, merkte hij nu pas. Hij wierp Sylvia een giftige blik toe, maar zij had haar stoel van hem weggedraaid.

'Is hij nog bij u?' vroeg hij.

'Nee, hij ging al snel weer weg toen bleek dat hij van ons niets te verwachten had. Wij geven hem niets, omdat hij elders onder behandeling is, dat weet u.'

De Gier knikte, hoewel hij tegelijkertijd besefte dat het een zinloze bezigheid was. 'Heeft u enig idee waar hij naartoe is?'

'Helemaal niet,' klonk het spijtig. 'Ik had hem graag willen helpen, maar hij was te ver heen. Hij leek wel op de vlucht.'

'Dank u, ik waardeer dit zeer,' zei De Gier. Dat leverde hem direct een giftige blik van Sylvia op. 'Laat u het me vooral direct weten als u nog iets te weten bent gekomen.' Hij trotseerde Sylvia's ogen. 'U kunt me dag en nacht bellen.'

Sylvia stond op en beende kwaad de kamer uit. Dat gaf De Gier gelegenheid om snel naar het bureau te bellen met de mededeling dat de avond- en nachtploeg extra goed moest uitkijken naar Roeland.

Moeizaam kwam hij omhoog. Hij vond Sylvia in de keuken, waar ze bij het open raam met vinnige gebaren een sigaret stond te roken.

'Ik dacht dat je gestopt was,' zei hij verbaasd.

'Dat maak ik zelf wel uit,' bitste ze terug. Ze nam een diepe haal. 'Het lijkt me het beste als je maar weggaat.'

Hij zuchtte. 'Dat lijkt mij ook. Wat doe jij chagrijnig, zeg! Je lijkt m'n ex wel.'

Haar wenkbrauwen gingen omhoog. 'Ik wist helemaal niet dat jij een ex hebt.'

'Heb ik ook niet.' Hij glimlachte wrang en voelde zich ineens heel erg nuchter. 'Maar als ik er een had, zou ze me beslist net zo onthaald hebben als jij nu.'

Zonder een woord te zeggen liep ze voor hem uit de gang in. Ze hield de voordeur voor hem open en liet die met een dreun achter hem dicht vallen.

'Het rare is dat ik nu een opgelucht gevoel heb,' zei De Gier hardop tegen zichzelf, onder het losmaken van zijn sloten. 'Alleen moet ik nog altijd acuut wat bier kwijt.' Waarna hij zich genietend overgaf aan het strafbare feit van het wildplassen, dat zijn opluchting alleen nog maar vergrootte. Hij hoopte van harte dat zijn roodharige vriendin – inmiddels ex-vriendin – vanachter haar hoge raam naar hem stond te kijken.

39

Net als altijd was Cardozo als eerste op het bureau. Hij zat al lang en breed met een kop koffie achter zijn computer toen Grijpstra zachtjes neuriënd binnenkwam en opgeruimd 'Môgge' riep.

'Ook goedemorgen,' beantwoordde Cardozo de groet, blij verrast door het goede humeur van Grijpstra. Hij keek even toe hoe zijn collega zich installeerde voordat hij vroeg: 'Was het gisteren nog gezellig in het café?'

Grijpstra bekeek hem aandachtig, maar bespeurde geen spoortje ironie of afgunst. En dus antwoordde hij serieus: 'Ja, het was niet onaangenaam. Jammer dat collega De Gier al zo snel weg moest, maar dat wist ik natuurlijk van tevoren. Maar op zich was het vrij gezellig, ook zonder hem. Je had mee moeten gaan.'

Het lag Cardozo voor op de tong om te zeggen dat Grijpstra degene was geweest die hem had buitengesloten, maar het leek hem verstandiger om dat niet aan te stippen. In plaats daarvan bracht hij moeizaam uit: 'Nou, misschien een volgende keer.'

'Je weet maar nooit,' zei Grijpstra opgeruimd. 'Heb je trouwens al koffie gehaald?'

Voordat Cardozo kon antwoorden, ging de deur open en kwam De Gier binnen. Hij had wallen onder zijn ogen en zijn hele lichaamshouding ademde vermoeidheid.

'Wat is er met jou gebeurd?' vroeg Grijpstra verbaasd. 'Ben je gisteravond nog met die roodharige schone van je een nachtclub in geweest of zo?'

De Gier wilde zijn hoofd schudden, maar bedacht zich bijtijds. 'Nee hoor. Ik heb één glas spa bij haar gedronken en toen ben ik naar huis gegaan.'

'O?' Het was verbazingwekkend hoeveel slecht verborgen nieuwsgierigheid Grijpstra uit die ene klank wist te laten spreken.

'Ja, het ging niet zo goed,' vertelde De Gier onwillig. 'We kregen een kleine aanvaring. En daarom was het maar beter dat ik vertrok.'

'Aha, haar tijd was dus ook al gekomen,' begreep Grijpstra. Er brak een grijns bij hem door. 'En toen heb je het maar in je eentje op een zuipen gezet?'

'Nee!' De Gier keek hem wat geërgerd aan. 'Jij vertaalt alles maar direct in alcohol, maar we zijn niet allemaal zoals jij, hoor! Ik ben thuis in mijn bed gestort en vanmorgen weer wakker geworden. Einde verhaal.'

Het was aan Grijpstra's gezicht te zien dat hij dit een wat ongeloofwaardige ontwikkeling vond. 'Dat meen je niet! Als het uit raakt met een vriendin dan ga je een borrel drinken, zo simpel is dat. Hoe kom je anders aan die kater?'

'Van al dat geslemp met jou, natuurlijk!' viel De Gier uit. 'En laat me nou een beetje met rust, want ik voel me niet bepaald optimaal.'

De mond van Grijpstra zakte een eindje open. 'Wat zeg je me nou? Je ziet eruit alsof je op een perron geslapen hebt op Centraal en je ruikt alsof er een dood vogeltje in je mond heeft liggen ontbinden, en dan vertel je mij dat het komt door die paar biertjes die wij gisteren samen gedronken hebben?'

'Een paar?' De al even ongelovig kijkende De Gier schoot in de lach. 'Jij hebt me in nog geen twee uur tijd het wereldrecord bier hijsen laten verbeteren. Dat jouw lichaam dat allemaal kan hebben, is niet zo raar, want jij bent nu eenmaal een walrus...'

'Hé, wel beleefd blijven, hè!' waarschuwde Grijpstra.

De Gier pakte zichzelf bij zijn niet bepaald omvangrijke middel. '... maar ik, met dat iele lijfje van mij, dat is heel wat anders!'

'Het gaat hier de laatste dagen wel allemaal om drank, moet ik zeggen,' wierp Cardozo in het midden.

Als één man draaiden Grijpstra en De Gier zich naar hem toe.

'Ik kan me niet herinneren dat iemand jou iets gevraagd heeft, Cardozo,' zei De Gier ijzig.

'En waar blijft die koffie eigenlijk?' wilde Grijpstra weten.

Voor de vorm protesteerde hij nog even, maar daarna ging Cardozo mokkend koffie halen.

Toen hij de kamer uit was, zei De Gier op gedempte toon tegen Grijpstra: 'Je raadt nooit wie mij gisteravond nog gebeld heeft.'

'Mag ik drie keer raden?' vroeg Grijpstra ongeïnteresseerd. En zonder het antwoord af te wachten: 'Eén: Cardozo. Twee: Hetty – mocht je willen. En drie: ik – o nee, dat zou ik waarschijnlijk nog wel weten. Of niet?'

'Drie keer mis.' De Gier boog zich wat verder naar hem toe. 'Marleen Fernhout.'

Die naam kwam Grijpstra slechts vaag bekend voor. 'Is dat die blonde waar je eerst mee was?' informeerde hij. 'Of die leuke Vlaamse van vorig jaar?'

'Nee, natuurlijk niet.' De Gier keek geïrriteerd. 'Dat is die coördinator van dat drugsopvanghuis, waar we gisteren geweest zijn.'

'O ja, dat is waar ook.' Meteen was Grijpstra weer bij de les. 'Belde ze jou 's avonds? Wat had ze dan? Wilde ze soms wat met je?'

De Gier ging voorbij aan die laatste vraag. 'Roeland was daar net langs geweest,' vertelde hij. 'Hij was er kennelijk nogal slecht aan toe, stevig aan de drugs. En hij vertrok al snel weer, blijkbaar liep hij nogal met zijn ziel onder zijn arm.'

'Had ze hem dan niet voor ons vast kunnen houden?' mopperde Grijpstra. 'Dat was wel zo prettig geweest.'

'Onmogelijk, dat weet je zelf ook wel.' De Giers geërgerde toon was weer terug. 'Het was al volledig tegen hun privacybeleid in dat ze mij belde om te vertellen dat die Roeland langs was geweest.'

Dat was waar, besefte Grijpstra. 'Dan moet de straatdienst maar extra goed opletten,' zei hij berustend.

'Die heb ik gisteravond meteen op de hoogte gesteld,' meldde De Gier. 'De kans was natuurlijk groot dat hij 's nachts ook aan het zwalken zou zijn.'

'Al iets gehoord?' wilde Grijpstra weten.

De Gier schudde zijn hoofd en betreurde dat direct. Met een van pijn vertrokken gezicht zei hij: 'Helemaal niks, anders had ik het je al wel laten weten. Maar ze houden ons op de hoogte.'

Cardozo kwam binnen met de koffie. Omdat hij zijn beide handen vol had, gebruikte hij zijn zitvlak om de deurknop naar beneden te duwen. Zijn beide collega's keken geïnteresseerd toe of hij het zou redden, maar staken vanzelfsprekend geen hand uit om hem te helpen. En inderdaad wist hij de kopjes zonder morsen naar de bureaus over te brengen.

'Dank je wel, Cardozo,' zei Grijpstra waarderend. 'Dat was een knap stukje politiewerk!'

'Simon, weet jij trouwens of de commissaris al in huis is?' vroeg De Gier, terwijl hij zijn kopje oppakte en met kleine slokjes begon te drinken.

'Ik heb hem zelf nog niet gezien, maar ik dacht dat ik Hetty straks met hem hoorde praten,' vertelde Cardozo. 'Dus ga er maar vanuit.'

'Doen we,' besloot De Gier en hij zette zich kordaat in beweging. 'Ga je nog mee, adjudant?'

'Waarheen?' vroeg Grijpstra schaapachtig.

'Naar de commissaris, natuurlijk!' De Gier gebaarde dat hij moest opstaan en meegaan. 'Gisteren werd onze bespreking afgebroken, weet je nog wel?'

Inderdaad meende Grijpstra zich zoiets te herinneren. Er was sindsdien ook zoveel gebeurd.

40

Direct toen ze de kamer van de commissaris kwamen binnenlopen, vroeg deze geschokt aan De Gier: 'Wat zie je eruit? Is er iets gebeurd?'

'Nee, meneer, ik heb gisteravond een beetje lang doorgewerkt,' antwoordde De Gier schijnheilig. 'Op wacht gezeten in de auto.'

Grijpstra kuchte luidruchtig, wat hem een vernietigende blik van De Gier opleverde.

'Alweer?' De commissaris toonde zich bezorgd. 'Let je wel een beetje op jezelf? Het leven kan niet alleen maar werken zijn.'

'Ik zal eraan denken, meneer,' beloofde De Gier.

'En ik zal hem eraan helpen denken,' voegde Grijpstra daaraan toe, terwijl hij neerzakte in een van de klaarstaande stoelen. 'Want hij is nogal vergeetachtig, de laatste tijd.'

Terwijl De Gier ook ging zitten, probeerde hij op Grijpstra's voet te gaan staan, maar die had dat net bijtijds in de gaten en trok zijn been weg.

De commissaris keek hen om beurten onderzoekend aan, maar ze glimlachten hem allebei vriendelijk toe.

'Hoe is het met de kaarten en de advertentie gegaan, meneer?' informeerde De Gier beleefd.

'Zeer goed, dank je.' De commissaris glimlachte. 'Het drukwerk zag er goed uit, in beide gevallen. Mijn vrouw heeft een lange lijst gemaakt met mensen die per se een kaart moeten hebben. En we zijn helemaal rond met de begrafenisondernemer. Het is nog een heel geregel, moet ik zeggen, maar we lijken er goed doorheen te komen. Ik heb er alle vertrouwen in dat het een mooie crematie wordt en dat de hele organisatie er omheen soepel zal verlopen.'

Grijpstra wachtte zichtbaar ongeduldig tot zijn superieur klaar was. Hij liet de stilte vervolgens net lang genoeg duren om niet voor onbeleefd door te gaan. 'Zullen we het nog even over de moordzaak hebben, meneer?'

'Ja, prima, natuurlijk.' De commissaris ging rechtop zitten en trok een ernstig gezicht. 'Waar waren we gisteren gebleven?'

Hij had die vraag nog niet uitgesproken of er werd geklopt.

'Juist ja: daar waren we dus gisteren gebleven,' mopperde Grijpstra. 'We zijn net even bezig en ze staan alweer op de deur te rammen.'

Het hoofd van Cardozo verscheen om de hoek van de deur. Op een gebaar van de commissaris liep hij meteen door naar binnen.

'Neemt u mij niet kwalijk dat ik u stoor,' begon Cardozo, een beetje nerveus.

De commissaris sprong er kwiek op in. 'Je stoort helemaal niet, want je komt iets melden.'

Cardozo viel prompt stil. Hij keek de oudere man verbaasd aan en vroeg: 'Hoe weet u dat?'

'Anders zou je ons nu niet storen, terwijl we in bespreking zijn,' concludeerde de commissaris.

Grijpstra begon te grijnzen.

'Eh ja, of nee.' Cardozo was duidelijk in de war, maar hij hervond zichzelf. 'Sorry, meneer, maar Grijpstra en De Gier hadden gezegd dat ze onmiddellijk op de hoogte gehouden wilden worden als we iets wisten over die junk.'

De Gier veerde op. 'Roeland?' vroeg hij.

Cardozo knikte en vertelde op gewichtige toon: 'We kregen net bericht binnen. Ze hebben iemand gevonden die aan de beschrijving voldoet.'

'Heel goed!' zei Grijpstra. 'Want die jongen wil ik graag een paar vragen stellen. Waar is hij?'

Met een verontschuldigend gebaar antwoordde Cardozo: 'In het lijkenhuis. Hij heeft waarschijnlijk een overdosis genomen. De dokter is nu met hem bezig.'

Grijpstra liet een knetterende vloek horen en keek toen geschrokken naar de commissaris: 'O, sorry, meneer, ik eh...'

'Ik begrijp het,' zei de commissaris eenvoudig. 'Al zou ik me zelf niet gauw zo uitdrukken.'

'Tja, ziet u,' verklaarde Grijpstra en hij trok een grimas, 'dit zou wel eens het einde van ons onderzoek kunnen zijn. Die Roeland was ons laatste houvast.'

'Helemaal niet,' zei De Gier scherp. 'Dit is niet het einde. Beslist niet. Ik denk dat het hiermee pas begint.'

Voordat de commissaris of Grijpstra daar op in kon gaan, vroeg hij aan Cardozo: 'Zei je dat er op dit moment sectie gedaan wordt op het lijk van Roeland?'

'Bij mijn weten ligt die junk nu op tafel,' bevestigde Cardozo. 'Dat is tenminste wat ik gehoord heb.'

'Heel goed.' De Gier keerde zich naar zijn superieur en zijn partner. 'Sorry heren, maar ik moet u gaan verlaten. Er is iets wat ik beslist even moet doen.'

Zonder verdere uitleg te geven beende hij snel langs Cardozo de gang in. De drie anderen keken hem verbaasd na.

Grijpstra wendde zich weer naar de commissaris en haalde zijn schouders op. 'Soms krijg ik ook geen hoogte van hem, meneer. Maar verder is hij een beste jongen.'

'Ja, die indruk heb ik ook,' zei de commissaris dromerig. 'Het lijkt me beter dat we deze bespreking maar weer afbreken. Tot een volgende gelegenheid, zullen we maar zeggen.' Toen Grijpstra opstond, voegde hij daaraan toe: 'Je houdt me wel op de hoogte van het verdere verloop in deze zaak, hè?'

'Dat komt wel goed, meneer,' beloofde Grijpstra. Inwendig schold hij op zijn eigenwijze partner, die niet eens de moeite nam om hém op de hoogte te stellen van wat hij ging doen. Maar hij hield zich natuurlijk groot tegenover Cardozo.

41

Met een kapje tegen zijn mond gedrukt kwam De Gier de snijzaal in snellen. Daar was patholoog-anatoom Van Beemdelust net bezig met de ingewanden van een opengesperd lijk op zijn snijtafel. De arts keek verstoord op en zette een naast zijn hoofd hangende microfoon uit.

'Neem me niet kwalijk dat ik zo kom binnenvallen,' verontschuldigde De Gier zich, 'maar ik heb een paar vragen over deze man, met wie u nu bezig bent, en die zou ik graag beantwoord willen zien.' Zonder een hand te geven stelde hij zich voor aan de beide andere mannen.

'Ja, ik ken u,' zei de arts. 'Mijn naam is Van Beemdelust. En dit is mijn assistent Balk.'

De baardige man aan de andere kant van de tafel knikte beleefd, terwijl hij intussen doorging met het schuiven van een grote homp donker vlees van de tafel in een emmertje.

De patholoog-anatoom deed de microfoon weer aan. 'Zoals ik al zei: duidelijk aangetaste lever als gevolg van langdurig gebruik van verdovende middelen. Klopt met de sporen van naalden, die we aantroffen in de ellebogen en de enkels.'

'In de enkels?' flapte De Gier eruit.

De arts keek hem kalm aan. 'Ja, dat doen verslaafden vaak: om hun armen niet al te beurs te maken, spuiten ze zich in de enkels in. Dat valt ook minder op voor de buitenwereld. Soms gebruiken ze ook de makkelijk bereikbare aderen in de voeten.' Hij kuchte even. 'Kan ik verder gaan?'

'Ja, natuurlijk,' haastte De Gier zich om te zeggen. 'Gaat uw gang. Stoort u zich niet aan mij.'

Zwijgend keek hij toe hoe het lijk verder onttakeld werd. Alle ingewanden en inwendige organen werden stuk voor stuk aan een nader onderzoek onderworpen en verdwenen dan in de emmer.

De Gier bezag het allemaal met groeiend ongemak. 'Zaagt u de hersenen ook open?' vroeg hij benauwd.

Van Beemdelust schudde zijn hoofd. 'Nee, dat is alleen noodzakelijk als we daar nadere aanwijzingen hopen aan te treffen over de doodsoorzaak. Maar die is in dit geval volkomen duidelijk: deze man is gestorven aan een overdosis van weliswaar versneden heroïne, maar toch meer dan genoeg om er een einde aan te maken.'

'Heeft hij dat bewust gedaan, denkt u?' wilde De Gier weten.

'Zulke conclusies kan ik natuurlijk niet zomaar trekken,' antwoordde de patholoog-anatoom, terwijl hij De Gier over zijn halve brilletje aankeek. 'En we moeten nog verder onderzoek doen naar de concentratie van het mengsel dat hem gedood heeft. Maar ik durf wel te beweren dat een ervaren drugsgebruiker als deze meneer geweest moet zijn, op zijn minst moet hebben geweten dat deze hoeveelheid niet echt goed voor hem kan zijn geweest.' Hij begon zijn plastic handschoenen uit te trekken. 'Al is die conclusie op zich niet erg wetenschappelijk onderbouwd, dat zult u wel begrijpen.'

De Gier knikte en vroeg haastig: 'Bent u al klaar?'

De arts knikte. 'Mijn assistent kan het lichaam zo dichtmaken. En dan onderzoeken wij de geprepareerde testmonsters natuurlijk nog nader. Hoezo?'

'Ik zou namelijk graag zien dat u nog één aanvullend onderzoekje deed,' zei De Gier met enige aandrang. 'Dat zou wel eens heel belangrijk kunnen zijn voor ons onderzoek.'

'En wat had u dan gewild dat wij nog verder onderzochten?' vroeg Van Beemdelust.

'Zijn handen.' De Gier liep langs de arts heen naar het lijk. 'Ik zal u vertellen waar het om gaat.'

42

Grijpstra hield zijn half leeggedronken kop koffie vlak voor zijn mond en staarde voor zich uit, toen De Gier hem kwam halen.
'Ben je zover?' vroeg hij ongeduldig vanuit de deuropening.
'Waarvoor?' vroeg Grijpstra verbaasd, hoewel hij toch alvast opstond.
Cardozo onderbrak zijn werkzaamheden om even te luisteren.
'Om naar Monica van der Sterren te gaan, natuurlijk,' antwoordde De Gier, en was alweer weg.
Grijpstra keek niet-begrijpend naar Cardozo, die gebaarde dat hij er ook niet veel van snapte. 'Is dat zo natuurlijk dan?' vroeg Grijpstra aan niemand in het bijzonder. Hij pakte zijn jas en mopperde: 'Af en toe snap ik echt helemaal niks van die gozer. Misschien moet ik maar eens een andere partner gaan zoeken.'
Hij sloeg de deur harder achter zich dicht dan zijn bedoeling was.

Enkele minuten later liepen de twee mannen, op korte afstand gevolgd door de hen inmiddels meer dan bekende hond, in de richting van de Spuistraat.
Omdat De Gier niets zei over zijn bezoek aan de snijzaal, vroeg Grijpstra na enig wachten langs zijn neus weg: 'En, lag onze vriend Roeland er een beetje mooi bij?'
De Gier snoof luidruchtig. 'Dat zou je je ergste vijand nog niet toewensen, man. Allemachtig, wat een zielig hoopje mens lag daar op die tafel. Er was bijna niets meer van over, maar tijdens zo'n sectie wordt het er allemaal niet beter op. Ik was echt blij dat er geen bloed bij kwam kijken, want dan had ik voortijdig weg gemoeten.'

'Wat ging je daar nu eigenlijk doen?' wilde Grijpstra weten.

Na een korte denkpauze, waarin hij besloot dat zijn partner nog niet van alles op de hoogte gesteld hoefde te worden, vertelde De Gier: 'Ik kreeg ineens een ideetje, dat wilde ik even checken. Dat heb je soms.'

'Ja,' gaf Grijpstra toe, 'dat heb je soms. Niet te vaak, gelukkig, maar het gebeurt.'

In de Spuistraat zat Ilona achter haar raam. Ze schrok op toen ze de beide mannen langs zag komen. Ze gebaarde naar hen, maar ze waren het portiek alweer voorbij. Grijpstra en De Gier passeerden een oudere dame, die met stramme bewegingen haar ramen aan het lappen was. In het voorbijgaan bekeek Grijpstra haar medelijdend.

Op een holletje kwam Ilona achter hen aan. 'Heren, wacht even!'

Ze draaiden zich naar haar om. Haar forse gemoed schudde heen en weer door haar ongewoon snelle passen.

'Hoe is het?' vroeg ze.

'Goed, en met jou?' klonk de droge wedervraag van De Gier. 'Zijn er nog meer mensen voor wie je een alibi hebt, of blijft het voorlopig bij Harrie?'

'Doe niet zo vervelend,' zei Ilona bozig. 'Ik wil alleen maar weten hoe het er met het onderzoek voor staat. Zit er al schot in?'

Grijpstra bekeek haar zwijgend, maar gaf geen krimp.

'Wij zijn zelf ook erg benieuwd of er schot in de zaak komt,' vertelde De Gier. 'Daarom kunnen we nog niks zeggen, maar gaan we nu wel verder. Tot ziens.'

Precies tegelijk draaiden de beide mannen zich om.

'Schijtsmerissen,' hoorden ze Ilona achter hen zeggen.

Ze deden net of ze dat niet gehoord hadden. Dat gold niet voor de oude dame, die onthutst door zoveel gebrek aan respect voor het wettelijk gezag haar zeem uit haar hand liet vallen. De hond die Grijpstra op de voet volgde, snuffelde er even aan, maar concludeerde dat er niets voor hem bij zat en maakte een tussensprintje om de twee mannen bij te kunnen houden.

43

Bij de deur met het bord 'Stichting Maarten' aangekomen, draaide Grijpstra zich om. Ilona was nergens meer te zien, maar de hond keek blij kwispelend naar hem op. Automatisch voelde hij in de zak van zijn colbertje. De oogst bedroeg een suikerklontje, dat dankbaar werd aanvaard.

'Binnenkort zul je dat beest mee naar huis moeten nemen,' voorspelde De Gier. 'Daar kom je nooit meer vanaf.'

Grijpstra lachte schamper. 'Mevrouw Grijpstra ziet me aankomen. Dan mag ik samen met dat beest naar buiten. Hoewel dat misschien niet zo'n slecht idee is.'

'Dat zeg je nu wel, maar je meent er niets van,' vond De Gier, hoewel hij er niet helemaal zeker van was.

'Wie vertelt het haar?' vroeg Grijpstra, zonder overgang.

De Gier wist direct wat hij bedoelde. 'Jij bent aan de beurt.'

'Ik ben altijd aan de beurt,' protesteerde Grijpstra.

Toen zijn partner niets terug zei, drukte hij toch de bel in. Niet zo lang als anders.

Monica toonde zich niet verrast door hun komst. 'Dag,' zei ze eenvoudig, toen ze de deur opendeed.

'Dag, mevrouw Van der Sterren,' groette De Gier formeel. 'Mogen we even binnenkomen?'

'Heb ik veel keus dan?' vroeg ze cynisch en hield de deur voor hen open.

'Wilt u koffie?' bood ze aan, toen ze de beide mannen plaats had laten nemen aan de tafel in de woonkeuken.

Het 'Nee, dank u' van De Gier en het 'Ja, graag' van Grijpstra kwamen precies gelijktijdig. Ze keken zwijgend toe hoe de jonge vrouw water aan de kook bracht en een mok oploskoffie klaarmaakte en die samen met een lepeltje, een doos suikerklontjes en een pot poedermelk voor Grijpstra neerzette.

Met zichtbare tegenzin vulde Grijpstra de koffie af met de lekkernijen die voor hem waren uitgestald. Onder de tafel schopte De Gier hem tegen zijn voet, maar Grijpstra maakte geen haast.

Monica, die inmiddels ook was gaan zitten, keek afwachtend van de een naar de ander. Toen het haar te lang duurde, vroeg ze: 'En waar kan ik jullie vandaag mee helpen? Nog meer vragen over mijn verleden?'

'Nee, dit keer niet,' zei Grijpstra, terwijl hij met automatische bewegingen in zijn koffie roerde. 'We hebben slecht nieuws.'

'Alweer?' Ze glimlachte triest. 'Na de dood van Ewoud kan het verder alleen maar meevallen, heb ik het idee.'

'Dat weet ik niet, ben ik bang.' Grijpstra schraapte zijn keel. 'Het slechte nieuws gaat over Roeland. We wisten al dat hij behoorlijk losgeslagen was na eh... het sterfgeval. Maar vanochtend kregen we de melding binnen dat hij dood is.'

'Wat?' riep ze geschokt en sloeg haar hand voor haar mond.

Grijpstra keek haar meelevend aan. 'Hij was al dood toen hij gevonden werd. Blijkbaar had hij zichzelf een overdosis toegediend.'

Ze pakte een zakdoek en beet op haar lip, maar kon een snik niet smoren. 'De klootzak!' zei ze zacht. 'Wat erg!'

Haar ogen vulden zich met tranen, maar ze weigerde te huilen. Dat gunde ze de twee mannen tegenover haar niet. De Gier stond op om een glaasje water voor haar te pakken en zette dat zwijgend voor haar neer. Zonder te bedanken nam ze er twee gulzige slokken van.

Ze slikte moeilijk. 'Arme Roeland. Ewoud had het hem al voorspeld. "Zonder mij ben je binnen een week dood," had hij tegen Roeland gezegd. En je ziet: hij had gelijk.' Triest schudde ze haar hoofd. 'Zelfmoord, hè?'

De Gier knikte. 'Daar gaan we wel van uit. Lijkt me ook wel logisch, bij zo'n ervaren spuiter. Die maakt geen fouten met drugs.'

'Nee, de doorgewinterde junks weten precies hoeveel ze kunnen hebben,' bevestigde ze. 'En wat er eventueel voor nodig is om er een einde aan te maken. Dan hebben ze nog één goeie trip.'

Het bleef stil. Alleen het tikken van Grijpstra's lepeltje tegen de rand van zijn koffiemok was te horen.

'Monica,' zei De Gier zacht.

Ze keek hem aan, maar zei niets.

'Is er nog iets dat je ons wilt vertellen?' De ogen van De Gier hielden die van haar vast.

Het duurde even voordat ze zei: 'Ik zou niet weten wat, eerlijk gezegd. Jullie weten zo langzamerhand alles al van me.'

De Giers stem bleef zacht toen hij vroeg: 'Waarom heb je ons niet verteld wie Ewoud heeft neergeschoten?'

Het tikken van Grijpstra's lepeltje hield abrupt op. Monica boog haar hoofd.

Als een ervaren regisseur liet De Gier de stilte nog even langer duren. 'Want jij weet wie Ewoud heeft doodgeschoten, Monica. Je was erbij.' Hij wachtte even. 'En ik weet het ook, Monica.' Hij voelde hoe Grijpstra hem geschokt aankeek, maar bleef zijn blik op haar richten. 'Het heeft geen enkele zin meer om nog te zwijgen, Monica. Echt niet.'

'Ik was er niet bij,' bracht ze met een piepstem moeizaam uit.

'Was je hier in de keuken?' vroeg De Gier zacht, bijna hypnotiserend. 'Kon je ze horen, Monica? Kon je Ewoud horen schreeuwen?'

Ze hief haar hoofd op. De tranen stroomden over haar wangen, maar ze snikte niet. Schor zei ze: 'Hij had zo'n verschrikkelijke pijn, weet je. Hij schreeuwde om zijn pijn niet te horen. Dat zei hij.'

De Gier vouwde zijn handen en boog ver voorover. 'Het ging om pijn. Het draaide dus allemaal om pijn.'

Met gesloten ogen knikte ze en zei bijna onhoorbaar: 'Ja.'

Grijpstra keek geïrriteerd van de een naar de ander. 'Vinden jullie het erg om mij ook even te vertellen wat er nu precies gebeurd is? Of is dit een spelletje voor twee personen?'

Het was alsof Monica nu pas merkte dat zij en De Gier niet de enige twee mensen in de woonkeuken waren. Ze staarde naar

Grijpstra. 'Het ging allemaal om Roeland en Ewoud,' vertelde ze mechanisch.

'Dat besefte ik ook,' voegde De Gier daaraan toe. 'En toen we hoorden dat Roeland ook dood was, kreeg ik ineens een idee. Het zou immers zomaar kunnen dat hij iets met de moord te maken had. Daarom heb ik zijn handen op kruitsporen laten onderzoeken.'

Grijpstra staarde hem wezenloos aan. 'Vandaar dat je plotseling zo'n haast had om naar de sectie te gaan!' begreep hij, terwijl er zich een kwade rimpel tussen zijn wenkbrauwen vormde.

'Ja, want kruitsporen liegen niet.' De Gier richtte zich nu weer tot de vrouw tegenover hem. 'Die zijn nog dagenlang te traceren op de huid en je kunt ze niet afwassen. Dat wist je zeker niet, hè, Monica?'

Ze schudde zwijgend haar hoofd.

'Roeland wist dat waarschijnlijk ook niet,' wierp Grijpstra nuchter in het midden.

'We weten dus dat Roeland geschoten heeft,' vervolgde De Gier. 'Maar hoe zat dat eigenlijk tussen die twee? Want Roeland was toch zo'n beetje de huisjunk van Ewoud?'

'Ik vond het een slecht idee,' barstte Monica uit. 'Je moet zoiets niet doen tegen iemands zin.'

'Nu kan ik het even niet meer volgen,' gaf Grijpstra geërgerd aan. 'Wat is precies dat slechte idee dat je niet moet doen?'

'Afkicken natuurlijk!' riep Monica. 'Ewoud wilde Roeland per se laten afkicken. Ik heb het hem honderd keer afgeraden, want die jongen wilde echt niet. Maar Ewoud weigerde om te luisteren. Hij was ervan overtuigd dat het hem zou lukken.'

'Maar daar heb je toch allerlei instanties voor?' vroeg Grijpstra meewarig.

Monica lachte bitter. 'Ja hoor, maar Roeland had elk afkickcentrum in Nederland al van binnen gezien. Daar was hij van rijkswege heen gestuurd. Maar niks hielp. Hij bleef die beelden houden in zijn kop en daar hielp alleen maar dope tegen. Eventjes dan.'

'Wat voor beelden had hij dan in zijn kop?' wilde De Gier weten.

'Beelden uit Bosnië,' legde ze uit. Ze slikte. 'Hij had daar volwassen mannen zien voetballen met een hoofd. Hij had gezien hoe een kind...' Het werd haar te machtig.

De Gier schoof het glaasje water weer naar haar toe. Ze dronk het in één keer leeg.

'Maar al met al weten we nu nog steeds niet precies hoe het gegaan is,' concludeerde Grijpstra.

'Inderdaad,' stemde De Gier in. 'We weten dat Ewoud probeerde om Roeland te laten afkicken. En we weten dat Roeland kruitsporen aan zijn handen had en dus een vuurwapen heeft afgeschoten. Maar we weten nog niet wat er in de werkkamer van Ewoud precies gebeurd is, die avond.'

Monica zweeg.

Grijpstra stond op en begon heen en weer te lopen. 'Je hoeft ook helemaal niks te zeggen, want de feiten spreken eigenlijk voor zich.'

Met grote angstogen keek ze hem aan. De Gier ging achteruit zitten, deed zijn armen over elkaar en trok een somber gezicht.

'Het is allemaal vrij logisch,' vond Grijpstra. 'Ewoud Albrecht was het leven zat. Hij had steeds meer pijn en merkte bovendien dat zijn tumor ervoor zorgde dat zijn karakter uiterst onaangenaam veranderde. Dat moet gruwelijk voor hem geweest zijn. Hij wilde eigenlijk alleen maar dood.'

'Nee,' zei Monica zacht. 'Zo was het niet.'

Grijpstra ging echter genadeloos verder. 'Maar ja, zijn geloof, hè? Een katholiek mag geen zelfmoord plegen, dus een priester al helemaal niet. Gelukkig had hij de oplossing zelf in huis gehaald. Roeland!'

Hij wachtte even triomfantelijk, maar geen van de beide anderen zei iets.

'En dus heeft hij Roeland gevraagd hem dood te schieten,' concludeerde Grijpstra. 'Makkelijk zat. Misschien heeft hij die junk er wel heroïne voor gegeven of gewoon voor betaald, wie zal het zeggen.'

'Nee! Nee!! Nee!!!' riep Monica ontzet. Ze sprong met zoveel geweld op dat haar stoel omviel. 'Zo is het helemaal niet gegaan! Echt niet, zo is het niet gebeurd! Dat zou Ewoud nooit doen.'

De Gier stond op en zette haar stoel weer overeind. Met zachte dwang liet hij haar weer plaatsnemen en hij gebaarde naar Grijpstra dat die ook beter weer kon gaan zitten. Zelf hurkte hij bij haar neer.

'Wat is er dan gebeurd, Monica?' vroeg hij dringend.

Eindelijk brak ze. Met heftige schokken en gierende uithalen kwam het huilen, tot het niet meer te stoppen was. Grijpstra wist niets beters te doen dan maar weer een glaasje water halen.

Toen ze alle drie om de tafel zaten, begon ze met horten en stoten te vertellen. 'Het was echt verschrikkelijk, ik had hem nog nooit zo meegemaakt.'

'Ewoud?' vroeg De Gier.

Ze knikte. 'Hij wilde hoe dan ook dat Roeland zou afkicken. En dus hield hij Roeland hier, op de Stichting Maarten, bij zich.' Ze sloot haar ogen. 'Ik heb hem die dagen een paar keer gezien, die arme jongen, als ik ze wat te eten of te drinken kwam brengen. Hij had het zo verschrikkelijk moeilijk. Alles deed hem pijn, maar Ewoud wilde hem niet laten gaan. Terwijl ik hier in de keuken zat, hoorde ik ze steeds vreselijk ruziemaken.'

'Is het hier erg gehorig?' wilde Grijpstra weten.

Weer een kort knikje. 'Die tussenwandjes zijn erg dun. Je kunt hier vrijwel alles wat in Ewouds studeerkamer gezegd wordt letterlijk verstaan. Zeker als er met stemverheffing wordt gesproken, en dat gebeurde regelmatig, kan ik u wel vertellen.'

'Hoe ging dat dan?' vroeg De Gier.

Ze boog haar hoofd. 'Roeland was al na de eerste dag niet meer dan een hoopje ellende. Hij zat helemaal in elkaar gedoken in een hoek of soms in een soort van kramp op een stoel. Ewoud ijsbeerde dan ongedurig om hem heen, terwijl Roeland aan één stuk door eentonig hetzelfde zat te jammeren. "Ik kan niet meer ik kan niet meer ik kan niet meer ik kan niet meer ik kan niet meer", en dat op een constante dreuntoon en dan uren achter elkaar. Hij moet zich echt diep ellendig hebben gevoeld en afschuwelijke pijn hebben gehad. Ik had zo'n medelijden met hem.'

'Gedwongen afkicken is niet niks,' wist De Gier, 'zeker niet voor een zware verslaafde. Dat moet tot emotionele taferelen hebben geleid.'

'O ja,' bevestigde Monica. 'In het begin wilde Roeland zelf ook wel afkicken. Dat was hij echt van plan, maar al gauw kreeg hij overal pijn. En die pijn werd steeds erger; daar kon Ewoud hem natuurlijk niet vanaf helpen. Dus smeekte Roeland om ermee op te houden en een andere keer door te gaan, maar daar wilde Ewoud niets van weten.'

'Dat zorgde natuurlijk voor ruzie,' zei Grijpstra.

Ze knikte. 'Dan hoorde ik Ewoud roepen: "Je moet er doorheen, dus hou op met dat stomme gejank. Stop daar verdomme mee!" Ja, hij vloekte zelfs; dat had ik hem nog nooit horen doen. En Roeland jammerde dan alleen maar: "Laat me gaan laat me gaan laat me gaan laat me gaan", aan één stuk door. Of hij schreeuwde zo hard als hij kon: "Ik wil hier wéééég! Laat me dan toch!" Dat ging echt door merg en been.'

Ze staarde voor zich uit. 'Ik kon het eigenlijk niet aanhoren, maar op de een of andere manier móest ik hier wel blijven zitten om het allemaal mee te maken. Ik kon niet anders, of ik wilde of niet. Roeland wilde alleen maar weg en Ewoud brulde dan: "Nee, verdomme nee, ondankbaar stuk vreten! Ik zal zorgen dat alle drugs uit je lijf verdwijnen. Dan is het voorbij en pas dan mag je gaan." En dan schreeuwde, krijste en huilde Roeland: "Ik wil wéééég!" Maar hij mocht niet weg.'

'Hebben ze ook gevochten?' vroeg De Gier.

'Ja, het werd steeds erger.' Ze zuchtte diep. 'Roeland probeerde wel eens de deur uit te komen, maar Ewoud hield de laatste dagen alles op slot. En het raampje in de studeerkamer is te klein en daar zitten bovendien tralies voor, dus daar kon Roeland nooit doorheen. Hun behoeften deden ze op een emmer. Een paar keer heeft Roeland geprobeerd de sleutel van hem af te pakken, maar zo'n uitgeteerde junk was natuurlijk geen partij voor een krachtige man als Ewoud.'

'En wat gebeurde er precies op die laatste dag?' vroeg Grijpstra bijna zakelijk.

De blik van Monica was strak gericht op haar handen, die gevouwen voor haar op tafel lagen.

'Ik hoorde Roeland huilen en smeken. "Het kan niet! Het gaat niet!" schreeuwde hij. "De beelden komen terug. Ik krijg die beelden weer terug in mijn kop. Dit mag niet!" Het was gruwelijk, ik moest me tot het uiterste bedwingen om er niet naar toe te gaan.'

'Hoe reageerde Ewoud?' wilde De Gier weten.

'Hij zei de hele tijd hetzelfde,' vertelde ze. 'Voortdurend praatte hij op hem in. "Dat gaat voorbij," zei hij. "Echt, dat gaat voorbij. Die beelden verdwijnen." Maar dat geloofde Roeland natuurlijk niet. En toen begon Ewoud over zichzelf, heel fel. "Ik heb die kanker in mijn kop, begrijp je, dat gaat níet voorbij!" riep hij tegen Roeland. "Ik ga dood, maar jij kunt blijven leven."'

'Dat is niet mis,' zei Grijpstra, die dwangmatig met zijn lepeltje in het allang leeggedronken kopje zat te roeren.

Ze wierp hem een trieste glimlach toe. 'Nee, en het werd alleen maar erger. "Ik ga hier weg, man, rot op!" hoorde ik Roeland roepen. "Rot toch op!" schreeuwde hij steeds. "Ik moet weg hier! Ik ga hieruit!" Dan probeerde hij bij de deur te komen, maar Ewoud hield hem tegen. "Jij blijft hier," zei Ewoud dan.'

'Vochten ze op die laatste dag ook nog?' vroeg De Gier.

'Nee, daar had Roeland volgens mij de kracht niet meer voor. En hij wist toch al dat hij geen schijn van kans had.' Ze keek op. 'Maar schreeuwen deed hij wel, uit pure onmacht. "Ja! Ja!! Ja!!!" brulde hij dan tegen Ewoud, die zich blijkbaar voor de deur had opgesteld en nee tegen hem zei. "Als je daar niet opsodemietert en die deur openmaakt, dan…" En toen ging het mis.'

Gelijktijdig bogen de twee mannen naar voren. 'Hoe bedoel je?' verwoordde De Gier hun beider vraag.

De tranen begonnen weer te stromen, maar ze praatte verder. 'Toen is het uit de hand gelopen, dat weet ik zeker. Ewoud werd weer zo driftig, wat hij vroeger echt nooit had. Nadat Roeland een beetje gedreigd had, begon hij meteen op te spelen. "Dan wát?" schreeuwde hij, net als iemand die in een café ruzie zoekt. Ik dacht dat zelfs de mensen op straat het zouden kunnen horen. "Wat doe je dan, hè? Nou, wat doe je dan? Ga je dan soms ineens de flinke kerel spelen, lafbak?" En Roeland begon weer te jammeren: *"Ja ja ja ja ja ja ja ja ja ja."* Het hield niet meer op. Hij kon niet meer stoppen met huilen.'

'En toen?' vroeg Grijpstra ongeduldig.

'Ik kon niet alles precies horen,' zei Monica verontschuldigend, 'maar volgens mij liep Ewoud toen naar zijn bureau.'

'Waarom denk je dat?' wilde De Gier weten.

'Omdat daar zijn pistool lag, in de onderste la,' vertelde ze, met een grimas. 'Want daarna riep hij: "Als je dan zo'n flinke kerel bent, doe mij dan een genoegen en maak er voor mij ook een einde aan! Dan ben ik van alle ellende af, en jij ook." En toen hoorde ik hem dat ding met een klap op zijn bureau leggen.'

Grijpstra en De Gier keken elkaar aan.

'De rest denk ik alleen maar, al ben ik er dus niet bij geweest,' ging Monica verder. 'Ik neem aan dat Ewoud met zijn rug naar Roeland toe gekeerd op zijn bureaustoel is gaan zitten.' Er drupten tranen van haar wangen op de tafel, maar dat merkte ze niet. 'En dat Roeland toen zijn enige kans heeft gepakt om die sleutel aan Ewoud te ontfutselen. Door hem dood te schieten. Van achteren.'

Ze barstte uit in een gierende huilbui. De Gier kon het niet meer aanzien. Hij stond op, hurkte naast haar neer en sloeg een arm om haar schouder.

'Het was zo erg!' zei ze snikkend. 'Ik hoorde een schot en wist niet wie...' Weer werd het haar te machtig.

'Kon jij daar zelf niet naar binnen?' vroeg De Gier, terwijl hij haar het halfvolle glaasje water voorhield.

Dankbaar nam ze een slok. 'Nee, want Ewoud had de enige sleutel.' Ze zette het bekertje neer. 'Ik weet niet hoe lang het geduurd heeft, maar op een gegeven moment hoorde ik iemand in de kamer de sleutel in het slot doen – dat ging wat moeizaam – en toen stormde Roeland naar buiten. Ik weet niet eens of hij me gezien heeft.'

Grijpstra vond het tijd worden voor een praktische vraag. 'En het pistool?'

'Dat heeft hij meegenomen,' antwoordde Monica. 'Ik denk dat hij het verpatst heeft, zodat hij zich weer vol kon spuiten.'

Dat leek de beide politiemannen een even voor de hand liggende als aannemelijke verklaring.

'Ben je nog achter hem aan gegaan?' informeerde De Gier.

'Nee, maar hij is later wel hier geweest,' vertelde ze. 'Al hadden we elkaar toen niet veel meer te zeggen.' Ze schudde haar hoofd. 'Ik ben toen meteen de kamer van Ewoud in gegaan. Die lag daar zo over zijn bureau...'

'Uit zijn lijden verlost,' vulde De Gier aan.

Ze draaide haar hoofd naar hem toe, keek hem even bevreemd aan en stond op.

'Wat ik niet begrijp,' zei Grijpstra, terwijl hij zich over zijn kin wreef, 'is waarom een man als Ewoud, die zoveel betekend heeft voor een grote groep verslaafden, ineens zoveel moeite deed om één enkele junk met alle geweld te laten afkicken.'

Monica ging bij het keukenraam staan en keek naar buiten. 'Dat is toch logisch.'

De twee mannen wisselden een snelle blik, waaruit onbegrip sprak.

'Sorry, maar ik zie niet in wat daar zo logisch aan is,' wierp De Gier tegen.

Met een ruk draaide Monica zich om. 'Natuurlijk was het logisch. Roeland was zijn broer.'

De stilte die daarop volgde was verpletterend.

Langzaam liet Grijpstra zich op zijn stoel zakken. 'Ze waren dus helemaal geen klasgenoten of zo. Ja, dan is het logisch,' mompelde hij.

'Wat zegt u?' vroeg Monica.

'Nee, ik had het even tegen mezelf,' antwoordde Grijpstra, terwijl hij weer opstond. 'Bedankt voor uw openheid, mevrouw Van der Sterren. U hoort nog van ons.' En tegen De Gier: 'Ga je mee, brigadier?'

De Gier was nog altijd met stomheid geslagen. Hij stak plichtmatig zijn hand naar Monica op en liep achter Grijpstra aan.

Buiten zat de hond nog altijd op hen te wachten.

44

Een hele middag vol formaliteiten, rapporten, besprekingen, verslagen en natuurlijk een uitgebreid gesprek met de commissaris later stonden Grijpstra en De Gier naast elkaar op het achterdek van de pont over het IJ. Ze keken naar de mensen die een kaartje kochten en aan boord kwamen. Nog niet een kwart van het beschikbare aantal zitplaatsen was bezet toen de pont afvoer.

In plaats van te gaan zitten op een van de blauwe kuipstoeltjes in de overdekte wachtruimte bleven de twee mannen staan. Eendrachtig staarden ze naar de kade, die steeds verder van hen verwijderd raakte. Om de pont zeilden grauwe zeemeeuwen, die hoge, schelle kreten uitstootten. Verderop lag een reusachtig cruiseschip aangemeerd, dat als een flatgebouw boven het water uitstak. Op het hoogste dek wapperden tal van kleurige vlaggen.

'Wat een vreselijke paar dagen hebben die broers samen gehad, aan het eind,' zei De Gier peinzend.

Grijpstra grijnsde. 'Ja, van je familie moet je het maar hebben. Dat zeg ik je al zo vaak, maar jij luistert nooit.'

De Gier was niet in de stemming om te lachen. Hij boog zich wat voorover om op de reling te kunnen leunen. Achter hun rug klonk de luide scheepshoorn van een sleepboot die om voorrang vroeg.

'Moet je je voorstellen,' zei De Gier ernstig, 'hoe die twee broers daar zaten, dagenlang aan elkaar overgeleverd. De één is zwaar verslaafd en moet van zijn broer verplicht afkicken, zomaar *cold turkey*, zonder enige medicatie of psychische hulp. En de ander is een priester met een tumor in zijn hoofd, waardoor zijn karakter ingrijpend verandert, en hij weet dat hij een ellendig einde tegemoet gaat.'

'Dat moest wel op een drama uitlopen,' concludeerde Grijpstra, die nu ook op de reling leunde.

'Maar triest blijft het,' vond De Gier.

'Wat gebeurt er nu met die Monica van jou?' vroeg Grijpstra.

'Ze is mijn Monica niet,' corrigeerde De Gier automatisch. 'Tja, ze heeft aanvankelijk dan wel informatie achtergehouden, maar ze was in ieder geval op geen enkele manier medeplichtig. En er zijn genoeg verzachtende omstandigheden om haar gewoon te laten lopen.'

'Dat is weer eens wat anders dan tippelen,' grapte Grijpstra.

Wat hem een vernietigende blik opleverde van De Gier.

'En die Kuuk hebben we moeten laten gaan,' bedacht Grijpstra. 'Toch jammer, want die was eigenlijk best op zijn plaats in een cel.'

'Maar niet voor deze misdaad dan toch,' constateerde De Gier koeltjes.

Grijpstra keek zijn partner van opzij aan. 'Dat was overigens best slim van je, brigadier, om het lijk van die Roeland te laten nakijken op kruitsporen.'

De Gier haalde zijn schouders op. 'Och, er moest toch iemand zijn die Ewoud Albrecht had vermoord. En zoveel kandidaten hadden we niet. Dus was het eigenlijk niet zozeer slim als wel voorzichtig. Stel je voor dat we zoiets gemist hadden.'

'Fijn ook dat je mij daar meteen van op de hoogte stelde, in plaats van op je eigen houtje aan de gang te gaan,' sneerde Grijpstra, terwijl hij de vlam in een sigaret joeg, die hij met een holle hand afschermde.

Daar ging De Gier wijselijk niet op in.

Hun aandacht werd getrokken door een zeesleper, die op enkele tientallen meters afstand achter hun pont langs voer. Al kijkend ging Grijpstra ongemerkt staan als een zeebonk: wijdbeens, met zijn armen op zijn rug en de sigaret aan zijn lip.

Ze waren al bijna aan de overkant, toen Grijpstra aarzelend vroeg: 'Wat denk jij, was hij erop uit?'

'Ewoud Albrecht, bedoel je?' begreep De Gier.

Grijpstra knikte. 'Ja. Denk je dat hij zich expres voor zijn kop heeft laten schieten?'

De Gier dacht even na. 'Laten we zeggen dat hij zijn broer in ieder geval niet heeft tegengehouden. En hem op zijn zachtst gezegd in de gelegenheid heeft gesteld om hem te doden.'

'Maar het kan natuurlijk zo zijn dat hij ervan overtuigd was dat zijn broer hem nooit zou neerschieten,' wierp Grijpstra tegen. 'Misschien ging hij er al te makkelijk vanuit dat de dreiging altijd erger is dan de uitvoering ervan. En heeft hij dus nooit stilgestaan bij de mogelijkheid dat Roeland dat pistool wel eens echt zou kunnen gebruiken.'

'We zullen nooit kunnen bewijzen hoe het precies gegaan is,' gaf De Gier toe. 'Want we weten gewoon niet wat hij wel of niet geloofde. Zijn geloof verbood hem sowieso om zelf een einde te maken aan zijn leven. Maar ja, is een gedelegeerde zelfmoord eigenlijk niet ook gewoon zelfmoord? Ik bedoel niet juridisch, maar praktisch. En moreel.'

'Als het inderdaad een vooropgezet plan van Ewoud is geweest, zal hij daarboven nog de nodige theologische debatten moeten uitvechten,' concludeerde Grijpstra met een wrange grijns. 'En dan heb ik het er nog niet eens over dat hij in dat geval van zijn eigen broer een moordenaar heeft gemaakt. Die hij daarboven ook nog eens tegenkomt.'

'Nou ja, het enige positieve is dat de Amsterdamse rechter daar niet over hoeft te beslissen,' zei De Gier dromerig. 'Zo zie je maar weer hoe eenzaam de mens in feite is. Als je eenmaal dood bent en de mensen er niet meer naar kunnen vragen, zal nooit iemand achter je ware beweegredenen kunnen komen. Wat op zich een benauwend idee is.'

'Daar zou iemand een mooie oplossing voor moeten vinden,' vond Grijpstra. 'Een soort databank van bedoelingen. Dat is ook handig voor de politie, om te bepalen of iets met voorbedachten rade is gebeurd.'

Ze staarden samen over het water.

'Hoe dan ook,' verzuchtte De Gier, 'die Ewoud had zichzelf al opgegeven, dus zijn dood was nog maar een kwestie van tijd. Toch jammer. Er zijn niet veel mensen als hij.'
'En nu weer eentje minder,' constateerde Grijpstra nuchter.